地球のものを
「アイテムボックス」に入れておいたら、
宇宙のものと交換されて……？
「僕も色んな星回ったけど、
こんな上品な甘さの果物食べたことなかったもん」
NAME
トンボ
NAME
マーズ
わらしべ長者と猫と姫
WARASHIBE
CHOJA TO
NEKO TO HIME
MAMIZU KISHIWAKA PRESENTS
〜宇宙と地球の交易スキルで
成り上がり!? 社長! 英雄? ……宇宙海賊!?〜

「起きて、トンボ」
NAME
姫

NAME
阿武隈さん
ダンジョンで冒険者相手に
お店をやったら大儲け!?

憧れのメカ《パワードスーツ》も手に入れて……

わらしべ長者と猫と姫

WARASHIBE CHOJA TO
NEKO TO HIME

〜宇宙と地球の交易スキルで
成り上がり!? 社長! 英雄? ……宇宙海賊!?〜

岸若まみず [イラスト] TEDDY
MAMIZU KISHIWAKA PRESENTS

口絵・本文イラスト
TEDDY

装丁
AFTERGLOW

WARASHIBE CHOJA TO
NEKO TO HIME

CONTENTS

MAMIZU KISHIWAKA PRESENTS

本書は、二〇二二年にカクヨムで実施された
第8回カクヨムWeb小説コンテスト 現代ファンタジー部門
特別賞を受賞した『わらしべ長者で宇宙海賊』を改題の上、加筆修正したものです。

第一章【ミカンと猫と宇宙海賊】

アイテムボックスというものを知っているだろうか。

かつて創作の世界にしかなかったもの。世界中に出現した異世界に繋《つな》がる洞窟《どうくつ》、いわゆるダンジョン……そこからスキルオーブが発掘されるようになった今でも、一般庶民にはとうてい手の届かない、夢のようなもの。

アイテムボックスというのは、何でもかんでも入れておける便利な倉庫の事だ。

剣でも銃でも住民票でも、そこに入れておけばいつでもどこでも取り出せる。雨が降れば傘を取り出し、喉《のど》が渇けば水を取り出し、終電逃せば自転車を取り出す。「あったら便利だなぁ」と誰もが夢見る、超絶便利な神スキルの一つ。

そんなアイテムボックスが、ある日突然俺の頭の中にできた。

といっても、頭に穴が空いて物が入るようになったってわけじゃあない。思考の片隅に、方眼紙型のゲームのアイテム画面のようなものが浮かんで見えるようになったのだ。まるでロッカーか靴箱のように四角い枠がずらっと並んでいて、そこに物を入れておけるようになったってわけだ。

俺以外の誰にも見えないその四角い枠には、一マスにつき一種類のものを入れておく事ができた。バラバラの文房具や雑多な種類のゴミなんかでも、筆箱やゴミ袋に入れておけばそれは不思議と一マスに収まるようだった。

「しゃいませ～」

「揚げ鳥クンレッドください」

「揚げ鳥レッドひとつ～」

便利なものは使いたい、でも何も知らずに使うのはちょっと怖い、というわけで。俺はアイテムボックスの実験のために朝のコンビニでお茶とおにぎりと唐揚げを買い、全くやる気のない耳のとんがったバイトのエルフお姉さんから袋を受け取った。

そしてそれをそのままアイテムボックスに入れておき、昼に大学のベンチで取り出してみる。うん、まるで唐揚げは今買ったばかりのようにホカホカだった。どうやら、俺に宿ったこの力は入れた物の時間を止めてしまう、時間停止系のアイテムボックスらしい。

その後も目につく物を手当たり次第に収納してみたり、子供のように網を振り回して捕まえた虫を収納できるか試してみたり、いろんな事をやってみた。

結果、この力が世に言うアイテムボックススキルと全く同じものだという事がわかった。つまり、体のどこかに触れたものを意識して収納でき、生物は中に入れられないというものだ。

こんな力がなぜ俺に備わったのかはわからないが、あるものはあるのだから仕方がない。誰に迷惑かけたわけじゃなし、返納する先があるでもなし。俺は降って湧いた幸運にポンと身を任せ、毎日手ぶらで外に出られる最高の暮らしを始めたのだった。

そんなアイテムボックスに異変が起きたのは、使い始めて三ヶ月ほど経《た》った冬の日の事だ。骨まで凍える大寒波が来ているこの日も、俺はピザ屋のバイトを休まずこなし、帰ってきた暖房のない部屋で廃棄のピザを食べながらテレビを見ていた。

『じゃあ神戸山《こうべやま》さんはたまたま芽生えた治療《ヒーリング》のスキルで今の会社を？』

『そうですね。元々いつかは自分のビジネスをと思っていたので、チャンスだと思ってすぐに大学を辞めて事業を立ち上げました。幸い四谷《よつや》のダンジョン近くに一号店を構えられたので、冒険者の方が来てくださって無事に軌道に乗せる事ができまして』

「いいよなぁ……」

花の東京暮らしで同じスキル持ちでも、俺とは大違いだ。

実家を離れ、一人暮らしで都内の大学に通っていると言えば聞こえはいいが、実際は金なし夢なし女なしの三拍子揃《さんびようしそろ》った悲しい暮らしだ。親からの仕送りもあるにはあるが、不景気続きで物価の高騰も激しく、どう暮らしてもカツカツでバイトを休む余裕なんかない。

ついでに言えば、通っている大学でもあんまり上手《うま》くいっていない。友達も数えるほどしかいないし、たいして遊び回っているわけでもないのに単位もそこそこ。いよいよもって何をしに東京に来たのかわからないが、今更大学を辞めて地元に帰る気にもなれなかった。

自分の中に発現したアイテムボックスのスキルで稼ごうかと考えた事もあったが、結局大学生の身でやれる事なんかそうそう見つからない。

「俺も治療とか占いとかの、すぐ稼げるスキルだったら良かったかな」

だいたいアイテムボックスというのは俺の中に物を保管するスキルなのだから、俺自身に信用がないと商売にならないのだ。アイテムボックスを活用したいと思う企業の人だって、さすがに何の後ろ盾もない貧乏学生に商品を預けるような事はしないだろう。

かといって季節のものや限定品を保管しておいて高値で売ろうかと思っても、種銭もないしそういう知識にもいまいち疎い。結局手持ちの少ない金を損するのが怖くて、ズルズルと現状維持のままここまで来てしまっていた。

一応スキル持ちを対象にしたバイトの求人なんかも見つけたのだが、世界中にダンジョンが沢山できてからの大不況のせいだろうか……あるのはフルタイムの求人か、ピザ屋と大して時給が変わらないようなものばかり。それならば、なんとなく性に合っている今のピザ宅配バイトを続けた方がいくらか楽というものだ。

「なんだかなぁ……」

どうにも先の見通しが立たない人生から目を背け、なんとなくゲームの電源を入れたらあっという間に午前二時。遊んでいたテレビゲームをメニュー画面で止め、ちょっと一服しようとアイテムボックスからミカンとお茶を取り出そうとした……その時、俺は自分の人生を揺るがすような大変事が、音もなく始まっていた事を知ったのだった。

「あれ？　ミカンが箱ごとなくなってる」

腐らないようにアイテムボックスに入れていた、実家から送られてきた箱入りミカン。それがどこにも見当たらなかったのだ。その代わりにアイテムボックスに入っていたのは、まるっきり入れた覚えのない、一本のオレンジ色の缶ジュースだった。

冬に外を走り回るバイトをやっているのだ、常から熱々の缶コーヒーぐらいは二、三本入れてある。だが見るからに炭酸飲料っぽい色合いのこの缶ジュースは、買った覚えどころか見た覚えもないものだった。

アイテムボックスから取り出してみると、何語かもわからない文字が表面に書かれたオレンジの缶はずっしりと重く、不思議な事に表にも裏にも開け口が見当たらない。

「マジでなんだろこれ、ジュースじゃなくて缶詰？」

表面に書かれた謎の文字をスマホで翻訳してみようと思い、それを机にトンと置いた瞬間……カシュッと軽い音がした。置いたはずみで缶ジュースの栓が開いたのかと思ったがそうではなかった、それは変形していたのだ。缶ジュースの腹の部分からは水色のピストルグリップが飛び出し、飲み口に当たる部分からは同じく水色の銃口が飛び出していた。

「え？　おもちゃ……？」

俺は銃の形に変形した缶ジュースのグリップを掴《つか》んで、なんとなく壁へと向けた。以前インターネットの動画サイトで、ちょうどこういう色合いの銃のおもちゃを見た事があった。たしか、吸盤付きの弾が飛び出すんだよな？　そう思いながら、興味本位で引き金を引いた。

『ヴンッ！』

モーターが回るような音と共に、銃が一瞬だけ振動した。

「なんだ、音が出るだけか……」

俺は安心して、おもちゃの銃を机の上に転がした。いろんな物を片っ端からアイテムボックスに放り込んでいるうちに紛れ込んだんだろうか。机に肘《ひじ》をついて記憶を遡《さかのぼ》っていると、ふと壁に目が行った。

「あれ？　あんなとこにシミあったっけ？」

なんだかアイボリー色の壁紙の一点が、黒くなっているような気がした。銃から弾が出たような感じはしなかったのだが、気づかなかっただけで何か飛んでいたのだろうか。

「やべ〜……もしかして弾めり込んだ？」

慌てて立ち上がって壁を見に向かうが、弾らしきものはどこにも見当たらなかった。そう……弾はなかったのだ、弾は。

俺がこわごわと這《は》いつくばり、壁紙にできた黒いシミに顔を近づけると……壁にぽっかりと空いた直径二センチほどの穴からは、キラキラと瞬く外の星空が覗《のぞ》いていた。

「え⁉　穴空いてる⁉　今ので⁉」

なんだか怖くなってしまった俺は、すぐに缶ジュース銃をアイテムボックスに仕舞って布団の中で震えていた。こんな銃を手に入れた覚えなんかもちろんない。だとすれば、これはどこから俺のアイテムボックスにやって来たのだろうか？　なくなったミカンの代わりに誰かが入れた？　だとすれば、一体誰が……？

「これ、やばいんじゃないの……」

前にネットで調べた時、アイテムボックスというのは本人以外誰も触れない空間だと書かれていた。それが正しいのだとすれば、もしかしたら俺のアイテムボックスは誰かに中を覗かれているんじゃないか。そう思い始めた俺は眠る事もできないまま、アイテムボックス（仮）の画面を弄《いじ》り続けていた。

「おっ！」

布団の暗闇の中でもくっきりと見えるアイテム欄で、物をいろいろ移動させて整理をしていた時、唐突に画面に変化が起こった。枠の中のアイテム画像の隣に説明文が浮かび上がったのだ。スーパーで買ったお茶の隣には『カントリー　ブレンド玄米茶』という文章が表示されていた。そしてそのお茶から意識を外すと、説明文はフッと消えた。

「いつ買ったお茶だったっけ？　と考えながら見てたら出たんだよな」

うんうん唸《うな》っていると、今度は菓子パンの隣に『カワザキ　マヨタマソーセージ』と文章が出た。

どうやらアイテムボックスの物の情報を知りたいと意識して凝視すると説明文が出るようだ。

同じ要領でさっきの缶ジュース銃を凝視すると、その隣には『パラス　分子置換波射出装置』という情報が表示された。

「射出装置……？　銃じゃないの？　もっと情報は……」

詳細情報が折り畳まれていたりしないのかと頭の中で画面を弄くり回すと、説明文の下からボタンがポップアップしてきた。

「ＫＥＥＰ？　なんでここだけ英語なんだ？」

ＫＥＥＰと書かれたボタンを凝視すると、黒色のボタンは赤色に変わった。

「うーん……わからん」

アイテムボックスにこんな機能があるなんて、ネットで調べた情報にはなかった。もしかして……俺のこれって、アイテムボックスとは全然違う力なんじゃないか？

思考が堂々巡りする中、ブーッと音が鳴った。ビクン！　と体を震わせた俺は恐る恐る布団をめくり……スマホの画面が光っているのを見て、大きくため息を漏らした。海外のゲーム販売サイトからニュースメールが届いただけのようだった。

時計を見るともう三時、明日は大学も一限からある。俺は無理やり目を閉じ、アイテムボックスの画面も無視して思考を止めた。心臓がバクバクとうるさかったが、バイト後の体はしっかりと疲れていたようで、俺はいつの間にか眠りに落ちていた。

◆

恐怖のSF銃発射事件より一週間後の事だ。うちの玄関にはネット通販で届いた訳あり品のミカンの箱が三つ置かれていた。全て訳あり品とはいえ、六キロもミカンを買うとなると、学生の懐にはちょっと、いやかなり……正直めちゃくちゃ痛い。だが俺は、どうしてもこのアイテムボックス（仮）の秘密を解明せずにはいられなかった。

ミカンの箱が消えて、銃が入っていた事には間違いがないのだ。ならば同じようにミカンの箱を入れておけば、またそれが消えて代わりに何かが入っているかもしれない。俺はそう考えたのだ。

「もっと小さいのでも良かったかな……でも同じ条件じゃないとわかんないもんな……」

未知への好奇心ももちろんあるが……何がなんだかわからないものをこのまま使い続けるのが怖いというのが、正直なところだったかもしれない。目を閉じて深呼吸し、俺はまず一箱をアイテムボックスに入れてKEEPボタンを押す。そしてもう一箱をアイテムボックスに入れ、今度はKEEPボタンを押さずにそのままにした。

「よし」

最後にもう一箱を開け、中からミカンを五、六個取り出した。これは俺が食べる分だ。

まあでも前回アイテムボックスにミカンを入れてからも五日ぐらいは無事だったのだから、多分こうして準備をしたってすぐに動きがあるわけではないだろう。そう頭でわかってはいても、逸《はや》る気持ちは抑えられない。俺はコボルトの女芸人二人組のコントが流れるテレビと、視界の隅に浮かんだアイテムボックスの画面を二窓で眺めながら監視を始めた。

　ネットオークションで商品を競り落とす時のような気持ちでドキドキしながらミカンを剥《む》いて食べていると、なんと三十分ほどでアイテムボックスの方に動きがあった。

「マジかよ！」

　アイテムボックスの中からはミカンが一箱なくなり、その代わりに見慣れぬ長方形のものが追加されていた。

「なんだこりゃ……」

　それはアイテムボックス画面では単なるカラフルな棒にしか見えなかったが、凝視すると『ヤパブリンカ（34ｇ）』と説明が出てきた。これは一体どういう物なんだろうか？

　疑問に思いながら机の上に取り出してみると、ミカンの皮の横に色とりどりのプラスチックの棒のようなものが数十本出てきて乾いた音を立てた。手に持ってよく見てみるが、見た目はまるで麻《マー》雀《ジャン》の点棒のようだ。表面に刻まれた見慣れない文字をスマホの翻訳アプリに読ませてみるが、残念ながら認識しないようだった。

「価値があるのかないのかもわからんな」

　プラスチックの棒をアイテムボックスに移し、ついでに机の上にあったミカンの皮も仕舞う。アイテムボックスは何でも入れ放題、だからこうしてゴミなんかもしまっておけば嫌な匂いもしない。溜《た》まってきたら後でデカいゴミ袋の中に出すだけでいいから楽ちんだ。これは俺が編み出した、横着なアイテムボックスの使い方の一つだった。

一応もう一度アイテムボックスの中を確認するが、もう一箱のミカンはなくなっていない。やはりKEEPボタンには物を留《とど》めておく効果があるようだった。

「おっ！」

一つ謎が解明した事に安堵《あんど》したのもつかの間。俺はまたアイテムボックスに見知らぬ物が入っている事に気がついた。

「今度は何だ……？」

なくなっていたのはさっき入れたミカンの皮。そうして代わりに入っていたものは……『ポプテ雄（冷凍）』と書かれた、氷漬けの茶トラ猫だった。

「え？」

気づいた時には、俺は机の上に凍りついた猫を取り出していた。

「嘘《うそ》だろ？」

自分の心臓がバクバクと脈打っているのを感じる。別に立て続けの交換そのものに驚いたわけでも、凍った猫に驚いたわけでもない。

その猫の姿が、数年前まで実家で飼っていた猫と、瓜二《うりふた》つに見えたのだ。オレンジ色のその毛並みも、背中にある渦巻きのような模様も、俺には実家にいた猫のマーズと同じであるようにしか思えなかったのだ。

「マーズ……」

なんだか急に、テレビの音が遠くなったような気がした。俺は思わず、凍りついたその猫の背中を撫《な》でた。かちかちに固まった毛は冷たく俺の手を押し返し、ただその背中の形だけが、柔らかく弧を描いていた。

「かわいそうに……」

また冷たい背中を撫でる。凍りついた猫の苦悶《くもん》の表情が、我が事のように苦しかった。

気づけば俺は、そのかわいそうな氷漬けの猫の背を撫でながら……生きていた頃の膝《ひざ》の上のマーズの温かさを、指先に擦《こす》り付けられた湿った鼻先の感触を、寝ている間に腹の上に乗られた時の重さを懐かしく思い出し。一人、さめざめと泣いていたのだった。

◆

「つまりあんたが僕を解凍《たすけて》してくれたんだ？　正直助かったよ」

「まあ、自然解凍でだけどね……」

氷漬けの猫を前にして泣きに泣いたその翌日。瞼《まぶた》を腫《は》らした俺の目の前には、人語を喋《しゃべ》る茶トラ猫型の自称宇宙人……そう言う他にない生き物が座っていた。

あぐらをかくようにして二つ折りにした俺の座布団に腰掛けた彼は、アイテムボックスに入っていたあの氷漬けの茶トラ猫だ。どうやら彼は単なる猫ではなく、猫型の異世界人であるケット・シーだったようだ。もっとも、本人は宇宙から来たポプテという異星人だと自称してるんだけどね……。

「乗ってた船に海賊の次元潜航魚雷が着弾したってとこまでは記憶があるんだけどさ……冷凍されてほっとかれてたって事は、多分うちの身内から身代金を取れなかったんだろうね」

なんて事をニャハハと笑いながら話す猫型宇宙人は、猫よりは大きいが人よりは小さい手で上手《じょうず》に湯呑《ゆの》みを持ち上げてお茶を飲んでいる。

「いやー、助けられたのが汎用言語脳内転写《はんようインプリント》で会話できる相手で良かったよ。不幸中の幸いってやつだよね」

「あー、その、インプリントって何？」

「インプリントってのは……汎用知識の脳への焼き付けだよ。口頭言語ってのはさ、思念言語に比べてパターンが少ないから、船乗りはみんな最初の健康診断で予防接種と一緒に脳へ焼き付けを受けるんだ。どこに行っても日常会話ぐらいはできるようにってね」

「へぇ～」

そりゃ羨《うらや》ましい、俺にも大学の講義で取ってる外国語だけでもいいから焼き付けてほしいもんだ。

「しかし、自分で言うのもなんだけどさぁ……君もよくこんな見知らぬ怪しいポプテを助けようとしたよね。しかもこの星、まだ銀河通商機構《ギルド》に加盟してないんでしょ？　もしかしてポプテを見るのも初めてだったんじゃないの？」

「いや、宇宙人かどうかなんて見ただけじゃわかんなかったし。見た目が前に飼ってた猫にそっくりだったから、ほっとけなくてさ……」

凍りついた彼を解凍してから実家の庭にでも埋葬してやろうと思っていたら、生き返って風呂場《ふろば》でにゃあにゃあ騒いでいたのを見た時は本当に驚いた。アイテムボックスの中で見た時よりも、凍った状態で見た時よりも、動いている彼はますます猫のマーズにそっくりだったのだ。

俺が子供の頃に父が拾ってきた小さなマーズ、俺と一緒に育った優しいマーズ、そして俺が家を

出ていく少し前にふいっと消えた……老いたマーズ。彼が俺のアイテムボックスにやって来てからというもの、そんなマーズとのいろんな思い出が次々に蘇《よみがえ》り、俺はもう目の前の猫がどうしても他人……いや、他猫とは思えなくなっていたのだった。

「それでそのさあ、さっきから出てくる猫って何なの？」

「ケット・シー、いやポプテって言うんだっけ……によく似てる動物なんだけど」

スマホの待ち受け画面になっている今は亡きマーズの写真を見せると、フンフン鼻を鳴らしながらそれを見た彼は肩をすくめて首を振った。

「いやポプテと全然違うじゃん」

「いやいや、そっくりでしょ」

「いやいや、そりゃあ無理がある」

冗談はよしてくれとでも言うように、猫にしか見えない生き物は目を細めて肩を揺らして笑った。

正直俺はポプテと猫で違うところを見つけるのが難しいぐらいなんだが、本猫からすれば大違いなんだろうか？

「君さぁ……あ、個体識別名とかある？　言語類型的にそういう文化圏でしょ？」

「ああ、俺は川島翔坊《かわしまトンボ》」

「ふんふん、カワシマトンボね」

二十年もこの名前で生きてきてもう慣れてしまったが、俺はいわゆるキラキラネームだった。

「そっちの名前は？」

俺が聞くと、彼は前足でヒゲをしごきつつ、鼻をヒクヒクさせて答えた。

「僕たちにはトンボたちが使ってるような名前はないんだよね。ポプテの個体識別情報は全部匂いに紐《ひも》づいてるんだ。銀河の中じゃ数も少ないから、実際他種族にも『ポプテ』以外の名前で呼ばれる事ってほとんどないしね」

「え？　じゃあなんて呼べばいいの？」

「まぁ好きなように呼んでくれていいよ」

「あー……じゃあさ……君の事、マーズって呼んでもいい？」

もしかしたら俺の知る猫のマーズよりも、目の前の彼の方が年上なのかもしれないが……俺にはもう、彼の事が猫のマーズの生まれ変わりにしか思えなかったのだ。とはいえ、死んだ猫の名前で呼ばれるなんてのはいい気がしないかもしれない。そう思いながらも恐る恐る提案したのだが、彼は特に考える様子もなく首を縦に振った。

「トンボが飼ってたっていうポプテ似の動物と同じ名前か。いいよ」

そう言って、彼は机の上に置いていたスマホを持ち上げ、待ち受け画面をしげしげと眺めた。

「ポプテにはさ、『毛皮十ぺん』って言葉があってね。同じ魂は同じ毛皮で十回生まれ変わるっていうんだよ。トンボの飼ってたマーズも、もしかしたら次はポプテに生まれてくるかもね」

「へぇ～」

そうならいいな、と思ったが。同時に、もうそれはほとんど叶《かな》っているのだという気持ちもあった。もちろん、目の前の彼に言うような事でもなかったが。

「あ、そうだ、この板って情報端末でしょ？　星図って出せる？」

「星図？」

「ほら、銀河系の地図だよ。銀河通商機構《ギルド》未加入の辺境ったって、さすがにそんぐらいはあるでしょ？」

俺がスマホで銀河系の星図を検索してマーズに見せると、彼は肉球で器用に画面を操ってとびきり渋い顔をした。

「もしかして……この二次元図がこの星の一般的な星図？」

「俺はそういうのしか見た事ないけど」

「……一つ聞くけどさ、仕事でも旅行でもいいんだけど、トンボは宇宙って行った事ある？」

「ないない。昔は月に行ったりしてたらしいけど……最近は宇宙開発も下火だって聞くから、個人が宇宙に行ける日はまだまだ遠いだろうね」

「軌道上に宇宙港とかないの⁉　地上からの短距離転移装置は⁉」

「そういうのはまだまだお話の中の事だなぁ」

「えぇ……マジかよ……」

マーズはわかりやすく落ち込んで、床の上にうつ伏せで寝転がった。呼吸とともに上下に動く背中の毛を優しく撫でると、その手を肉球ではたかれた。

「もしかしてこの星、銀河通商機構《ギルド》未加入どころか……異星人との邂逅《かいこう》も果たしてない？」

「え？　いや多分、そうだけど……」

マーズが本当に宇宙人だというのならば、今この瞬間がファーストコンタクトと言えるだろう。

「マジ⁉」

叫びと共にマーズの尻尾《しっぽ》はピンと天を突き、しなしなと力を失って机に垂れた。

「……トンボはさぁ、なんで異星人に会ったのにあんまり驚いてないの?」

「え? 驚いてるよ」

「驚いてないじゃん!」

というか半信半疑なだけでもあるけど……明らかに地球では見た事ないものが手に入るアイテムボックスから出てきたから、どっかのダンジョンの向こうにいた人なのかなとは思ったけどね。

「船乗りの間じゃあ宇宙進出直前ぐらいの未開地の人間に捕まったら、解剖されて標本にされるって言われてるんだけど……トンボはそんな事しないよね?」

「しないしない」

そういう認識も二、三十年ぐらい前だったら、あながち間違いとは言えなかったのかもしれない。

だが、今の異世界人や他人種に溢《あふ》れた状況ならいちいちそんな事するだろうか?

「だってポプテって種族、猫とかケット・シーにそっくりだし。ダンジョンができてからは異種族の人たちはいっぱい地球に来てるから、ぶっちゃけ別にマーズが宇宙人でも誰も気にしないんじゃないかな? テレビにもよく出てるしね」

そう言いながらテレビの電源を点《つ》けると、ちょうどやっていたお昼のワイドショーの狼人《ワーウルフ》のコメンテーターが映る。マーズはごろんと横を向いてテレビに顔を向けた。

「彼は何星人?」

「ダンジョンの向こうから来た異世界人だよ。帰化した狼人《ワーウルフ》の米山《よねやま》フガジさん」

「こういう人たちがいるからびっくりしなかったって事? あっ! 彼らの世界に宇宙船は……」

「うちの世界が一番科学技術が進んでるって話だけど……」

持ち上がりかけたマーズの尻尾は、再びぺたんと床に落ちた。

「そういや僕って、どうやってこの星に来たの？」

「そりゃあ俺のアイテムボックスの中に……」

「アイテムボックス？」

俺がマーズがここにやって来る事になった経緯を最初から詳しく説明し始めると、机から下りて座布団に座り直した彼は静かに耳を傾けた。そしてアイテムボックススキルの発現から様々な実験、銃の暴発事故からマーズの解凍に至るまでを話す途中、俺に一切の質問をしなかった。

そうして全てを話し終えた時、マーズは難しい顔で目を閉じ、額を肉球で押さえていた。

「……トンボのそれ、多分アイテムボックスって異能《スキル》じゃないよ」

「えっ？」

薄々そうじゃないかと思ってたけど、やっぱりそうなのか。

「それは多分、銀河通商機構《ギルド》のお偉いさんや銀河総合商社《ギャラクシーマート》の創業者一族が持ってるっていう特殊な異能……こっち風に言えばレアスキルかな？　それと同じものだと思う」

「それって？」

「詳しい事は知らないけど、そのスキルを持つ者だけがアクセスできる市場《マーケット》があるとか……」

「俺のは入れといた物が別の物に変わってるだけなんだけど……」

「じゃあトンボのスキルはそれらの制限版なのかもね。出品だけができる……フリーマーケット……いや、ポプテの死体捨てに使われるような場なら、ジャンクヤードみたいなもんかな？」

ジャンクヤードか、どうせなら欲しい物を自由に買えるような便利スキルなら良かったのにな。

「僕の他に交換された物ってどんな物だった？」

「えっと、この銃と、この点棒」

「銃に……点棒……？　え？　これ、マジ？」

マーズは点棒を肉球にくっつけて持つと、嫌そうな顔でそれを見た。

「銃の方は多分よくある偽装銃だと思うけど、この薬はパハブリンカでしょ？」

「薬なのそれ？　ヤパブリンカって書いてあったけど」

「なお良くない！　クソヤバい麻薬だよ。銀河一般法では所持だけで死刑。これはさっさと処分しちゃった方がいいね」

「げっ！」

俺は急いで点棒と銃をジャンクヤードの中に片付けた。

「ヤパブリンカのおかげでわかったよ。トンボのスキルにアクセスしてるのは海賊だ」

「海賊!?」

「ああ、偽装銃に麻薬に、身代金の取れない冷凍ポプテ。いかにも海賊が持ってそうなものばっかりでしょ？」

言われてみればたしかにそうだ。

「それってヤバくない？　ジャンクヤードだっけ？　これやっぱもう使わない方がいいのかな？」

「まぁヤバいはヤバいけど、別に大丈夫じゃない？」

「ええ？　だって海賊でしょ？」

「こっちが相手の事を知れないように、相手だってこっちの事を知りようもないんだからさ。迂闊《うかつ》に情報さえ渡さなきゃ問題ないんじゃない？」

そう言われれば、そうか。俺はとりあえずアイテムボックス……いやジャンクヤードに入れていた雑多な物全てにＫＥＰ設定をかけた。免許証とか取られて家まで来られたらたまんないからな。

「まあでも逆に言ったらさ」

「何？」

マーズはなんだか申し訳なさそうな顔で俺を見つめた。

「海賊なら海賊船とかも持ってるって事でしょ？」

「海賊船⁉」

宇宙の海賊船を想像して、俺はドキッとした。不意に、小さな子供の頃の夢を思い出したのだ。

そうだ……俺には夢があった。小さい頃の俺の夢は、左腕に仕込まれたマシンガンで敵を倒し、宇宙の美女のピンチに颯爽《さっそう》と駆けつける、かっこいい宇宙海賊になる事だった。妹と一緒に、筒状のポテチの空き容器に腕を差し込んでよく遊んだものだ。

人は夢を忘れて大人になる生き物だ。だが、その夢を本当には忘れる事ができないのもまた、人という生き物だった。海賊姿の自分を思い浮かべて上の空になった俺の膝《ひざ》を、マーズは訝《いぶか》しげにポンポンと叩《たた》いて話を続けた。

「それでさトンボ、もしこの先交換で船が手に入るような事があったらでいいんだけどさ。最寄りの銀河通商機構《ギルド》加盟星まで乗っけてってくんない？　地元に帰れたらさ、お礼に美味《うま》いもん死ぬほど送るから」

「ああ、もちろんいいよ」

「良かった、そうしてくれると本当に助かるよ」

頭を下げてそう言うマーズを見て、俺はなんとなく胸が切なくなるような気持ちになっていた。彼は俺にあんまり迷惑をかけないよう、ああいう言い方をしてくれているんだと思うけれど、俺はもう彼の事を他人とは思っていなかったのだ。

同じ毛皮の猫が二回同じ人間のもとにやって来たのだ。きっと何かの宿命か、運命がある。そう思わずにはいられなかった。

「いや、そうじゃないな……」

「え？」

「宇宙船、必ず手に入れよう」

そう返事をして、俺の中で何かが腑《ふ》に落ちた気がした。

「そりゃあ嬉《うれ》しいけど、なんで今日会ったばっかりのポプテにそうまで言ってくれるのさ？」

「さっき話した猫のマーズがいなくなった時さ、うちの家族はずーっと待ってたんだよ。毎日ご飯を用意して、心配しながら、探しながら、何ヶ月も何ヶ月も待ってたんだ」

「…………」

「多分さ、マーズの地元でも、俺と同じような人がずっと待ってるんだよ。その気持ちが痛いほどわかるから、俺はマーズを帰してあげたいんだ」

マーズは俺の言葉を聞いて、牙《きば》を剥《む》いてニッと笑った。

「ありがたいね。猫のマーズには足を向けて眠れないよ」

「ただ、金もないから時間かかるかもしれないけど……まぁ、よかったらゆっくりしていってよ」

「ありがとう。この恩は返す時が来たら必ず返すから……じゃあ、しばらく世話になるよ」

俺はマーズの肉球と、ギュッと握手を交わした。

思えば大学受験が終わってからこっち、生活や単位に追われる事以外で何かをやろうとした事ってなかったかもしれない。何の目的もなかった人生に、急に光が灯《とも》ったようだった。

「そんでさぁ、この星の人らって何食ってんの？　どうもお腹《なか》減っちゃって……」

マーズは小さなお腹を手で押さえながら、すまなそうな顔でこちらを見上げた。

「逆にポプテって何か食べれないものある？　地球の猫はネギとかチョコとか駄目なんだけど」

「まあ船乗りは何でも食うよ。無機物はちょっと苦手だけど」

冗談のつもりなんだろうか、マーズはちょっと口の端を曲げながらそう言った。まぁ猫に見えるとはいえ宇宙人だしな。一回人間と同じ物を出してみて、駄目なら猫缶でも買ってくればいいか。

「袋ラーメン……炭水化物ならどう？」

ジャンクヤードから取り出した袋麺《めん》をマーズに見せると、彼はフンフンと鼻を鳴らしながらパッケージ裏の成分表を読んだ。

「酵母エキスってのが何なのかわかんないけど、多分これなら転化装置なしでも食えるかな」

袋麺を俺に返しながらそう言う彼をテレビの前に残し、水を入れた鍋《なべ》を火にかけて換気扇を回す。どこからともなく冷たい風が流れ込んできて、俺は裸足の右足を左足で踏んづけて暖を取った。

「あ……マーズ、醤油《しょうゆ》と豚骨どっちがいい？」

「美味《おい》しい方で！」

豚骨味の麺を鍋に入れ、シンクの上の窓をちょっとだけ開けると、外では太陽が隠れて雪がちらつき始めていた。

「あ、今日もバイトか……」

雪でも降りそうなぐらい冷たい風が吹き込んでくる窓を閉めると、また別のところから風が吹き込んでくる家賃四万、1LDK、隙間風吹きまくりの貧乏アパートで、ジャンクヤード使いの俺と宇宙猫のマーズ、一人と一匹の奇妙な暮らしはこうして始まったのだった。

◆

「形はレーションみたいだけど、なかなかいけるね。中の肉もいい感じ」

「これ、中に入ってんのはタコっていう海の生き物なんだよ」

猫型宇宙人のマーズを伴って役所に行ってきた帰り道、俺たちはたこ焼きを食べながら雪降る町を歩いていた。マーズの仮帰化申請、というか仮国民登録といった感じだろうか。成人男性の俺が後見人になる事によって、マーズを日本に住んで働けるように申請してきたのだ。

「しかしこれが保険証ね。紙でできてるけど、なくしたり濡《ぬ》らしたりしたらどうすんの？」

「なくしたり濡らしたりしないようにすんだよ」

マーズは役所で取り急ぎ作ってもらえた保険証を爪の先に挟んで、ピラピラと振った。異世界と地球がダンジョンで繋《つな》がってからこれまで、幾度もの混乱を乗り越えてきた役所の異世界人課の対応は簡潔で手早く、良く言えば融通無碍《ゆうずうむげ》、悪く言えばある意味ガバガバとも言えるものだった。

なんせ二十年も前から毎日毎日、国交も結んでない国から代わる代わる人がやって来ては帰っていったり住み着いたりするのだ。いちいち全部精査していてはいつまで経《た》っても仕事が終わらないのだろう。ブラックリストに入っていない国や種族、危険そうに見えない異世界人に関しては、後見人がいる場合はほとんど素通りで仮帰化申請を通しているようだった。

問題になるかと思ったマーズの出自に関しても……国内にはまだ見つかっていないダンジョンも多いという事もあり、かなりふわっとした説明でも普通に通って逆に驚いたぐらいだ。地方では自分たちの身を守るために自警団《ヴィジランテ》を組んで、勝手に住み着いた異世界人狩りをやっている所もあるそうだが、都会では概《おおむ》ね異世界人を受容して税金を取る方針で固まっているようだった。

「トンボ、そういやジャンクヤードはどう？　昨日から動きはあった？」

「うん。昨日交換されてた謎の部品だけどさ、今日また謎の布と交換されてたよ」

俺のスキル『ジャンクヤード』はヘンテコなスキルだ。

これは物々交換のできる無人販売所のようなもので。何かを入れてしばらく放っておけば、運次第で別の物と交換されているという、使えるんだか使えないんだかよくわからない力だ。そのジャンクヤードに実験がてら流したミカン一箱は、その後だいたい半日に一度ぐらいの間隔で交換が進んでいた。

ミカン一箱　↓　麻薬　↓　宇宙の貨幣　↓　食料用プラント（の部品）と交換されていき、今は謎の黄色い布になっている。説明では『力場伝導性熱結合ポリジ布（６２０％）』となっているが、これだけでは何がなんだかわからない。だからこういう物の意味や価値をマーズに教えてもらいながら、わらしべ長者形式で交換していって……最終的には宇宙船を目指そうというのが今の俺たちの計画だった。

「やっぱり麻薬《ヤバブリンカ》の後に交換されてた現金《リンド》の額から見ても、多分トンボのスキルは等価交換なんだと思うんだよね」

「等価交換ねぇ、正直宇宙の物の価値は全然わかんないんだけど……まぁ損してないんならいいか」

「損してないから良いとも言い切れないよ。宇宙船を目指すんなら、宇宙の物をグルグル回してるだけじゃ駄目なんだ。どっかで地球の物に変えて価値を高めていかないとさ」

「宇宙の物を使って地球で金儲《かねもう》けかぁ、金の延べ棒でも来てくんないかな……」

ていうか等価交換って事は、ミカンの皮と交換されてきたマーズって一体……いやでもそこらへんはもしかしたら、スキルを持った人自身の価値基準が関わってくるのかもしれないな。そんな事を考えながらザクザクと音を立てる雪道を歩いていると、隣のマーズが「あっ」と声を上げた。

「トンボ、あれ何？　なんか音出してるけど」

ピョコンと尻尾《しっぽ》を立てたマーズが指差した先には、客引きの音声を流しながら低速走行する石焼き芋の販売トラックがあった。

「ありゃ石焼き芋だよ。甘い芋」

「芋が甘い？　なんだよそれ」

「食べてみる？　高いから半分こだけど」

「いいの？　食べてみたい！」

俺たち二人は小走りで焼き芋屋を追いかけ、一本四百円もする黄金色の焼き芋を半分に割って分けあった。

マーズは甘党なんだろうか、昨日食べたラーメンや今日食べた焼きそばやたこ焼きにはあまり興味なさげだったのだが、焼き芋の甘さにはつぶらな瞳《ひとみ》を見開いて大喜びしているようだった。

「あんまぁ～！　なんだこりゃ！」

「おお、こりゃ当たりだ、甘いなぁ」

「おっ、兄さんわかってるね。当たりも当たり、大当たりよ。うちは芋にこだわってんのよ。なんつったって紅はるかだからな」

焼き芋に齧《かじ》りつく二足歩行の猫が物珍しかったのか、焼き芋屋のオッサンが窯に薪《まき》を足しながら得意げに話しかけてきた。

「猫の兄さんは最近日本に？」

「ああ、つい最近ね」

「日本は焼き芋に限らず色んな美味いもんあるからさ、良かったら楽しんでってくれよな」

「もう楽しんでるよ」

本当に美味そうに芋を食べるマーズに気を良くしたのか、焼き芋屋のオッサンはちっこい芋をサービスにくれて去っていった。

「トンボ、これジャンクヤードに入れといてよ。後で食べるから」

「ああ、いいよ」

俺がちっこい焼き芋を収納すると、マーズは持っていた芋を口いっぱいに頬張ってゴロゴロと喉《のど》を鳴らした。改めて見ても、本当に猫そのものだ。俺が芋を食べながらマーズの喉の音を聞いていると、またどこからともなく移動販売の音楽が聞こえてきた。

「あっ、また音鳴らしてる車が来た。あれもなんか甘い物売ってるの？」

「ありゃ灯油……燃料の移動販売だよ」

「じゃあ、あっちのでっかいのは？」

「ありゃ自衛隊の……特機運搬車ってやつ」

マーズが背伸びをするようにして見つめる灯油の移動販売車の反対側からやって来たのは、自衛隊の戦闘用ロボットの運搬車だった。

「なんだか原始的なロボットだなぁ」

「宇宙人から見りゃそうかもしれないけどさ、日本の子供はみんな一度はあれのパイロットに憧《あこが》れるんだよ」

「トンボも？」

「そりゃあ乗れるもんなら乗ってみたいけどさ、あれに乗るのは東大に入るより難しいんだよ」

ダンジョンから出てきた都市破壊級の魔物と取っ組み合いをするための戦闘用ロボットだ、きっとあれに乗りたくない男なんて一人もいないに違いない。俺だって小学生ぐらいの頃は真剣に、いつかはロボットのパイロットになると心に決めていたのだ。

そうだ……俺には夢があった。小学生の頃の俺の夢は、ピンチの人の前にロボットで颯爽と現れ、でっかい銃で魔物を倒して去っていくヒーローになる事だった。妹と一緒に、逆さにした子供用椅子をコックピット代わりにしてよく遊んだものだ。

人は夢を忘れて大人になる生き物だ。だが、その夢を本当には忘れる事ができないのもまた、人という生き物だった。想像の中の操縦桿《そうじゅうかん》を手にキリッとした顔を作る俺の耳に、聞き捨てならないマーズの言葉が飛び込んできた。

「まあでもああいうの、宇宙だとありふれてるからいつか交換で来るかもよ」

「え？　ほんと⁉」

しゃがみ込んだ俺が、思わず掴《つか》んだ彼の肩をガクガク揺すると、マーズはなんともうっとうしそうな顔で首を縦に振った。

「ほんとほんと」

「え？　え？　マジ⁉」

それならいいなぁ、夢が広がるなぁ……なんて事を思いながら、俺は顔と胸にカバーのかけられたモスグリーンの特機を、運搬車が角を曲がって見えなくなるまでじっと見つめていた。

やっぱり、ロボットはかっこいいな。もしいつか手に入ったら、絶対にかっこいい色に塗るぞ！

童心に返ってそんな決意を固めていた俺の服の裾《すそ》を、柔らかい肉球がちょいちょいと引いた。

「見て見てトンボ、なんかまた音鳴らしてる車が来たよ！」

「あ……ありゃあ、ヤンキーの車だね」

今日初めて町に出てきたばかりのマーズは、色んなものに興味津々なのだった。


「うーん、こりゃあ凄《すご》いな」

夜も更けた午前零時。マーズは俺がバイト先からかっぱらってきた廃棄のピザを齧りながら、フンフンと鼻を鳴らして片手の肉球で黄色い布を揉《も》んでいた。

この布は俺のスキルのジャンクヤードでミカン一箱から四回の交換で辿《たど》り着《つ》いた物だ。一応説明では『力場伝導性熱結合ポリジ布（６２０％）』とあったが、俺には全然正体がわからなかった。

「それって何に使うもんなの？」

「これは力場を伝導する布なんだけど、それだけじゃなく同時にブースターにもなるって代物だよ」

余計にわからなくなったな。俺はカチカチに固まったピザを第三のビールで流し込み、もう一度聞いた。

「どう使うわけ？」

「まあ待って、力場ってわかる？」

「いや、わかんない」

「引力ってあるでしょ？　その逆が斥力と言って……」

「待った待った、どう使うのかだけ教えてくれればいいから……」

マーズはちょっとだけ困った顔をして、こちらにグッと布を突き出した。

「これを身に纏《まと》えば強力なバリアが張れる。ただしバリア発生装置がないから今は使えない……って感じかな」

「あ、そういう事……」

「正直これは実用性があるから、残しといた方がいいと思うよ」

「じゃあ、残しとこう」

詳しく説明してくれようとしたマーズには申し訳ないけど、多分難しい話を最後まで聞いても何もわからないと思う。文系だしな。とりあえずこの布も残した方がいいならば残しておこう。交換用の冬ミカンもまだあるし。

「あ、そういやトンボ、昼間の小さい芋出してよ。デザートにするから」

「ああ……あ、ごめん交換されてるわ……」

「えっ⁉　キープしといてくれなかったの？」

「いでっ！　ごめんって！」

掌《てのひら》に突き刺さったポプテのマーズの爪は、猫のマーズの爪と同じぐらい痛い。俺はフシャーと怒る彼の前に、慌ててジャンクヤードからミカンを取り出した。

「これも甘いから、これで勘弁してよ」

皮を剥《む》いたミカンを丸のまま差し出すと、マーズはフンフンと鼻を鳴らして訝《いぶか》しげな顔で匂いを嗅《か》いだ後、がぶっと噛《か》み付いて目を丸くした。

「甘い、何これ！」

「温州《うんしゅう》ミカンだよ」

宇宙というのはよっぽど甘いものがないんだろうか……甘い石焼き芋に大感激していたマーズは、甘いミカンにも大興奮しているようだった。

「これって絶対砂糖足してるよね？」

「足してないよ。木からもいだままだと思う」

「木から⁉　なんでこんなに甘い果実が木になるの？」

「ミカンってこんなもんだと思うよ」

普通の猫は柑橘類《かんきつるい》が嫌いなのだが、どうも宇宙の猫はそういうわけでもないようだ。マーズは目《め》尻《じり》の下がり切った表情で、両手の肉球で抱えるようにして持ったミカンを丸かじりしていた。

「これを一箱も交換に出したんでしょ？　そりゃあ六百四十万リンドはするわなぁ」

「その六百四十万……リンドだっけ？　ってどれぐらいの価値なの？」

「僕の去年の年収がだいたい六百万リンドだったかな」

「えっ⁉　ミカン一箱がマーズの年収より高いの⁉」

マーズは口の周りをペロリと舌で拭《ぬぐ》い、わかってないなぁと右手の爪を左右に振った。

「この味ならそんぐらいは……いや出す奴《やつ》はもっと出すね。僕も色んな星回ったけどさ、こんな上品な甘さの果物は食べた事なかったもん」

「そんなに美味《うま》いかな？　これでも訳あり品で、一箱で俺の時給三時間分ぐらいだよ？」

「貿易ってのはそんなもんだよ。普通、距離ってのは離れれば離れるほど物の価値が高くなんのさ」

「そんなもんか……」

「まあ地元の味ってのはどうしても食べ慣れちゃうからね。本当のありがたみってのは、星を離れてみなきゃわかんないもんだよ」

「マーズの星は何か名産品あったの？」

「うちの地元は蟹《かに》の殻を油で揚げたお菓子が有名だよ。最近は銀河総合商社《ギャラクシーマート》の流通にも乗ってて各星系で食べられてるんだ」

マーズはミカンの汁まみれの鼻を高々と上げ、毛並みのいい胸を張ってそう言った。そんな彼の顔をティッシュで拭《ふ》いてやろうとすると、ニャッ！　とその手をはたかれてしまった。しかし、蟹の殻の揚げたやつ……本当に美味《おい》しいんだろうか？

「しかし、今回は力場伝導素材っていう当たりが来たからいいけどさ。昼間も言ったけどこうやって交換待ちしてても同じぐらいの価値の物がグルグル回るだけでしょ？」

「まぁそうだね」

マーズは片手の肉球でポンポンとバリアの布を叩《たた》き、反対側の小さな指でこちらを差し「そこでだ」と続けた。

「これから先、いい感じの物が来たらこっちの金に変えてみない？」

「それって宇宙の物を地球で売るって事？　でもこんな布売れるかなぁ？」

珍しい布として売ってもいいかもしれないが、それこそ俺みたいな素人《しろうと》が持ち込んでも買い叩かれるだけのような気もするけど……。

「まぁそのまま売れるならそれもアリだけどさ、売れなくても金儲けの種ぐらいなら色々あると思うんだよ。それこそこの布とか」

小さな肉球が黄色の布をちょいと摘《つま》んだ。どうもマーズはもうこの布で金儲けをする算段がついているらしい。

「まあ金にできるなら言う事ないんだけどさ。俺そういうのって全然わかんないんだよ」

「そういうのって？」

マーズは不思議そうな顔で聞いた。

「金儲けとかさ、どうやったらいいかわかんないんだよね。わかってたらこんな暮らししてないんだけど」

隙間風を避けるために布団にくるまった俺が廃棄のピザを掲げてそう言うと、彼は深く頷《うなず》いた。

「大丈夫、商売の仕方ってのはやれば身につくもんだからさ。ちょっとずつ覚えていけばいいさ」

「マーズはそういうの得意なの？」

「船乗りだって言ったろ？　ただ船飛ばしてるだけじゃ金にならないからね、そういう事だって仕事だったのさ」

彼はモフモフの胸をピンと張って、自信満々でそう言った。

「え？　マジ？　それって俺にも教えてくれる？」

「もちろんいいよ。その代わり、やるならトンボが頭だからね」

マーズはモフモフの手でピッと俺の顔を差した。

「俺が？　マーズの方がいいんじゃない？」

「あのさぁ、僕はいつか自分の地元に帰るんだよ？　トンボはその後どうすんのさ、ずっとこんな暮らしを続けてくわけ？」

マーズはそう言いながら、カチカチになったピザをちょんとつつく。たしかに、俺だってずっとこのままでいいとは思っていない。変わらなきゃ、とずっと思いながらもどうしたらいいのかわからずにいたのだ。

「まぁ、そうか。そうだよね」

「大丈夫だよ、そんな凄い力があるんだから。本当はトンボなら一人でいくらだって稼げるんだよ」

彼は俺にそう笑いかけた。

「稼いだ先に宇宙船が手に入ったら、それはもちろん嬉《うれ》しいけどさ……そんなデカい話じゃなくても、もうちょっと金があれば色々楽になるでしょ？」

俺は彼の話に、深く深く頷いた。たしかにもうちょっと金があれば楽、というよりはなきゃジリ貧だ。東京での一人暮らしはいつでもキツく、金稼ぎは急務とも言えた。

「ほら、たとえば金があれば昼間の焼き芋だって、一人一本ぐらい食えるわけだしさ」

「焼き芋ぐらい……とは言いたいけど。たしかにそんぐらい余裕がある暮らしなら、ちょっと我慢すればコタツとかも買えるよなぁ」

「この変な味の酒も飲まなくてよくなるしね」

マーズは俺の第三のビールを勝手に全部飲み干して、変な顔をした。

「変な味って思うなら飲むなよ！　それでも高いんだから！」

「ま、ま、とにかくさ、せっかく凄い力があるんだから。豪勢に！　とは言わないけど、食うに困らないぐらいにはしようよ。当面の間、仕入れはトンボ、目利きは僕で……」

「そうだね、大目標はでっかく宇宙船としても……小目標は手近なところで、とりあえず生活費から稼ごうか！」

「おお！　やろうやろう！」

「改めてよろしくね、マーズ」

深夜零時の１ＬＤＫ、ちゃぶ台の廃棄ピザと第三のビールの上で、俺と猫型宇宙人は二度目の握手を交わしたのだった。

◆

とはいえ、「稼ごうか！」と意気込んだところですぐに商売ができるわけじゃない。種銭もないし、アイデアだってもちろんない。更に言えば日々の暮らしだってあるのだ。結局俺は普段通りに大学の講義を受け、凍えながらバイクに乗ってピザ屋のバイトをこなす事になった。

もちろんその合間にはホームセンターやスーパーや道の駅へ行き、商売のネタや、ジャンクヤードで交換に出す物を探したりもしていたのだが……同時に、今度発売される新作ゲームのために、旧作をやり直したりもしていた。趣味は大切だ。金稼ぎのために趣味をおろそかにしていたら、何のために金を稼ぐのかもわかんないわけだしな。

俺がそんな一週間を過ごしている間、マーズはマーズで日本に住む申請の続きのために役所に行ったり、保健所に行ったりと忙しく過ごしていたようだ。そしてそんな手続きも一通り終わり、マーズがフリーになって俺のバイトの給料も出た今夜、俺たちはついに商売のための作戦会議を始めようとしていた。

「さてと……」

「……ん……お～、やるぅ……？」

俺がゲーム機の電源を切ってチャンネルをテレビに変えた事に気づいたのか……俺のバスタオルを布団代わりにして、二つ折りにした座布団を枕に爆睡していたマーズはしょぼしょぼした目を瞬かせながら起きてきたようだ。

「ちょっと待ってね」

晩飯のもやし鍋《なべ》の残りを台所に下げ、お茶のペットボトルを持って戻る。

「しかしこの国、水は美味いのにペットボトルのお茶ってのはなんでこんな味なんだろうね」

「そんなにマズいかな？　ちゃんと用務スーパーで買ったやつだよ」

「僕もだんだんわかってきたけど、そのスーパーってマジで激安のとこでしょ？　食べ物はちゃんとしたとこのもの食べなきゃいけないと思うよ」

「大丈夫大丈夫、あそこは外食産業も頼りにしてるスーパーなんだから」

俺は、なんとなく釈然としない顔をしたマーズの前のコップにお茶を注ぎ、自分のコップにも入れてからペットボトルをちゃぶ台に置いた。

「とりあえずジャンクヤードの方から？　一昨日マーズに見てもらった時からまた交換されてるのがあったし」

「そうだね」

「じゃあ、まずこれ」

そう言って俺がジャンクヤードから取り出したのは、ランタンのようなものだ。円柱形の本体からスイングする持ち手が伸びていて、なんだかいかにも光りそうな見た目をしている。説明は『ユオ空間転写装置 銀河ネットヤカタ別注モデル』だが、例によって全くわからん！

これはこの一週間の間に柿一個 ↓ 断熱材 ↓ 宇宙船用塗料 ↓ 絵画 ↓ ランタン と交換が進んだものだ。どうも交換も必ず半日に一回行われるというわけではなく、物によって時間が違うようだ。

「あ、これ実家にあったなぁ」

「え、そうなの？」

「古い普及型のホロヴィジョンだけど、ベストセラー商品だし一個ぐらい持っといてもいいんじゃない？」

言いながら、マーズがちょいとランタンを肉球で押した。ランタンはグラグラと大きく揺れるが倒れる様子はなく、やがて直立状態へと戻っていった。

「ほら、安全機能付きで子供が触っても大丈夫なの」

「へぇ～。そんでこれは何に使うの？」

「あれといっしょ」

マーズは部屋のテレビを指差した。なるほど、宇宙のテレビか。とりあえず確保。

「そんでもって次はこれ！」

俺が取り出したのは、長方形の黒い電源アダプタのような物だ。これはずーっとジャンクヤードに入れっぱなしにしていた雑多なゴミのどれかと、いつの間にか交換されていたようだ。『ナラカパ イリキWZ お楽しみ 詰め合わせ』と書いてあるが、マジでわからん。

「あー、こういうのってあるよね」

「え？　なになに？　何に使うもの？」

俺が聞くと、マーズは苦笑いで頭を掻《か》いた。

「地球にもあるのかわかんないけどさ、古いゲームとかをライセンス取らずに勝手に詰め合わせて売っちゃうの」

「いやそれ、地球にもめちゃくちゃあるよ」

「あ、そうなんだ？」

「ていうかゲーム⁉　宇宙のゲームってどんなのか物凄《ものすご》い興味あるんだけど！　あのランタンのテレビに繋《つな》いでやれないの⁉」

「地球のゲームみたいにコントローラーとかないんだけど、思考操作用の機器とかってある？」

「思考操作……いや、ないと思う」

「じゃあ駄目だね」

俺はちゃぶ台の上に突っ伏した。宇宙のゲーム、やってみたかったな……。

「他のは動きないの？」

「他は動きなしだね」

「まあでも今週はデカい成果が色々あったからいいか」

そう言いながら、マーズは肉球を上に向けた手をちょいちょいと動かす。はいはい。俺がちゃぶ台の上に三つのものを取り出すと、彼は満足そうにフンフンと鼻を鳴らした。

「まずは力場伝導布」

「バリア布ね」

力場《バリア》の伝導率が凄くて力場ブースターにもなるという黄色い布だ。

「それと、安定化《マスターチャンク》マオハ二キログラム」

「結局さ、それって何なの？」

机の上に置かれた、青紫に発光する長方形の板を指差して聞くと、マーズは大げさに掌《てのひら》を上げて肩をすくめた。これはストックしていたミカン一箱　↓　首が三本ある人用のアクセサリー　↓　ヤバそうな記憶媒体　↓　『純マオハ化物質１００％』と交換されてきたものだ。

「だから地球で言う金塊みたいなもんなんだって、今使い道はなくても貨幣《リンド》が通用しない相手が出てきた時にこれで取り引きできるの」

そりゃあいいけど、どうも見慣れない貴重品ってのはありがたみを感じにくいもんだな……とは思うが、青紫色の延べ棒を嬉しそうに撫《な》でるマーズにそうは言いづらいのだった。

「あと、今週の目玉は何と言ってもこれだよな、銀河警察横流し品の生体維持装置《ギャラクシーポリス》」

名残惜しそうに延べ棒から手を離したマーズがポンポンと叩くヘッドホンのようなそれは、ところどころ塗装が剥《は》げていて謎の文字がステンシルで吹き付けられていた。

「そういえばそのステンシルの文字って何て書いてあるの？」

「893-33-4 オイカゲって書いてある、元の持ち主の名前じゃない？」

「宇宙海賊から流れてきたって事は……」

「ま、殉職か横流しかだけど。生命維持装置が残る死に方って滅多にないから、多分横流しでしょ」

「だよね、そうだよね！」

宇宙人の幽霊がくっついてたらおっかないぞ。塩じゃあ成仏してくれないだろうしな。

「とにかく、これがあれば力場伝導布《バリア》と組み合わせて力場《バリア》が張れるってわけだ。持ってるねぇ、トンボは。これでダンジョンに行けるね」

「それ手に入れた時も言ってたけどさ、本気でやるの？　ダンジョンに行商に行くって話」

「いいでしょ？　役所の隣にある図書館の情報端末で色々調べたんだけどさ、多分これさえあればボロ儲《もう》けできるよ」

ボロ儲けはいいけれど……俺は正直言ってちょっと不安だった。

バリアの力を実体験させてもらって危険はないという事はわかっていても、どうしようもなくビビっていた。そりゃそうだ、安全だから大丈夫と言われて皆が皆安心できるなら、バンジージャンプを飛べない人などいないのだ。

「トンボ、あんなにバリア試したのにまだビビってるの？」

「いや、全然ビビってないけど？」

「ビビってんじゃん」

去勢を張る俺にマーズはにっと笑いかけて、俺の膝小僧《ひざこぞう》をポンポンと叩《たた》いた。

「まあ、わかるよ。何だって最初の一回目は不安さ。僕だって、初めて航海に出る前の夜は不安でたまらなかった。それでそのまま朝まで眠れず、結局ふらふらのまんま船に乗って真空の闇に身を委ねたのさ」

「…………」

「大丈夫。ビビってたって目さえ開いて飛び込めば、大抵の事はなんとかなるよ」

「そうかな？」

「そうだよ」

まぁ、どのみちどれだけ怖くたって、やらないはないのだ。ジャンクヤードの実験のために色々と買ったせいで、俺は今月ちょびっとだけクレカのリボ払いにも手を付けていた。限界ギリギリだ、前に出て稼ぐ以外に手はないのだ。

「それじゃ、明日からでいい？」

「いや待った、明日は第二外国語の授業があるから、明後日にしてくれ」

「明後日ね。よし、決まり！　『ダンジョンでコンビニ大作戦』でバリバリ稼ごう！」

にかりと笑ったマーズがお茶の入ったコップをこっちに掲げたので、俺もお茶のコップを持ち上げてそれに合わせる。

こういうのって、宇宙でもやるんだ……と不思議に思いながら見つめた透明のコップの向こう側では、ちょっと横に太って見える猫のマーズが、マズそうな顔でお茶を飲み干していたのだった。

第二章【タバコと猫と缶コーヒー】

「ひっ！　なんかいる、なんかいるよ」

「いても大丈夫だって、力場《バリア》があるんだから」

結局あれからダンジョンに入るための冒険者としての登録と座学研修に数日を費やし、俺たちは週をまたいでからここ東京第三ダンジョンにやって来た。仄暗《ほのぐら》い岩肌、ごうごうと吹き抜ける湿った風、飛びかかってくる危険な小動物、どれも俗世では見ないものばかりで、俺はもう入り口からここまでビビりまくり。半べそをかきながら必死で歩いていた。

「ほんどに、ほんどにだいじょぶ？」

「動くものを弾《はじ》くように設定してるから、矢でも鉄砲でも、真っ赤になったカミソリ蟹《がに》でも大丈夫だって……ビビって泣くのはいいけど鼻水つけないでよ⁉」

俺は今、ヘッドホン型のギアを装着して黄色い布を古代ローマ人のトーガのように着こなし、その上からマーズを収納した動物用の抱《だ》っこ紐《ひも》を装着していた。控えめに言ってめちゃくちゃ不審者だと思う。だってこれまですれ違った人、全員こっちをジロジロ見てたもん。

「もうここらへんでもいいんじゃないの？」

「まだ二キロぐらいしか来てないよ。情報ではもう五キロ先にでっかい広場があるらしいから、そこまで行こう」

「うー、自転車か何か買ってくればよかったかな……」

「意外と地面は整ってるけど、段差も多いし無理があるんじゃない？」

ダンジョンにも、繋がってる異世界によって色々タイプがあるらしいのだが、ぶっちゃけ俺の家から近い東京第三ダンジョンは自然洞窟《どうくつ》とほとんど同じだった。ごつごつした岩肌のダンジョンの中には大量の照明が吊《つ》るされているとはいえ、ぶっちゃけまだまだ薄暗くて正直怖い。

バリアで防げるとはいえ獰猛《どうもう》な野生動物、いやダンジョンの中の生き物は魔物と言われてるんだったか……がむちゃくちゃ飛びかかってくる。たいていの魔物はバリアに弾き飛ばされた時点で逃げていくのだが、たまーに勇猛果敢に挑みかかってくる奴《やつ》もいて、そういうのは必死で物干《ものほ》し竿《ざお》で殴ったり石を投げつけたりして撃退していた。

「またあのちっさい犬来たらどうしよう、十回ぐらい棒で叩いてもピンピンしてたよな」

「銃持ってるでしょ、あれでやっちゃいなよ」

「人に見られたらどうすんだよ、日本には銃刀法ってのがあってね……」

「あの銃、偽装されてるから宇宙じゃ違法だけど、地球なら問題ないでしょ。実弾出ないんだから」

「そうかなぁ？」

「そうだよ、でもとても携行武器とは思えないぐらいの威力してるっぽいからなぁ……多分、地面に向けて引き金引き続けるとマントルまで削っちゃうから気つけてね」

「やっぱヤバい銃じゃん！」

「そりゃああの高価なミカン一箱と交換されてきたぐらいなんだから、ヤバいのはヤバいでしょ」

宇宙のものは全体的にヤバすぎる。できるだけ頼らなくてもいいよう、何か対策を立てようと俺は心に誓ったのだった。

ひぃひぃ言いながら都合五キロ近くの道のりを歩いたり登ったり降りたりして辿《たど》り着《つ》いたダンジョン内の広場は、なんとも寒々しい感じだった。体育館ぐらいの広さがあるのに、いるのは座り込んで休んでいる五人組と三人組のパーティ二つだけ。二組ともきちんと戦闘服を着て、しっかりとしたクロスボウや槍《やり》を携えた人たちだった。

「トンボ、挨拶《あいさつ》に行こう」

「あ、ああ……」

胸の抱っこ紐から下りたマーズに先導され、まずは近くにいた五人組のパーティに近づこうとすると……まだ三メートルもある距離で全員が立ち上がって武器を構えた。

「ひいっ！」

「おいおい、こっちは丸腰だよ兄さんたち」

ビビりまくる俺をよそにマーズが陽気な感じで話しかけるが、相手の表情は全く変わらない。

「何か用か？」

リーダーなんだろうか、プレートキャリアをつけた眼鏡《めがね》の男がクロスボウを地面に向けたままそう言った。

「うちは物持ちでさ。飯とか困ってないかい？　飲み物は？　タバコもあるよ」

「必要ない。他へ行ってくれ」

「へいへい」

ポンポンと太ももを叩かれたので、俺は五人組にペコペコ頭を下げて後ろに下がった。

「あっちの三人の方にも行こう」

「マジかよ〜」

結局三人組のパーティにもけんもほろろに追い払われ、俺たちは広場の壁を背にして座り込んだ。

壁には『食料、タバコ、医薬品余ってます』とでっかい字で書かれた看板を立て掛けてある。実際問題、俺たちみたいな商売の仕方は明るみに出たら即アウトなのだ。『余ってます』なんて御託が通じるとも思わないが、一応業として売ってるわけじゃないよっていうせめてものエクスキューズとしてそうしてあった。

看板は昨日の夜に二人で一生懸命ペンキを塗って作ったものだ。こういう資材や商品の資金のために、貰《もら》ったばかりのバイト代のほとんどをつぎ込んだのだ。正直、小心者の俺にとっては結構な背水の陣だった。

「マーズ、俺心が折れそうだよ」

「だから最初の一週間ぐらいは誰も寄り付かないって最初に言ったろ。商売ってのは信用を作るまでが長いんだよ」

「あと尻《しり》も冷たいし痛い」

「おお！　なるほど。そういう需要もあるって事だね」

「う、腹も痛くなってきた……」

「そうそう、下痢止めも需要があるんだよ。やっぱ実際来てみなきゃわかんなかったろ？」

震える手で下痢止めを取り出す俺の隣で、暖かそうな毛皮を持った猫のマーズは得意げにそう言ったのだった。

◆

週に四日程度のダンジョン通いとはいえ、あの広場に店を構えて早二週間。俺たちはダンジョン行商では一円も稼げないまま、無為な時を過ごしていた。

たまに品揃《しなぞろ》えや値段を聞いてくる人もいたが、購入に至る事は皆無。だがしかし、金は稼げなくても毎日ダンジョンに潜ってりゃあ環境には慣れるもんで。最初は暗がりや魔物にビビりまくっていた俺でも、もうダンジョンに潜る事自体はそれほどストレスに感じなくなっていた。

ぶっちゃけバリアが強すぎる。ビビるだけ損だった。今は行き帰りの道では物干し竿に百均の包丁をボルト留めした槍でもって、自分で獲物を仕留めるぐらいになっていた。俺とマーズは冒険する気はないとはいえ、東京都ダンジョン管理組合《ギルド》に登録した正会員だから、その気になれば魔物の死体は買い取ってもらえたのだ。これがそこそこいい値段で売れる事も、俺の精神の安定に一役買っていたのだった。

「あーあ、このままだと普通の冒険者になっちゃいそうだね」

「あー、トンボがいいなら普通にそれでもいいけどね」

「普通にやだ」

もはや定位置となった、看板を立て掛けたダンジョンの広場の壁の前。俺はリサイクルショップで買ってきた机を置いて店の内側に絨毯《じゅうたん》を敷き、その上にオフィスチェアを置いてくつろいでいた。

マーズは隣に置いたローチェアの上でオレンジジュースを飲みながら、俺のスマホにダウンロードした映画を観ている。彼も最近は色んな地球の娯楽に手を出しているようで、昨日は世界的に有名な『宇宙大戦《スペースウオーズ》』を見て「これ宇宙に持ってったら売れるね、シュールで」とか言っていた。

　俺は頭に巻いたヘッドライトで照らしながらいつものように大学の教科書を読んでいたのだが、そんなマッタリとした空間に常ならぬ大声が響き渡った。

「箕田《みのた》がやられた‼　Ａ９地区に蛮族猿《バンディットモンキー》が出た‼」

「血が止まんねぇんだよ！」

　広場に数組いたパーティの人たちは立ち上がり、大きな声の方に移動していく。

「トンボ、仕事だ、椅子片付けて看板持って」

「え……？　うん」

　俺は急いで椅子と絨毯を片付け、看板を担いで声の方へと走った。

「頼む！　誰か手伝ってくれ！　箕田が死んじまう！」

　脚から出血している男が寝かされている横で、プレートキャリアをつけた眼鏡の男が血走った目でそう喚《わめ》いていた。

「落ち着け吉田《よしだ》！　まず血を止めなきゃ」

「頼む！　誰か！　こいつ今度子供が生まれるんだよ！」

　周りにいる人たちが錯乱する男をなだめ、出血している男の服を手早く脱がしていく。ぱっくりと切れた脚からはとめどなく血が流れているようだ。人の傷口をこんなにはっきり見るのは初めてだから、正直キツいな。

「兄さんたち、何か入り用かい？」

そんな混沌《こんとん》とした空気の中、マーズがいつもの調子でそう話しかけた。錯乱していた眼鏡の男はマーズを見て、俺を見て、俺の掲げた看板を見た。

「あ、血……そうだ、包帯！　包帯をくれ！」

「あー、あったら水と消毒液も」

「傷縫わなきゃなんないからな」

「医療用ステープラーがあるけど？」

「ホッチキスで傷留めるやつか？　使った事ないなぁ……」

眼鏡の男以外はみんな意外と冷静だ。やはりこういう事には慣れてるんだろうか。マーズもめちゃくちゃ冷静で、商品の売り込みをかける余裕まであるようだった。

「いい！　いい！　血が止まるんなら何でもくれ！　箕田に年を越させてやってくれ！」

先方からＯＫが出たので、俺はテーブルを取り出し、その上に商品を取り出して置いていく。

「先にお金だよ」

マーズの言葉に眼鏡の男はもどかしげにプレートキャリアを外し、懐から取り出した財布をこちらに放り投げた。

「かっ、金っ！　渡したぞっ！」

「はいどうぞ～」

マーズが気の抜けるような調子でそう言うのと同時に眼鏡の男は机に駆け寄り、俺たちは地面に落ちた財布を拾い上げた。

「えー、水４Ｌ、オキシドール、包帯にサージカルテープ、医療用ステープラーとハサミ……実費、輸送費、たまたま持ってた費も合わせて二万円弱ってとこだな……」

「じゃあ二万円貰って、と……」

「トンボ、ちと貰いすぎだから、消炎鎮痛剤もつけてあげようか」

「じゃあそれも出して、と……」

俺は消炎鎮痛剤の錠剤を一回分取り出して、眼鏡の男の財布に重ねた。

「あ、物干し竿って連結式だっけ？　今両方ある？」

「あるけど」

「絨毯と組み合わせれば担架になるから、それも使うか聞いてみよう。包丁外しといて」

「おいおい、何でもかんでも売りつけるんだな」

思わず笑いながらそう言ってしまった俺を見上げ、マーズは口ヒゲを持ち上げるようにしてニッと笑う。そうして小さな手で俺の太ももをポンポンと叩《たた》き、得意げに言った。

「だから言ったでしょ？　ボロ儲《もう》けだってさ」

俺も真似《まね》をして口をひん曲げて笑い返し、頼もしい相棒の手をポンと叩く。

年の瀬迫る十二月二十八日、地下の底の大広場には「箕田ーっ！　血が止まったぞぉぉぉ！」という眼鏡の男の大絶叫が木霊《こだま》していた。

◆

変化はじわじわと起こった。地下広場に絶叫が木霊した翌日、前日に広場にいたパーティのうちの一人が声をかけてきたのだ。

「コーヒーってある？」

「あるよ」

「缶ですけど、ブラック？　微糖？　カフェオレもありますよ」

マーズに続けて俺がそう言うと、金色の拵《こしら》えの日本刀を二本差しした若い冒険者はちょっと悩んで「カフェオレで」と答えた。

「三百円です」

「観光地価格だなぁ」

俺が机の上にコーヒーを置くと、彼は苦笑しながら百円玉三枚を取り出し、隣に置いた。

「そういやいつも来る時は二人で合体してるけど、あれってなんでか聞いてもいい？」

「それはですね、バリアを張ってるんで……」

「バリア？　ああ、そっちのケット・シー《ねこ》のスキルか、二人してレアスキル持ちなんだな。ま、そうでなきゃ武器もなしに二人でここまで来れんか……」

「まあねー」

スマホを弄《いじ》りながら生返事をするマーズをちらっと見た彼は、カフェオレを手に取り「おお！温かいじゃん！」と感激して戻っていった。

たしかに黄色い布巻いて猫と合体してたら怪しいわな。もしかして、ずっと客が来なかったのってそれで怪しまれてたせいじゃ……とは思うものの、代替案はない。

結局、俺たちは翌日も同じ格好でダンジョンの広場にやって来て、いつもの場所に陣取り、机を前にして椅子に座った。すると昨日と同じぐらいの時間にまた二本差しの兄さんが現れた。今日は後ろに女性を二人伴っているようだ。二人とも同じパーティなんだろうか？　ハーレム冒険者ものの主人公みたいな人だな。

「おっす！」

「あ、どうも！　今日も来てくださったんですね」

「いやー、やっぱ高くてもこういうとこで物が買えるのは便利だなと思ってさ。コーヒーね、カフェオレ二本とブラック一本で」

「ありがとねー」

マーズが招き猫のように手を振ると、それを見た二人の女性が「可愛《かわい》い～」と声を上げた。

「ちょっと怜奈《れな》さん！　梅田《うめだ》さん！　失礼ですよ！」

二本差しの兄さんはギョッとした様子ですぐに振り返り、大声で二人を窘《たしな》めた。いや、そらそうだわ。姿から文化まで違う移民だらけのこの日本で、他人の見た目を揶揄《やゆ》していると捉《とら》えられかねない言葉を口に出すのは、正直言って迂闊《うかつ》という他なかった。

「あ、そっか……」

「ごめんなさい、つい……」

「いいよいいよ」

「すんません」

マーズの許しの言葉に、二本差しの兄さんも頭を下げた。実はマーズはあんまりこういうのを気にしないのだ。相手が大人だからこういう対応になっただけで、マーズは近所の幼稚園児とかにも

「猫ちゃん」と呼ばれて抱きつかれたりしてるからな。本人曰く「気持ち悪がられないだけ得してるよね」との事だ。

実際、地球どころか宇宙中どこまで行っても見た目での差別はなくならないそうだ。違うのは当たり前なんだから、好意さえあればいいんだよ、と猫のマーズは言っていた。

「じゃあこれ、千円」

「あ、どうも！」

机の上の千円札と引き換えに、缶コーヒー三本と百円玉一枚を置く。

「兄さん、タバコは吸わないの？」

「荷物になるし、地下に吸い殻落としたりしたら管理組合《ギルド》に怒られるだろ」

「あー、吸い殻か……たしかに」

よく創作にある死体やゴミが消えるマジカルなダンジョンと違って、現実にそんな事はあり得ないからな。三ヶ月に一度は管理組合《ギルド》による大掃除も行われてるし、前に使用済み避妊具が見つかって大変な騒ぎになった事があるらしい。もちろん犯人の特定は難しいが、犯人探しは行われる。深くて暗い穴の中に潜る、狭い世界での危険な稼業だ。みんな変な噂《うわさ》が出るのだけは避けようとしていて、そういうところにはことさらに気を使っていた。

「兄さん、吸い殻ぐらい引き取るよ。うちの商品から出るゴミだしね」

「え、ほんと？　じゃあパーラメントある？」

「えー、パーラメントはなくて、マルボロ、セッタ、エコーです」

「じゃあマルメンの強い方で」

「一本百円だよ～」

「うっ！　ぼったくり！」

「嗜好品《しこう》ってのはそんなもんさ」

文句を言いつつも吸うのをやめる気はないようで、二本差しは登山用品ブランドの小銭入れから取り出した百円を差し出した。こちらからはライターとタバコ一本を出し、百円を受け取る。

「ライターは後で返してね」

「いたれりつくせりで嬉《うれ》しいよ、はは……」

缶コーヒーの蓋を開けながら、二本差しは力なく笑った。

「あのぉ、タバコあるって？」

そんなやり取りを見ていたのだろうか……別のパーティの、顔をグレーのバラクラバで覆った男が声をかけてきた。

「あるよ～」

「セッタメンの十二ミリある？」

「ありますよ。一本百円です。ライターは貸し出しですんで、後で吸い殻と一緒に返してください」

「高《たけ》ぇ～」

高いと言いつつも、男はしっかりと百円玉を差し出した。まあ入り口から一時間近くもある広場まで来て仕事もこなして、そりゃあ一服だってしたくなるだろう。俺は吸い殻を入れる用に、椅子からちょっと離れた所にあられの空き缶を置いた。

やはり他の利用客がいると怪しさも薄れるんだろうか。椅子の所に戻ると、また客が来ていた。

今度は華やいだボアジャケットを着た、目の下に濃い隈《くま》のある女性だ。まるでキャンプにでも行くかのような服装の彼女は、背中にその格好とは不釣り合いなスコープ付きの迷彩クロスボウをかついでいた。

「なんか甘いものとツナマヨのおにぎりってありますか～？」

「あ、甘いものは和系がいいですか？　洋系《けー》がいいですか？」

「えっ⁉　選べるの？　じゃ～あんこ系で」

お姉さんはちょっと独特な語尾が伸びる感じの喋《しゃべ》り方でそう言った。あんこ系ね、用務スーパーのデザートコーナーを総浚《そうざら》いしてきた甲斐《かい》があったな。

「じゃあ大福とツナマヨで六百円です」

「高～！　……ま～いいか～……」

「姉さん、一緒に温かいお茶はどう？」

「近くなっちゃうから、水分は少なめにしてるの」

なんだか気怠《けだる》げな雰囲気のある女性はモノグラムのブランド財布から千円札を取り出し、四百円のお釣りと大福を持って去っていった。そうか、地の底だからトイレ事情もあるか……衝立《ついたて》ごと簡易トイレとか持ってきたら需要あるかな？　そんなアイデアをゆっくりと温める暇もなく、目の前にまた別の客がやって来た。

「カップ麺《めん》とお湯ってある？」

「あ、ありますよ！」

味の説明をしようとしたら、横から二本差しの手がニュッと伸びてきた。

「あ、これライターと空き缶、ありがとね」

「ありがとうございます！」

「セッタメンもう一本くれる？」

バラクラバも隣から話しかけてくる。

「あ、ちょっと待ってくださいね！　順番で！」

「やっぱお茶ももらおっかな～」

大福のお姉さんも戻ってきた、急にてんてこまいだ！

「並んで並んで！　すいませんが順番でお願いします！」

「商品はたっぷりあるからね～、ちょっと待ってね～」

これまでの苦戦はなんだったのだろうかという勢いで、広場中のパーティがうちの店に押しかけてきているようだ。この日、俺たちは昨日の売上の五十倍、一万五千円を売り上げて帰る事になったのだった。


「いやー今日は儲かったな」

「いや、全然だよ。弁当が売れ出したらもっと儲かるさ」

朝に行ったダンジョンを昼過ぎに切り上げ、夜はピザ屋のバイトに行って帰ってくるというルーチンワークをこなした俺は、食べ終わったカレーの皿をそのままにしてちゃぶ台でマーズと喋っていた。テレビでは年末特番で豪華メンバーのバラエティ番組が放送されていて、俺は年末特有のそわそわした空気感を楽しんでいた。

「年末年始はピザ屋のバイト休めないのがキツいなぁ」

「もう辞めちゃったら？」

「いや、まだこの商売も始めたばっかりで不安だし……なにより俺、ピザ屋のバイトって好きなんだ。制限時間があって、ゲームみたいでさ」

「トンボはゲームが好きだよね」

「好きだね、就職もゲームの会社に入りたかったけど……マーズには関係ないけど、日本も迷宮不況が二十年も続いて『失われた二十年』なんて言われてるんだよ。正直ゲーム会社どころか普通の会社でも就職は厳しいよな」

　そんな事を愚痴る俺を、マーズは不思議そうな顔で見つめた。

「え？　なんで就職なんかするの？」

「え？　そりゃあ俺だって大学出たら就職ぐらいするだろ……できたらだけど」

「いや、普通にこのままこの商売続けりゃいいじゃん。せっかくジャンクヤードなんて強力なスキルがあるんだからさ。ダンジョンでの商売でも、トンボは色々アイデアとか出すし向いてると思うよ」

　ちゃぶ台の上のミカンを鋭い爪で器用に剥《む》きながらそう言って、マーズは笑った。

「え？　そうかな」

「そうだよ！　当たり前じゃん」

「そうならいいけどなぁ……」

「まぁ、ダンジョンでもっともっと稼げば自信もつくんじゃない？　なんならでっかく稼いでゲーム会社も自分で作っちゃいなよ」

「え⁉　ゲーム会社？　それは……いいかも」

俺はなんとなく、ゲーム雑誌で格好良くインタビューを受ける自分の姿を想像していた。中学生の頃友達と一緒にゲームをしながら、いつかは自分だってこういう面白い物を作る側に回りたいと密《ひそ》かに思っていたのだ。

そうだ……俺には夢があった。中学の頃の俺の夢は、重厚で斬新な世界観のゲームを作り上げてゲーム・オブ・ザ・イヤーに輝き、新進気鋭のカリスマクリエイターとして故郷に錦《にしき》を飾る事だった。ノックもせずに部屋に入ってくる妹に隠れるようにして、最高にかっこいいダークな主人公の設定を秘密のノートに書き殴ったものだ。

人は夢を忘れて大人になる生き物だ。だが、その夢を本当には忘れる事ができないのもまた、人という生き物だった。想像の中のインタビューにニヤけながらも真摯《しんし》に答えていた俺の膝《ひざ》を、マーズがポンポンと叩《たた》いた。

「トンボ？　聞いてる？　そんでさ、そうなったら部下に商売任せてさ、トンボは心置きなくピザの宅配をやったらいいよ」

「えぇ～、そこまで行ったらピザの宅配はもういいかなぁ」

カリスマクリエイターはピザの宅配はしないだろう。いや、逆にカリスマクリエイターだからこそ、そういう人のやりそうにない事をやるものなのだろうか？

「……ま、就職も起業も今考えるような事でもないか」

まだ大学も出てないし、起業できるほど稼いでもないしね。

「まぁどっちもピンと来なかったらさ、トンボも僕について宇宙に来なよ」

「え？　宇宙に？」

「そうそう、どっかの払い下げの駆逐艦でも買ってさ、運送屋でもやろうよ」

「うーん……たしかにそれも面白そうかも」

マーズは肉球でヒゲを撫《な》でつけながら、なんて事ないように言うが……俺にとってはかなりの衝撃だった。宇宙に出て暮らしていくなんて事は、これまで一度も本気で考えた事がなかったからだ。

「宇宙か、宇宙ね……」

「トンボがこっちで色々面倒見てくれたみたいにさ、宇宙なら僕が面倒見てあげられるしね」

「マーズの言う宇宙って俺みたいな人もいるの？」

「猿型人種《ウエドソン人》でしょ？　ポプテなんかよりよっぽどいっぱいいるよ」

なら頑張れば一生独り身って事もなさそうだな……なんて事を考えていると、ふぁっとあくびが出た。時計を見るともう深夜一時だ。もう月曜日になってしまったが、定例会をやってしまおう。

「まぁ、先の事はまた考えるわ……マーズ、机の上拭《ふ》いといて」

「はいはい」

カレーの皿を流しに置いて、コップとコーラを持って戻る。

「ここ二週間ぐらいで稼いだお金はだいたい仕入れに使ってたし、あんまりジャンクヤードに動きはないんだよね」

「そのお金を稼ぐために頑張ってるんだからね」

「とりあえず、今日交換されてたのがこれ」

俺が取り出したのは、胴の部分がメッシュになったペットボトルのような物だった。これは道の駅で買ってきたいちごのパックを起点に交換されてきたものだ。

いちご一《ひと》パック　↓　背負い紐《ひも》が四本ある宇宙のブランド品のリュック　↓　地球人には飲めない成分のお酒　↓　『キュー　空気環境測定機能付きポータブル組成変換器』という風に交換されてきたのだが、三回交換されてようやく使い道のありそうなものが出てきた感じだ。ジャンクヤードの交換は、やはり当たり外れが激しい……。

「あ、これ結構凄《すご》い！　ていうかこんなのあったんだねぇ……」

マーズはペットボトルをためつすがめつしながら、感心したようにそう呟《つぶや》いた。

「何に使うやつ？」

「空気の組成を変える機械だよ。この星じゃ二酸化炭素って言うんだっけ？　増えて困ってるっていうあれを酸素に直接変換したりできるもの」

「え、それって凄いじゃん！」

「宇宙船には普通に組み込まれてる装置だけど、こんな持ち運びできるサイズの物は初めて見たね」

まあたしかに、宇宙船にはこういうのがついてなきゃしんどいか。植物いっぱい置いて二酸化炭素を吸ってもらうってのも限界があるもんな。

「これで二酸化炭素を酸素に変えたら地球環境良くなったりするかな？」

「それ、良くなるまでにはトンボ死んでると思う」

「そりゃそうか」

とりあえず、確保だ。家の中で空気清浄機代わりに使ってもいいしね。

「それでトンボ、あと今週は何があったっけ？」

「今週は多分他に何もないよ、先週手に入ったのはアイドルの直筆ホロサインだっけ」

「そうそう、人気絶頂の中忽然《こつぜん》と消えた伝説のアイドルだよ？　あれは持っておけば絶対に歴史的価値が出てくるから！」

宇宙で言う歴史的価値って、一体何年後ぐらいに生じるんだろうか……？　俺はジャンクヤードの中にある『ユーリ・ヴァラク・ユーリ』と読めない文字でサインされているらしいホログラフィを見つめながら、ゆっくりとコーラを飲み干したのだった。

◆

十二月三十一日、年の瀬だ。さすがにこんな日にダンジョンに潜っているような奴《やつ》はいないだろうという事で、俺とマーズはアパートからちょっと離れたホームセンターにやって来ていた。

「だからさぁ、簡易トイレがあった方がいいと思うんだよね」

「いいけどさぁ、それの掃除はトンボがしてよね」

「それが課題だよな……あ、昨日の空気変換器だっけ？　匂い対策に使えない？」

「えぇ～！　そんな事に使うの？　高級品だよ？　匂いが染みて臭くなったらどうするのさ」

「そしたらジャンクヤードに交換に出しちゃえばいいじゃん」

「トンボって、思い切りがいいのか悪いのかわかんないよ」

「あ、このトイレなんかいいじゃん。一回一回袋に密封してくれるんだってさ」

俺はハイテク簡易トイレの注文札を取り、ポケットに入れた。

正直、結構強い空気の流れがあるのが原因なのかわからないけど、ダンジョンの寒さは凄いからな。トイレに関しては俺も何度か危ない日があったから、対策が必要だと思ってたんだよ。

「ああ、あと灰皿買っといた方がいいんじゃない？」

「うん。あといちいちライター渡すのめんどくさいし、灰皿に一個括り付けちゃうか」

真っ赤な缶の灰皿と、それを持ち上げるためのスタンドが売っていたので購入。あとは衝立に、どうせならゆっくり座って弁当が食べられるようなスペースも……。

「ああ、金が足りない」

「トンボ、やっぱりトイレはいらないって」

「いやトイレはいるんだって。とりあえず休憩所は安い銀マットで済ますか……」

「そんなん段ボールでいいと思うけど」

「でもどうせお金払うなら特別感は欲しくない？」

「地の底であったかい弁当食べれるってだけで、十分特別だと思うけどな」

それもそうか。銀マットとはいえ、数を買えばそこそこ値段もするし……段ボールなら汚れたら捨てれば済むしな。

「冒険者のみんなごめん、銀マットはお金ができてからの設備投資で……」

「お金ができたら銀マットじゃなくてベンチでも買ってやんなよ」

それもそうだ。俺たちは簡易トイレや灰皿と共にビニール袋などの消耗品を買い込み、無料サービスの段ボールを大量に頂いてホームセンターを後にした。こういう時に手ぶらで帰れるのは本当に最高だ。スキル様々だな。

　そんな迷暦二十一年の年末はピザ屋のバイトで走り回っているうちに終わり、凍えた体をユニットバスで温めている間に迷暦二十二年の正月がやって来た。世界中に迷宮が現れた二十年前に西暦から迷暦に暦が変わったから、今年二十一歳の俺は実は迷暦元年世代だ。迷暦元年なんてのはそれまでの常識や平和がぶっ壊れた年だったわけだから、プレミアム感は全くないけどね。

　しかし、そんな混沌《こんとん》からも二十年も経《た》てばそれなりにみんな順応するもので……今や神社の初詣《はつもうで》でも、異世界人やその子供たちが手を合わせる姿が見られるようになっていた。綺麗《きれい》に二礼二拍手一礼をするオーク族の子供の隣でぎこちなく参拝する俺を、猫のマーズはなんだか不満そうな顔で見つめていた。

「ねぇトンボ、なんでわざわざこんな夜中にお寺に来るわけ？　寒いよ」

「神社だよ、神社。年の初めに神社にお参りに来る事を初詣って言うんだよ」

「トンボって何かの宗教の教徒だっけ？　お祈りしてるとことか見た事ないけど」

「いやこの神社に詣《もう》でるっていうのは……なんて言うのかな、日本人という共同体の一員である事を確認する儀式というか……」

「じゃあ、日本人教って事？」

「…………うーん、いや、どうなんだろう？」

　振る舞いの甘酒を飲みながら、左右に出店が出ている参道を歩いていく。

　黒髪の日本人たちに交じって、カラフルな頭の異世界人や、動物頭の異人種たちが賑《にぎ》やかに行き交っている。日本の神様たちも、初めて異世界の人たちが参拝に来た時はさぞかし面食らった事だろう。

「あ、そういえばマーズは何か信じる神様とかっているの？」

「いいや、銀河じゃあ魂魄《こんぱく》の流転が確認されてからはそういうのは下火だね。現代の魂魄学じゃあ、前世が誰かまでわかっちゃうからさ」

「え⁉ 前世ってわかるものなの？」

「地球でもＤＮＡ鑑定ぐらいはやるんでしょ？ それと一緒だよ。魂魄もパターンが解明されてるから、登録されてれば特定できるの。夢がないなんて言う人もいるけどね」

たしかに自分の前世まで特定できるなんて、よく考えたらあんまり嬉《うれ》しくないかも。しょーもない人間だったらブルーになるだろうし、あんまり凄すぎても「それにひきかえ今の俺は……」ってなるかもしれないからな。

「マーズの前世は？」

「知らない、僕ポプテだもん。死んだポプテは同じ毛皮のポプテに生まれ変わる。ポプテの世界はそれでいいんだよ」

マーズは何でもなさそうにそう言って、手を上げて伸びをした。たしかに、それぐらいがちょうどいいのかもな。前世の自分が今の自分に何してくれるわけじゃなし、逆に負債があったらあったで……あれ？

「マーズ、前世の自分が借金とか踏み倒してたらどうなるの？」

「どうにもなんないよ、でも相手が生きてりゃ恨みは買うかもね」

そう言って、猫のマーズは悪そうな顔で笑った。やっぱり前世の事なんか知るもんじゃなさそうだな。思わずふぅとついた白いため息は、風に乗ってすぐにどこかへと消えていった。そんな凍えそうなぐらいに冷たい風はどこからともなくいい匂いを運んできて、バイトですっからかんになった腹がグウッと鳴った。

「……マーズ、出店で何か食べてかない？」

「さっきは高いから駄目って言ってなかったっけ？」

「うーん……ま、いいんだよ。金はまた明日稼げばさ。いっぱい持ってたって、来世まで持ってけるわけじゃなさそうだし」

マーズはそう言った俺の顔を見て、なんだか面白そうに笑ってから出店の方へと歩き出す。俺はかじかんだ手を息で温めながら、歩く毛皮の後ろ姿を追ったのだった。

◆

迷暦二十二年の一月二日の昼、俺たちはまたダンジョンにいた。年明け早々の事だ、最悪誰もいないかと思っていたいつもの広場には、意外にもほどほどに人が集まっていた。

「明けましておめでとう……あっ！　灰皿が設置されてる！」

俺たちが店を広げるなり手を振りながらやって来た体育会系イケメンの二本差し兄さんは、赤い灰皿を見て嬉しそうに笑った。

「おめでとうございます！　設備投資しました」

「おめでと～」

「あっちの段ボールも？」

「あっちはお食事スペースです。昼寝もできますよ」

「まぁ地べたよりはマシでしょ？」

マーズが言うと、二本差しは少し考え込んでから深く頷《うなず》いた。

「まああたしかに、あると地味に嬉しいかも。地面は硬いし冷たいし……普通はあんなかさばるもん持ち込めないから、すげー貴重な段ボールになっちゃうけど」

「それとあっちの衝立《ついたて》は簡易トイレ！　緊急用です！」

「それが一番嬉しいかも‼」

やっぱりみんなトイレは我慢してたのか。

「せっかく買ってきたし、二本差しの兄さんも我慢できない時は使ってね」

「へ？　二本差し……？」

二本差しの兄さんはマーズの言葉にきょとんとした顔をして、次に自分の腰の刀を見て、得心のいった様子でその柄頭《つかがしら》をポンと叩《たた》いた。

「刀の事か。俺は雁木《がんぎ》ってんだ、よろしく」

「あ、僕は川島《かわしま》と申します」

「僕マーズぅ」

「おお、謎だらけの調達屋も名前は普通だったなぁ」

雁木さんは爽《さわ》やかに笑って、懐から財布を取り出した。

「コーヒーとタバコくれる？」

「はいはい」

俺はカフェオレとタバコの代わりに四百円を受け取った。

「君らさぁ、明日も来たりする？」

「すいません、明日はお休みです」

「そうか、来るんなら飯の調達でも頼りにできたんだが……ま、そっちにも予定があるだろうししゃーないいな」

そう言って、雁木さんはタバコを咥《くわ》えながら灰皿の方へと向かっていった。たしかにダンジョンに長く潜る人は飯持ってくるだろうし、それは食べちゃわないと荷物になるし無駄になるもんな。これまで弁当があんまり出なかったのも納得だ。

「出店の予定表でも作った方がいいのかな？」

「あんま気にする事ないと思うけどね」

「そう？」

「予定通りに来れなくて文句言われるのも面倒だし……命のかかってる鉄火場でさ、最初から補給を他人頼りにしてる人は長生きできないよ」

たしかにそうかもしれない。あくまでうちの店は補給路《ライフライン》ではなく、選択肢の一つとして存在した方がいいのかもな。

「あ、でもSNSとか使えばそうでもないのか」

「SNS？」

「インターネットでさ、今週は何曜日にダンジョンにいますよっていうのを告知するの」

「そんなん誰か見るかなぁ？」

「意外と見るんじゃない？　ネットの力は凄《すご》いんだから、やるのはタダだしね」

　ここのダンジョンもこの広場まではギリギリＷｉ－Ｆｉが来てるし、品揃《しなぞろ》えも書けば集客力が……いや、さすがにそこまですれば悪目立ちするか。いくらバリアを張ってるとはいえ、金目当てで同じ冒険者に襲われたら嫌だしな。最初はわかる人にだけわかる感じでやっていこうかな。

「ま、そっちはトンボのやりたいようにやってみなよ」

「やってみるやってみる。俺さ、意外とこういうの考えるの好きなんだよね。トイレとか休憩所とかもさ、自分で考えて環境整えて、人に喜んでもらえると嬉しいもんだね」

「本番より段取りが好きな奴っているよね～」

　そこは用意周到とか、ホスピタリティに溢《あふ》れてるとか言ってくれよな。そんな事を考えながら、俺のスマホでマッチスリーパズルを遊ぶマーズのぴこぴこ動く耳を見つめていると、机の前に人がやって来たのを感じた。顔を上げると、黒いダブルのライダースを着込んだ目の下に濃い隈《くま》のあるお姉さんが、ピンク色のクロスボウを背負って立っていた。

「なんかでっかいのできたね～」

　お姉さんは簡易トイレの衝立を指差しながらそう言った。喫煙所の方から「阿武隈《あぶくま》さん待望のトイレだよ」と二本差しの雁木さんの声がする。このお姉さん、阿武隈さんって言うのか。

「え～！　トイレ～⁉　使っていいの？」

「生理現象なのにお金取って申し訳ないですが、緊急用の凝固剤使って固めるトイレなので五百円頂きます……」

生理現象なのだ、本当はサービスでタダにしたいが……こういうのはタダはタダで問題が出る。マーズなんか「千円ぐらい貰《もら》っといたら」と言っていたぐらいだ。これまでも普通に物陰でしてたのだ、金がもったいなければそうすればいい。ダンジョンは普通に風が吹いてるから、匂いもそんなに残らんしな。

「払う払う、ありがたいね～トイレ。でも一個じゃ足りないかも」

「え？　一回五百円ですよ？　さすがにそうそう使う人は……」

「女の子って個室が必要な場面が色々あるから、安全地帯にある個室なんてみんな使いたがると思うよ」

「そういうもんですか？」

「そういうもんなのだ～」

何か言いたげな顔でマーズがこちらを見上げているが、俺は気づかないふりをした。いくら需要があるからって、やっぱりトイレで千円は取りすぎだと思うんだよな。阿武隈さんはしばらく嬉しそうな顔でトイレを見つめていたが、思い出したかのように真顔になってこちらを見た。

「忘れてた、何か甘いものください」

「甘いものですね、何系がいいですか？」

「今日はクリーム系《けー》で」

クリーム系ね。

「じゃあダブルシュークリームで」

「おいくらまんえん？」

「三百万円です」

「ぼったくりだぁ」

　そんな事を言いながら、阿武隈さんはシュークリームと三百円を交換して去っていった。貴重な現場の意見が聞けて良かったよ。彼女が離れるとすぐに、ポリカーボネートの盾を持ってごっついヘルメットを装備した、警察の特殊部隊員のような服装の男性が走ってきた。

「あのっ！　トイレ使えるって⁉」

「五百円です」

「はいこれ！」

　彼は用意していたんだろう五百円玉を置き、衝立の前に盾を置いて転がり込むように中に入っていった。扉が閉まるとすぐに、あぁぁ……というため息のような声と、あまり聞きたくない音が聞こえてきた。

　うん、次来る時までに、トイレの中で音楽を流せるようにしておこう……抱《だ》っこ紐《ひも》の中に潜り込むように首を引っ込めたマーズを見つめながら、俺は心にそう誓ったのだった。


　その翌日、三が日最後の一月三日。俺たちは千葉にある俺の実家へと帰省するため、東京を離れていた。うちの親が、近いんだから盆暮れ正月は帰ってこいとうるさいのだ。いつでも帰れる距離なんだからいつでもいいじゃんとは思うものの……盆暮れ正月と心に留めておかないとずっと帰らないんだろうなという確信もあった。

「ここ俺んち」

「一軒家なんだ」

「中古だけどね」

バス停からちょっと離れた場所にある瓦《かわら》屋根の実家の引き戸の玄関を開けると、二十年間全く変わらない光景が目に飛び込んできた。電話台の上の黄ばんだプッシュホン。壁に貼ってある俺と妹の『日々是好日』の書道。ボロボロの帽子かけには、母と妹のものと思《おぼ》しきカバンやらストールやらネックレスやらが雑然とかけられている。

俺が出ていく前から変わったものといえば、玄関のスリッパ置きに来客用らしいゼブラ柄のスリッパがかけられている事ぐらいだ。

「ただいま～」

俺がそう言うと、奥の台所からうちの母の声が返ってきた。

「あれ？　トンボぉ？　あんた帰ってくるの今日だっけ？」

水音がしているから、洗い物をしながら喋《しゃべ》っているのだろう。出迎えに出てくるつもりはなさそうだ。俺は靴を脱いで上がり、マーズにスリッパを勧めようか一瞬迷ったが、やめた。猫の足には大きすぎる。

「三日に帰るって言ったじゃん」

「そうだっけ？　友達連れてくるって言ってたから部屋に布団用意しといたけど、あんたの部屋で良かった？」

「いい、いい」

「あ、お邪魔してま～す」

「あらやだ、そうそうお友達も来てるのよね。お母さんすっぴんだわ。ごめんなさいね」

ガラッと引き戸を開けて廊下に出てきた母は、二、三歩こちらに歩いてからマーズに顔を向け、ゆっくり近づきながらしげしげと眺め、ビクッと体を震わせてから、一拍置いて絶叫した。

「うわーっ‼‼」

「うるさっ！」

「うわっ！　うわっ！　うわっ！　まぁちゃん帰ってきた‼　おっ！　お父さーん‼‼　お父さーん‼　千恵理《チエリー》ーっ！　まぁちゃん生きてたよーっ‼」

母はどたどたとリビングの方へ駆けていった。

「どゆこと？」

「前に言ったじゃん、マーズってうちの死んだ猫に激似なんだって」

「写真見てもそんな似てるとは思わなかったけど……」

「あの反応見たろ、完全に化けて帰ってきたと思われてるよ」

マーズとそんな話をしていると、父母妹が腰の引けた感じで廊下をゆっくりと歩いてきた。

「マーズや！　ほんまや！」

「兄ちゃん、まぁちゃんって死んだんじゃなかったの⁉」

「みんなが集まる正月だから帰ってきてくれたんだねぇ、ほんとにいい子だねぇ……」

母は泣きながらマーズに向かって手を合わせ始めた。

「とにかく、中に入ろう。説明するから」

俺はマーズに寄ろうとする三人をグイグイ押してリビングへと追い立てる。この調子で抱きしめて頬ずりなんかされると完全に事案だ。その後ろからは、ちょっとビビった感じのマーズが俺に隠れるようにしてついてきていた。

「家族一同取り乱しまして、ほんまにすんませんでした」

「いえいえ、気にしていませんから」

あれからしばらくが経《た》ち、お茶を一杯飲んで落ち着いたうちの親父《おやじ》がマーズに非礼を詫《わ》びていた。

「でもねぇ、まぁちゃんだと思うよねぇ？」

「さすがにここまでそっくりだと、猫又になって帰ってきたって言われた方が信じられるかな」

一応事前にマーズによく似たケット・シーを連れて帰るとは言っていたのだが、さすがにここまで似ているとは思わなかったのだろう。

「あの、僕はほんとに猫のマーズ君じゃありませんので」

「でも名前はマーズなのよね？」

「物凄《ものすご》い偶然だよね、もう運命じゃない？」

それは俺がマーズと名付けたからなのだが……さすがに宇宙人がどうこうという話まですれば、今でさえギリギリの家族の理解力のキャパも溢れてしまうだろう。

それに加えて俺が今冒険者をやっている事や、宇宙の向こうの犯罪組織と物々交換の取引をしているなんて事を話せば無用の心配だってさせてしまう。とりあえず、今日のところは偶然で押し通す事に、俺とマーズは決めていたのだった。

「とにかく、猫のマーズに似てるっちゅうのは置いといても、せっかくのご縁なわけですから。是非！　ここをマーズさんの地球の実家やと思って、ゆっくりしていったってください」

もっともらしい事を言っているが、親父は完全にマーズにデレデレだ。そもそも猫のマーズを拾ってきたのは親父、名前をつけたのも親父、育てたのも親父、いなくなってから一番落ち込んでいたのも親父なのだ。今は「ええですか？　ええですか？」なんて言いながらスマホで写真を撮りまくっている。

「まぁちゃん……あ、ごめんなさいマーズさん、晩ごはんですけど食べられない物とかは……？」

「別に呼びやすい形で呼んでもらって結構ですよ。あと食べ物はトンボが食べれる物なら何でも食べれますので」

「日本は初めてだって事だし、晩はどうしようかしら……」

「母さん、寿司、寿司。やっぱお魚がええんちゃうか」

「クーポンあるからピザにしようよ」

そわそわしているうちの家族とは裏腹に落ち着いた様子のマーズは、コタツの上座に置かれた子供椅子にちょこんと座っていた。

「あ、ミカン頂いてもいいですか？」

マーズがそう言いながらコタツの上の籠《かご》に盛られたミカンを指差すので、一つ取って「ん」と渡してやる。マーズは東京の俺の家でも毎日デザート代わりに食べてるからな。

「マーズさん、ミカンお好きなの？」

「うちの国にはこんなに甘い果実ってないので」

「たしかに冬ミカンって甘いものねぇ」

「ねえねえ、マーズさんってどこの国から来たの？」

妹がそう聞くが、さすがに宇宙の彼方《かなた》と言うわけにもいかず……マーズは気まずそうに目を泳がせた。

「あー、一応ポピニャニアってとこから……」

「何そこ！　めちゃくちゃ行ってみたい！　ケット・シーの国なの？」

正直俺もいつか行ってみたい。

「同族ばっかり住んでるよ、ちょっと遠いけど」

結局この日は夕飯に普段は取らない寿司を取ったり、マーズがいける口だと知った親父が秘蔵の大吟醸を開けたりの大騒ぎで過ごし。

翌日はマーズが美味《おい》しいと言ってしまった親父の地元の名物、イカナゴのくぎ煮とミカンを大量に持たされて昼過ぎに実家を出た。家族に大混乱をもたらし、こっちはなんとも対応に苦慮する帰省となったが……マーズは帰りの電車の中で「どんな形でも、歓迎されてるならまぁいいかな」とまんざらでもなさそうに笑っていたのだった。

第三章【交流と猫と目指すべきもの】

年が明けて一ヶ月。大学の授業が再開して、学業と商売とバイトの掛け持ちで大変な今日この頃。地の底《ダンジョン》はそこそこ賑《にぎ》わっていた。

「トイレ借りるよ」

「はぁい」

簡易トイレには結構な数の人が出入りし、入り口の横に置いた料金徴収箱にもどんどん硬貨が溜《た》まっていっている。音対策にアプリ経由でラジオが流され、そのためのタブレットやスピーカーの入った鍵《かぎ》付きの備品ボックスの中では、一緒に入れた空気組成変換器がフル稼動で脱臭作業中だ。

簡易トイレだけではなく俺が用意した段ボールの休憩所も大好評……というほどではないがそこそこの使用率になっていて、今も午前中の探索に疲れ切った人たちが川の字になって昼寝をしていた。

「えー、麦茶一リットルと単四電池二本、それとマルゲリータピザね」

「猫の旦那《だんな》、よく焼きで頼むぜ！」

背中にコンパウンドボウを吊《つ》った禿頭《はげあたま》の岡《おか》さんが、人差し指を立てながらそんな事を言う。この人は毎回マルゲリータを頼んではこんな事を言うのだが、実際よく焼きで持ってくると「焼きすぎ」と文句を言うめんどくさい人だからピザは普通焼きだ。

「ここで調理するんじゃないんだから無理だよ。えー、二千円だね」

「あ、あと今度企業から大《おお》スカラベの甲殻収集の依頼受けるんだけどよ。グラインダーと替えのディスクって調達できねぇか？　できたらグラインダーは充電式で貸し出しにしてもらえりゃ荷物が減るんだが……」

「貸し出しねー、需要があるんならそれもいいんだけどさぁ」

マーズが渋ると、岡さんは「わかってないね」とでも言うように苦笑しながら左手を振った。

「これが結構あるんだって！　他の奴《やつ》らにも聞いてみな」

「まぁそこは応相談って事で、岡さんのアカウントはわかってますんでＳＮＳのＤ　Ｍ《ダイレクトメッセージ》で詳しい要望を送ってください。はいこれ商品」

お金を受け取り、ペットボトルと電池、それとホカホカと湯気の立つマルゲリータピザを紙皿に載せて引き渡す。

「へっへっへ、俺のつぶやきなんか見てくれちゃってんの？」

「土日は競馬ばっか行ってますよね」

「おっとっと、ネットってのは怖いねぇ～」

ニヤニヤ笑いながらそう言って、岡さんは二つ折りにしたピザに齧《かじ》り付きながら去っていった。

「トンボの言った通りＳＮＳで開店日告知してよかったね。利用者も増えたし」

「でしょ？　やっぱ便利な方がいいもんね」

もちろんＳＮＳで活動を始めたといっても大っぴらにやってるわけじゃない。常連の人にアカウント名を教えて、具体的な事は何も言わずにこっそりと情報発信をしているのだ。もちろん大した集客増加は望めないけど、変にネットの冒険者嫌いに絡まれても困るし、税務署も怖いしね……。

「そんで工具どうすんの？」

「工具レンタルねー、そりゃあれば便利なんだろうけど、貸し出しの管理と先立つものがなぁ……」

「なになに川島《かわしま》君、工具のレンタルも始めるの？」

声をかけられて顔を上げると、黄色の靴紐《くつひも》の編み上げブーツに黄色いマウンテンジャケットを着て、首にはへんてこな猫耳付きヘッドセットを引っ掛けた阿武隈《あぶくま》さんが立っていた。

「あ、いーでしょこれ、マーズくんとお揃《そろ》い」

俺の視線を感じたのだろうか。阿武隈さんは首の猫耳ヘッドホンを指差して、隈のある笑顔でにこりと笑った。

「いつも思うけど、阿武隈の姉さんは衣装持ちだよね」

「まーねー。こんな地の底で仕事してるとさー、食べるか着るかしか楽しみないしね。あたし狙撃手だからさー、プロテクターとかも少なくてそこまで服も制限ないし」

そう言って、彼女は背中に背負ったモスグリーンのクロスボウを揺らす。ダンジョンの中でも服に気と金を使う女性は意外といるが、彼女の場合は服に合わせてクロスボウの色まで変えてくるのが凄《すさ》まじいと思う。一体家に何本持っているんだろうか……。

「それよりさー、工具のレンタルいいじゃん。やろーよー」

「あー、需要ありますかね？」

「あるある。工具って重いしー、充電切れるしー、刃とかビットも折れるしー、大変なんだよねー」

「たとえばレンタルできるならどういう工具がいいですかね？」

「そりゃハンマードリルにレシプロソーにー、グラインダーも……あ、投光器も絶対欲しい！」

「い、色々必要なんですね……」

俺がスマホにメモりながらそう言うと、横から返事が返ってきた。

「そうなんだよね。工具はほんとにデッドウェイトだから困ってんだよ」

そう言いながら俺と阿武隈さんの間にニュッと首を突っ込んできたバラクラバの気無《きなし》さんは、首元をポリポリ掻《か》きながら机に五百円玉を置いた。

「ブラックとタバコ二本ね。あと工具もいいけど、単純に水が使えたり電子機器充電できたりするのも嬉《うれ》しいかも」

「な、なるほど……」

商品を渡すと、気無さんはタバコを咥《くわ》えながら「ほんとはこうして物販してくれるだけでも十分助かってんだけどね。ま、考えといてよ」と言って灰皿の方に向かった。

「たしかに水が使えたら超便利かもねー、あ、そうだ！　川島君、素材の買い取りやらない？　冒険者ってボウズの時もあるけど、狩りすぎて持ちきれないって時も結構あるのよね」

「いやーそれはちょっと……目利きもできないので……」

魔物素材の買い取りについては一応マーズと話し合った事もあったのだが、俺たちに素材の状態を見極めるノウハウがないのと、業務に伴うトラブルが怖いのでやらないという事になっていた。

「うーん……あ！　ちょっと待っててね！」

顎《あご》に手を当てて何かを考えていた阿武隈さんは、そう言ってから何も買わずに仲間のもとへと戻っていった。

「どうしたんだろ？」

「わかんないけど、お財布忘れたんじゃない？」

マーズと二人でそんな事を話していると、彼女はなんだか重そうなゴミ袋を持って戻ってきて、それを俺の方に突き出した。

「川島君、これあげるー」

「え？　なんですかこれ？」

「これはねー、苔蜥蜴《モスリザード》の肉だよ」

言われてみれば、白いゴミ袋の中身はなんだか赤黒い気がする。苔蜥蜴というのは、今俺たちがいる東三《とうさん》ダンジョンのAベースと呼ばれる大広場より先に出てくる、体長一メートル半ほどもあるデカい蜥蜴《とかげ》の事だ。

「でもそれって売り物なんじゃないですか？」

「売り物になんないからあげるの。苔蜥蜴の肉って美味しいんだけどー、冷凍しても死んでから六時間ぐらい経ったら、食べられないぐらい臭くなっちゃうんだよね」

「はぁ」

「でも川島君のアイテムボックスなら時間止めとけるんでしょー？　家帰ったら一回食べてみてよ、カツレツにするのがオススメ」

「あ、なるほど……ありがとうございます」

つまり他の業者じゃ手が出せない商品でも、俺なら捌《さば》けるものもあるよって事か。

「そういうのの売り先見つけられたらさー、川島君も儲《もう》かるし私たちも儲かるしで、言う事なしじゃない？」

「たしかにそうだね。ありがとう姉さん、トンボと一緒にもうちょっと勉強してみるよ」

「うんうん、苦しゅうないよ」

阿武隈さんは満足そうに頷《うなず》いてから踵《きびす》を返し。

「あ、買い物するの忘れてた……洋菓子ください」

すぐにまた戻ってきたのだった。


「あれぇ？」

「どったの？」

東三ダンジョンから家に戻り、稼いだ金でようやく買えたコタツでしばらく暖まった後の事だ。

俺は隙間風の吹き抜ける台所で冷える足を擦《こす》り合わせ、首をひねっていた。今日たしかにダンジョンで貰《もら》ってジャンクヤードに入れたはずの蜥蜴の肉が、どこにも見当たらなかったのだ。

「KEP設定し忘れたのかな。蜥蜴の肉がなくなってる……」

「えっ⁉　今日ご飯どうすんの？」

「ごめんごめん、カップ麺《めん》でもいい？」

「いいけどさぁ……僕のはシーフードのデカい方にしてよね」

子供用のコタツ椅子に座ってミカンを食べているマーズがプリプリ怒っているが、ないものはしょうがない。肉をくれた阿武隈さんには申し訳ないが、調理に失敗して食べられなかったという事にしよう……俺はジャンクヤードから取り出した売り物のカップ麺にお湯を入れ、コタツへと戻った。

「それで、何と交換されてたの？」

「ちょい待ち……」

　俺はジャンクヤードの中にあった見慣れない黒い物体を、コタツ机の上に取り出した。

「なんだろこれ？　個人用端末かな？」

「いや、これは……」

　俺はそれを手に取り、なんとなくぱかりと上下に開いた。開いた内側に並ぶ二つの画面、そしてその横にはスライドパッドと操作ボタンが配置されている。思った通り、これは二つ折りタイプのゲーム機だった。俺が実家で使っていた日本メーカー製のものによく似ていたが、どうもこれは見た目が似ているだけで全く別物のようだ。

「ゲーム機だ」

「コントローラー付きかぁ、これならトンボでも遊べそうだね」

　いつも使っていたものとたまたま同じ場所にあった電源ボタンを押すと、軽やかな起動音を奏でながらゲーム機が立ち上がった。

「え？　これ日本語じゃん」

「へぇ、日本のものなのかな？　これまで日本のものが交換されて来た事ってなかったよね」

「そうだよね」

　ユーザーインターフェースも俺が使っていた携帯ゲーム機とよく似ているようだ。俺はゲーム機の持ち主の情報が入っているかもと思って設定画面を開いた。

「え？」

開いた設定画面にはピコピコと動くデフォルメの利いたアバターが表示されていて、その隣のユーザー名の欄には『カワシマトンボ』と表示されていた。

「なんで？」

俺がその言葉を口に出したのと同時に「シュポッ」っと音がした。何か通知が来たのかと、思わず自分のスマホを確認したが、そこには何も表示されていなかった。

また「シュポッ」と音がする。音はゲーム機のスピーカーから出ていた。画面の真ん中で揺れる手紙のマークを指でタッチすると、ゲーム機の中でメッセージアプリのようなものが立ち上がった。画面には『トンボ？』という吹き出しが表示されていた。そしてその下にくっつくようにして『生きてたのか？』という吹き出しもあった。

「え？　何……？　なんで俺の名前が……？」

「ねえトンボ、このゲーム機、ほんとは元から持ってたやつなんじゃないの？」

「いや、そんな事ない……こんなの持ってない」

またゲーム機から「シュポッ」と音が鳴る。また画面に揺れる手紙のマークが表示され、そのまま「シュポッ」「シュポッ」と音は鳴り続け、やがて音は繋《つな》がって鳴り止《や》まなくなった。

「トンボ、他のメッセージも開いてみよう」

言うが早いか、マーズの肉球がポンと画面を押す。

『トンボ会頭か⁉　今どこにいる？』

今まで表示されていたものとはまた別のメッセージの画面が一瞬だけ表示されたが、土石流のように届くメッセージの表示にかき消されて読み進める事はできなかった。

「これはもう、落ち着くまで何もできなそうだね」

「こっちは全然落ち着かないよ」

そわそわして落ち着かない俺とは違って、泰然自若としているマーズはゲーム機を眺めながら普通にフォークでカップラーメンを食べ始めた。ちょっとだけ迷ってから箸《はし》を取ったその瞬間、ゲーム機からひときわ大きな「ピコン！」という音がして、俺はそのまま箸を取り落とした。

『親愛なる“綱医Φ綱?” へ』

画面にそのメッセージが表示されたっきり、ゲーム機から通知音は鳴らなくなっていた。

「なんだぁ?」

「もひばへしてふね（文字化けしてるね）」

普通ならこんな怪しいメッセージは開かないが、他の操作をしようと画面の端を触っても、ボタンを押しても、ゲーム機の画面は固まったように動かなくなっていた。仕方がない。俺は一度ゆっくり深呼吸をしてから、文字化けしたメッセージをタップした。その瞬間、画面に幾何学模様が浮かび上がり……強烈なフラッシュが俺の目を焼いた。

「わっ！」

真っ白になった視界で、バクバク波打つ心臓の音だけが妙に大きく聞こえた。

「トンボ！　大丈夫!?」

「……っくりしたぁ……」

じわじわと視界が元に戻り始め、心配そうにこちらを覗《のぞ》き込むマーズの顔がぼんやりと見えてくる。ひとまず、失明とかしたわけではなさそうだ。ふぅっと安堵《あんど》のため息をつくと、どっと体に疲れが押し寄せてくるのを感じた。

「あれ?」

「どったの?」

「起動しなくなってる……」

さっきピカッと光ったゲーム機は、電源が落ちたのか画面が真っ黒になっていた。電源ボタンを押しても、長押ししても電源は点《つ》かず、うんともすんとも言わなくなっていた。

俺はその画面を閉じてジャンクヤードへと戻し、KEEPをかけてドスンと床に横になった。なんだかさっきからどうにも頭が重く、座っている事すらおっくうだった。

「トンボ、ラーメンどうすんの?」

マーズにそう言われ、ラーメンをジャンクヤードに入れようと手を伸ばしかけて、そのまま手を落として瞼《まぶた》を閉じた。なぜだかわからないが……俺はまるで意識を泥濘《でいねい》の中に引きずり込まれるかのような猛烈な眠気に襲われていた。

「トンボ?」

「寝……る……」

呟《つぶや》くようにそう言って、そのまま意識を手放す。耳の奥で、ごおごおと風の音が聞こえていたような気がした。

その俺は、俺とは似ても似つかなかった。今の俺より背が高く、体もがっしりしていて、でっかい掌《てのひら》で全てを差配し、いつでも自信満々の顔で豪快に笑っていた。

巨大な組織のトップに立ち、老若男女様々な人から頼られ、数えきれないほどの仲間たちに慕われ、見るからにおっかない強面《こわもて》相手にも一歩も引かず。色んなところから持ち込まれる様々な依頼や揉《も》め事《ごと》を、まさに快刀乱麻の勢いで解決していった。俺と同じ名前で、俺と似たような見た目で、俺とは全く違う俺。そんな俺の生き様を、俺は一晩の夢の中で見ていた。

「あ」

そして早朝の暗闇の中で目が覚めた時……俺はやっぱり俺のままだった。大学生で、優柔不断で、臆病《おくびょう》で、右も左もわからない川島翔坊《トンボ》のままだ。ただその等身大の俺の中に、あの夢の中の強い強い俺の姿が鮮烈に焼き付いていた。

俺は何かに背中を押されたように、決意を持ってスマートフォンを握った。調べるのは、これまでやろうと思っていたけど決断できなかった事や、なんとなく怖くて選択肢から外していた事だ。

俺は別に、あの夢から知識を手に入れたわけでも、記憶を受け継いだわけでもない。ただ、夢で見たあの自分《おとこ》の行動から、決断から、姿勢から、今の自分に決定的に欠けている勇気というものを貰った気がしていた。

「あれ……？　トンボ今日早起きじゃん」

窓から薄暗い光が差し込む中、コタツの中で丸くなっていたマーズが外に這《は》い出てきた。いつもは眠れるだけ眠っている俺が先に起きているのを、彼は不思議そうな目で見ていた。

「うん、今日定期預金解約しに行こうと思って、やり方を調べてた」

「定期預金を？　あんなに定期預金だけは使わないって言ってたのに？」

「いいんだよ、今が使い時だと思うから」

将来困った時のためにと、親がコツコツ積み立ててくれていた百万円ちょっとの預金。貯《た》めるのは数年がかりだけど、使うのは一瞬の額。今使えば楽になると思いながらも、どうしても怖くて使えなかった金だ。俺は今、勇気を持ってこの金に手をつける事を決めていた。

「工具、発電機、食料、武器や防具の補修部品、気兼ねせずに使える量の水、調達したいものはいくらでもある。全部使っても、また稼げばいいんだ」

「……んー、トンボどうしちゃったの？　なんか変だよ？」

「……いや、信じてもらえないかもしれないけどさ。昨日、夢を見たんだよね」

「夢？」

マーズは目をぱちくりさせながらそう聞き返した。

「それがさ、俺の夢なんだ。今の俺より年上で、体もムキムキで、自信満々で即断即決な俺の夢」

「え？　それって別人じゃない？」

「それがさ、顔も名前も俺なんだ。喧嘩《けんか》も強くて頭も切れて、みんなに頼りにされてさ。ほんと何でもできるスーパーマンだったんだよ。でさでさ、そんな俺なら定期預金なんか遊ばせとくわけないぞって思ってね……」

俺はそう言って、夢の中の自分の不敵な笑みを真似《まね》てぎこちなく笑った。それを見たマーズは何にも言わず、でっかく口を開けてあくびをしただけだった。

「正直、その夢の中のトンボは全然トンボっぽくないね」

「まぁ、そうだよね」

俺だって、顔と名前が一緒じゃなきゃあ自分の夢とは思わなかっただろう。なんとなく照れくさくなってポリポリ頬を掻《か》く俺に、マーズは「でも……」と続けた。

「いいんじゃない？　案外トンボもさ、このまま商売を続けて百戦錬磨になったらほんとにそういう男になるのかもよ？」

「え？　そうかな」

「学校出て何年かして友達に会うと全然変わってる事ってあるじゃん。トンボだってそうかもよ」

「え？　そうかな？　そうかも」

人から言われればその気になるもので、俺はこの日大学が終わってからすぐに定期預金を解約して軍資金を作った。そして買うべきものを決めるために、さっそくダンジョンの中で常連さんたちに聞き取りを行ったのだった。

「まあメーカーはマキタだな、それ以外は認めん」

二本差しの雁木《がんぎ》さんがスマホで電動ドリルの画像を見せながらそう力説する中、俺はその全てを必死にメモっていた。

「なるほど、マキタ……と」

「マキタならバッテリーが色んな事に使い回せるから、何個か買っとけばいいよ。いくつか電圧の違いで種類があるから気をつけるのと、海外製の安い互換バッテリーってのがあって……」

「ふんふん」

そうやって俺が聞き込みをやっている間、マーズはバラクラバの気無さんと楽しくお喋《しゃべ》りをしている。話が混ざるからやめてほしいんだけどな……。

「なに？　おたくの相棒急にやる気になって」

「なんか将来の目標ができたんだってさ」

「へー、そりゃいいじゃないの。で、目標って何よ？　プロ野球選手？」

「頼れる男になりたいんだってさ」

「おいおい今でも結構頼りになんのに、一体どこまで行くつもりなんだよ」

「このままほっといたら案外宇宙の果てまで行っちゃうんじゃないの？」

むむっ。

「でね、溶接用手袋はこのメーカーが……トンボ君、聞いてる？」

「あ、すんません……」

褒められるとついそっちに意識が……両側をムキムキの男たちに挟まれながらメモを整理していると、机の向こうからだれかが近づいてくる音が聞こえた。顔を上げると、そこには光沢のある赤いベースボールジャケットを着込んだ阿武隈《あぶくま》さんが立っていた。

「みんなで集まって何やってんの？」

「あ。阿武隈さん、今ね、トンボ君がどんな工具買ったらいいかって言うからみんなで意見を出してて……」

「あーっ、工具買ってくれるんだ。何買ってくれるの？」

「一応一通りは……でもこういうの専門的な工具ってホームセンターに普通に売ってるもんなんですかね？」

俺がそう聞くと、気無さんはバラクラバをめくってタバコを咥《くわ》えながら顎《あご》の下を掻いた。

「まぁ俺は元水道屋だから元から持ってたり、ネットで買ったりだな」

「俺らもネットだけど、調達屋はネットで買って大丈夫なの？　ほら、いつもニコニコ現金払いの方が都合良かったり……」

　雁木さんが言葉を濁しながらそう言うが、たしかにそれはそうなのだ。せっかくアシのつかない仕事やってんだからってのもあるが……税金の事がなくても、何の届けもなく飲食物の販売やって問題にならないわけがない。諸々《もろもろ》がクリアできる体力が手に入るまではコソコソやっていきたいところだ。幸い時々通る自衛隊のダイバーには今のところシカトしてもらえてるけど、このまま続けてればいつか突っ込まれる日も来るだろう。

「うーん、うちはリーダーの近所にでっかいホムセンあったからそこで揃《そろ》えたけど……あ、うちの休みの日でいいなら大田区のでっかいとこ連れてってあげようか？　そんかわし仕入れるビットの種類とか選ばせてよ」

「え？　いいんですか？」

「いいよいいよ、車出したげる。あ、近くにコストコあるけどついでに行く？」

「ぜひぜひ……いっ！」

　渡りに船な提案に飛びついて頷《うなず》いていると、急に横から肩パンをされた。そっちを向くと、気無さんがニヤニヤ笑いながらタバコを燻《くゆ》らせている。

「良かったな、綺麗《きれい》なお姉さんにちゃーんとエスコートしてもらいな」

「そ、そういうわけじゃあ……」

　それを見ていた阿武隈さんはなんとも言えない嫌そうな顔をして一歩足を引いた。

「マジおっさんなんですけど、セクハラでしょセクハラ」

「おーこわ」

「娘さんにもそういう事言ってんの？　嫌われちゃうよ」

「いや、それは……はい……」

ヘラヘラしていた気無さんは阿武隈さんの言葉に大ダメージを受けたようで、タバコを吸いながら俯《うつむ》いてしまったのだった。

◆

約束を取り付けてから四日後、俺とマーズは阿武隈さんの運転する軽自動車に乗って川崎までやって来ていた。すでに電動工具やその備品は買い終わり、今は超巨大な会員制のスーパーマーケットへと向かっている途中だ。

「しかし調達屋が黄色くないと違和感あるねー」

「今日何度目ですかそれ、僕たちだってダンジョンの外ではあんなの着ませんよ」

阿武隈さんは、いつもの黄色いバリア布じゃなく、今日のために買ってきたファストファッションブランドのブルゾンを着た俺を眺めては同じ事を何度も言った。そんな彼女は彼女で清楚《せいそ》な感じの高そうな服に身を包んで、うちの母や妹とは値段の桁《けた》が違いそうな化粧もしている。やっぱり冒険者ってのは儲《もう》かるんだな。

「そんでさー、コストコのでっかいブラウニーが美味《おい》しいんだよねぇ」

「もうスイーツの類《たぐい》は阿武隈さんにお任せしますんで……何でもカゴに入れてもらって……」

「あ、そう？　いやー、食べ切れるかとか期限とか考えないでコストコの食べ物買えるなんて最高だよね」

俺と阿武隈さんが話している間、マーズは後部座席で丸くなってぐうぐう眠っている。最近の彼はグルメドラマにハマっていて、今日も朝まで観ていたからな。

「そういや川島君は出身千葉だっけ？」

「そうなんですよ、大学通うためにこっちに出てきて」

「いいなー、あたしど田舎《いなか》だから。千葉に生まれてたら人生色々変わってたなぁ」

「千葉も田舎ですよ」

「全然そんな事ないよ。ブランドの直営もあるし、東京にだってすぐ出てこれるしさぁ」

信号待ちで停車した車の中、阿武隈さんははぁーっとため息をついた。

「田舎って物もお金も何にもなくて、つまんなくてさー……あたしも高校出てから地元で就職したけど、結局辞めて出てきちゃったしね」

「でもそれで冒険者として成功してるじゃないですか」

「成功なのかなー？　そう見える？」

「はい」

俺が答えると、阿武隈さんはしばらく前を見たまま「うーん」と悩み、車が流れ出してからまた喋り始めた。

「たしかに、高校生の頃のあたしが今の自分を見たら成功してるって思うかも……でも冒険者なんてさー、命さえ賭《か》ければ、運が続いてる間は誰にでもできるんだよね。ブレーキの壊れたバイクで

やる宅配業者みたいなものだから」

「そういうもんですか？」

「そーゆーもんもん。こんなヤクザな仕事しかないとわかってれば地元に残ってたかな……」

阿武隈さんはそう言いながら指示器を操作し、ハンドルを切りながら「でも」と続けた。

「やっぱり、わかってても出てきたかも。田舎にはいたくなかったしねー」

「地元で何かあったんですか？」

「まぁ、色々ねー」

彼女はヘラヘラ笑いながらそう言った。

「川島君は大学はどう？　ちゃんと卒業できそう？」

「まぁ、今のとこはですけど……」

「ちゃんと卒業しなよ～？　冒険者になんかなりたくないでしょ？」

「いや、もうなってますけど……」

なんとも反応しづらい冗談だ。

中に入ってみれば冒険者は割としっかりした人ばかりだったし……というかしっかりしてない人はだいたい死ぬか怪我《けが》で引退するし。大物を狩ったり上手《うま》く企業と提携すれば、二十代で年収三千万円も可能な夢のある仕事だというのもよくわかったのだが……東京では特にその傾向が強いのだが、世間ではバリバリの３Ｋ職で、武装した犯罪者予備軍と見られているのも事実だった。

「別に本腰入れてるわけじゃないでしょ？　だいたいそんな事言ってたらさ～親に泣かれちゃうよ～？　冒険者なんか社会でツーアウト貰《もら》ってからでも全然遅くないんだから」

俺は目が全然笑ってない阿武隈さんの言葉に、「はぁ」とか「まぁ」とか曖昧《あいまい》な言葉しか返す事ができなかった。この人も多分、冒険者になるまでに色々あったんだろうなぁ……。

「まぁでも、君やる時はちゃんとやりそうだし、そんなに心配はいらないのかな。アイテムボックス持ちなら、いくらでも稼ぐ方法なんかありそうだし」

「………」

まぁ、それが思いつかなくて困ってたって事は、言っても仕方のない事か……そのまましばらく車内では無言の時間が続き、いくつ目かの赤信号で停《と》まった時、阿武隈さんがぽつりと口を開いた。

「……いつかさー、川島君が出世して社長さんになったらさー、そん時はおねーさんの事も面倒見てよ……なーんて……」

「いいっすよ」

「へ？」

「いつになるかわからないですけど、僕なんかが社長になれるような事があれば」

「いや冗談冗談！　ダメだよー川島君、誰にでもそういう事言ってるとさー、そのうちお尻《しり》の毛まで毟《むし》られちゃうよ」

阿武隈さんはそう言って笑ってから、停車中じゃなければ聞き逃してしまいそうな小さな声で「でも、ありがと」とこぼして、青信号の道路へと車を発進させたのだった。

結局、あの言葉が冗談だったのか本気だったのかはわからないが、その日その後彼女がその話の続きをする事はなく。俺たちはコストコで買い込んだうんざりするほど大量のお菓子をジャンクヤードに詰めてから帰路についた。

行きに眠っていたマーズは、店でしこたま名物のホットドッグを食べてお腹いっぱいになり、帰り道もずーっと寝ていたのだった。

◆

死ぬほど冷える極寒の二月半ば。調達屋の商売では阿武隈さんに連れていってもらったホムセンで買った工具のレンタルサービスも始まり、学生としては一年に二度の大学のテストがあり、ついでにピザ屋のバイトもあって、俺はゲームをする暇もない大変な生活を送っていた。

しかし、その商売先である地の底《ダンジョン》の状況は……俺個人の事情なんかとは比べ物にならないぐらい大変な事になっていたのだった。

「トイレ借りまーす」

「はぁい」

五つに増えた簡易トイレにはひっきりなしに人が出入りし、入り口の横に置いた料金徴収箱は先月よりも大きなサイズへの変更を余儀なくされていた。トイレだけではなく段ボールの休憩所も場所の取り合いのような状況になっていて、探索で疲れ切った人たちがすし詰めになって死んだように眠っている。

先月まではなんだかんだと場所には余裕があったはずの広場には数え切れないほどの人が集まり、装備のチェックや獲物の血抜き解体、雑談に情報交換と、もう騒がしいを通り越してうるさいぐらいの状況だった。もちろんそんな状況だから、うちの店も大繁盛だ。

「おにぎり十二個、それと烏龍茶《ウーロンちゃ》を四本」

「三千二百円です」

「あ、あとロープってあったっけ？」

「パラコードならあるよ～」

「切り売り？」

「だね」

「ならそれを……十メートル」

「じゃあ、四千二百円になります」

「あ、ちょっと待ってくれよ……」

　俺がここで一番初めに物を売った人である、プレートキャリアを着けた眼鏡《めがね》の吉田《よしだ》さんがそう言いながら財布を取り出していると……その隣からは「充電お願い、ＭｉｃｒｏＢね」と千円札を持った女性の手が伸びてくるので、お金の代わりにケーブル付きの充電器を手渡す。

「はいお金」

「ありがとうございます。賞金首はどうですか？　見つかりそうですか？」

「いや厳しいな、かなり奥に逃げたんじゃないかなとは言われてる。遠征組も頑張ってるけど、なかなか見つからないみたいだ」

「頑張ってくださいね」

「頑張ってね～」

「まあ、元々うちは積極的には狙ってないよ。危うきにはなんとやらって言うしな」

吉田さんはそう言うとおにぎりとお茶を両手で抱え、喧騒《けんそう》の中へと去っていった。

今のこの東三《とうさん》ダンジョンの大賑《おおにぎ》わいをうちの店が呼び込んだと言えれば誇らしいのだが、実際のところは全く関係がない。実は一月の後半に、この広場から五キロほど奥でほぼ炭化した人の死体が出たのだ。そんな強力な火炎を扱う魔物は限られているから、管理組合《ギルド》は下手人を竜種《ドラゴン》と仮定して賞金を懸けた。

その賞金目当てにここ東京第三ダンジョンに集まってきた東京中の賞金稼《ハンター》ぎたちの群れが、この混雑の正体だった。もちろん、賞金目当てに集まってきた人たちばかりでなく、吉田さんたちのように前からここにいた人も普通に通ってきている。

「弁当五つ、肉系三個のり弁二個で。あとタバコ」

東三常連組の、グレーのバラクラバを被《かぶ》った気無《きなし》さんが片手でパーを出してそう言った。

「六千百円です」

「あいよ」

気無さんのパーティは全員が四十代男性の五人パーティだ。元水道屋さんで、会社の倒産を機に同僚を集めて水道管と金属バットを持って冒険者になったらしい。そんな始まりでも、これまで誰一人死んでないのだからとても才能があったのだと思う。

「調達屋さぁ、いつも温かいもん出してるけど、もしかして氷もいけんの？」

「いけますよ」

「じゃあさ、今度牛魚《うしざかな》の肝運ぶから、十キロぐらい用意しといてくれる？」

「わかりました、調達しときます。あ、トロ箱もいりますか？」

「気ぃ利くじゃん。頼りになるねぇ」

「あざっす」

気無さんは傷だらけのごつい手で金を置いてタバコを胸ポケットに仕舞い、弁当を持って去っていった。「頼りになる」か。ここ二ヶ月ぐらいでよく言われるようになった言葉だが、悪い気はしなかった。バイトでも同じ言葉を言われる事はあったが……この地の底にいる人たちから言われるそれには、なんだか地上のそれとは違う、実感というものが籠《こ》もっているような気がしたからだ。

自分で色々考えて行動した事が、直接人の役に立って頼りにされる。俺はただそれだけの事に、なんだか抜け出せそうにない面白さを感じていたのだった。

なんとなく、机の上の自分の手を見る。まだまだ他の人たちに比べれば白くて細くて、頼りない手だ。でも夢の中で見たあの凄《すご》い自分の大きな手に、少しでも繋《つな》がっているといいなと思いながら、ギュッとそれを握り込んだ。すると握った拳《こぶし》の向こう側から、なんだか声がしたような気がした。

「アノゥ……」

「……え？」

「アー、アノ……メシ？　……アー、フード？　パン？　ゴハン？　アリマスカ？」

最初、その声はどこから聞こえてきたのかわからなかった。机の向こうから聞こえたはずだが、姿は見えず。ただ机の上に、ピコピコと耳が揺れていた。

「あれ？」

俺が椅子から立ち上がると……机の陰になる場所に、二足歩行のサバトラ猫が立っていた。俺のへそぐらいの背丈の、ピック付きのハンマーを背負った手足がちょっと大きな猫。ケット・シー族と周りには言いつつも実は宇宙人なマーズとは違う、本物のケット・シー族だった。

「ココ……ゴハン？　カエル、キイタ」

「あー、オーケーオーケー。ユーキャンバイゴハン」

「オ……オケ？」

「トンボ、英語じゃ余計にわからないって。英語にしても間違ってるし」

マーズがそう言うと、ケット・シーは目を輝かせて両手を上げた。彼？　はマーズに向けてフニャフニャニャゴニャゴと話しかけ、マーズは同じ言葉で何か返事をした。さすが宇宙技術《インプリント》だ、ケット・シーの言葉まで対応してるのか。

「この子、何か食べ物が欲しいんだって」

「さすがだね、何か食べられないものない？」

「タブーがないかって方向で聞いてみるよ」

マーズがニャゴニャゴ言うと、ケット・シーはウニャウニャと答える。なんかもう、スマホで録画して実家に送ってやりたいぐらいに可愛《かわい》らしい光景だな。

「別に食べられないものはないけど、辛いのが苦手なんだってさ。三人分欲しいって」

「じゃあチャーハンで」

「ニャンニャ」

マーズが何事かを伝えると……ケット・シーは首からかけた布袋から五千円を取り出し、人と猫の中間ぐらいの形をした指で挟んだそれを差し出した。俺は五千円を預かって千四百円のお釣りを返し、スプーン付きのチャーハンを三つ手渡す。

「チャーハンです」

「ニャッ！」

ケット・シーは温かいチャーハンに驚きながらも、俺を見てペコリと頭を下げた。そして視線を下げてマーズに何事かをニャンニャンと話しかけ、マーズもそれに付き合ってフニャフニャと話し始めた。

「何々？　この子、マーズ君のご家族？」

「違いますよ、お客さんです」

ライムグリーンのクロスボウを背負った、目の下に濃い隈《くま》のあるお姉さん、阿武隈さんが面白そうな顔で猫たちの会話を見ながら話しかけてきた。

「最近は東三も色んな人来てるけど、マーズ君以外の異人種の人は初めて見たな～」

「あ、僕このあいだ虎人《ワータイガー》の人を見ましたよ」

「レアだ～、いいな～」

阿武隈さんはそう言って歯を見せながら笑い、開いた手の指を胸の前で合わせた。なんか前にちょろっと言っていたが、彼女は大の猫党らしい。

「あ、そうだトンボ君、これからしばらく月火木と来ないんだよね～？」

「いや今月これから先はだいたい毎日来ると思いますよ」

期末テストも終わったから、これからしばらく春休みに入るのだ。去年は一ヶ月半ほどをかけてしこたま積みゲーを崩した覚えがあるが、今年は多分こうしてダンジョンで金稼ぎをする日々を送る事になるだろう。

「あれ？　ああ、大学って春休みあるんだっけ」

「大学マジで休み長いっすから」

「そうなんだー、じゃあちょっと来週荷物の運搬を頼みたくて〜」

「運搬ですか？」

何かを仕入れといてくれと言われる事はよくあったが、直接物資の運搬を頼まれるのは初めてだった。まぁ必要な物しか持っていかないダンジョンで他人に荷物を預けるのって、命を預けるようなもんだからな。

「うちのリーダーがさー、本気で賞金首をハントしたいんだって〜」

「えっ⁉　マジすか？」

阿武隈さんのチームは遠距離戦を主体に堅実な狩りをする女性四人組だが、東三の冒険者の中では中堅ぐらいの扱いだったはずだ。竜種《ドラゴン》なんか追いかけて大丈夫なんだろうか……？

「マジマジ〜、東三の問題は東三で解決したいんだってさ」

「え〜、でも竜種《ドラゴン》ですよ？」

「一応《いちおー》うちも三メートル級の火吹きトカゲは狩った事あるしね」

火吹きトカゲというのは翼のないドラゴン……というよりは火を吹くオオサンショウウオだ。たまに腹の調子を整えるために獲物を炭になるまで焼いてボリボリ食べる習性があるため、今回の下手人の有力候補になっていた。

「こっからもっと先にキャンプ張って奥まで行くからさー、この広場まででいいからうちの物資の運搬を頼みたいんだよね〜」

「まあ、それぐらいなら……」

阿武隈さんに了承の意を伝えようとした俺の膝小僧《ひざこぞう》がポンポンと叩《たた》かれた。

「一キログラム一万円だね」

「あれっ？　マーズ、さっきのケット・シーの人は？」

「とっくに帰ったよ」

阿武隈さんはマーズの言葉にべっと下唇を出して、栗色の頭をぽりぽり掻《か》いた。

「逆に言えば〜、一キロ一万払えばどれだけ頼んでもいい系《けー》？」

「お姉さん、お得意さんだしね。うちも誰にでも同じ事やるとは言わないよ」

「じゃあ、交渉《こーしょー》成立だね。荷物は二月の第一水曜の朝に引き渡しでいい？」

「あ、詳しくはＳＮＳのＤ　Ｍ《ダイレクトメッセージ》で」

「了解でーす」

阿武隈さんはくるっと背中を向け、ちょっと首を傾《かし》げてからもう一度こちらを向いた。

「忘れてた、ドーナツください」

「あ、はい……」

彼女は一緒にコストコに買いに行ったチョコがけのドーナツをいくつか受け取って、今度こそ帰っていったのだった。しかし、竜狩りか……怪我《けが》なく終わればいいんだけどな。

「……あ、そういえばマーズ。さっきはケット・シーの人と何の話してたの？」

「あー、どこ出身かって聞かれたよ」

「ああ、世間話だったのか」

「あと、彼女いるのかって」

「えっ⁉」

あの人メスだったの⁉　ていうかマーズって、猫の間じゃ意外とモテるタイプなのかな。羨ましく……くはないか、猫だし。

「それで、なんて答えたんだよ？」

「ナイショ」

マーズはクールにそう言った後、「でも……」と続けた。

「僕、あんま背の高い人って好きじゃないんだよね」

そこ気になるんだ！　とは思いつつも、猫の感覚はイマイチわからず……それ以上突っ込んでは聞けない俺なのだった。

◆

迷暦二十二年の二月はじめ。俺はゲームに夢中になっていた。金稼ぎと並行してやっていたジャンクヤードの交換で、俺はついに個人的な大当たりを引いたのだ。

「宇宙のゲーム……すっげぇぇ‼」

「僕からしたら大昔のゲームに真剣に感動してる人を見る方が感動だよ」

宇宙のテレビ、ホロヴィジョンに繋がれた……割と馴染《なじ》みのある感じのコントローラーが刺さった菱形《ひしがた》の機械。見た事のないキャラクターのシールがべたべたと貼られたそれは、マーズ曰《いわ》く二百年ぐらい前のゲーム機らしい。

　これは一月の半ばに五十本ぐらいのカード型カートリッジと一緒にボロボロの箱に詰められ、玉ねぎ一個と交換されてきたものだ。ゲーム機とわかった時は抱きしめて小躍りして、マーズに呆《あき》れられた。

「こんなのが玉ねぎ一個と交換されてくるなんて、夢があるなぁ俺のスキル」

「言っとくけど、そのゲーム機って古さでかなりプレミアついてるからね。もっと最近のゲーム機ならほとんど捨て値だから、多分玉ねぎの皮とでも交換されてたんじゃない？」

「宇宙でもそういうとこはあんま変わらないんだ」

　色んな像が浮かび上がる霧の入った水槽。俺の乏しい語彙《ごい》ではホロビジョンの映像の事をそうとしか表現できないのだが、そこには四本の手ででっかい銃を撃ちまくるタコ型宇宙人の姿が表示されていた。

「こういう見慣れた感じのゲームが発売されてたってのを知ると、宇宙の人たちも俺たちとそう感覚が違わないんだって事がわかって嬉《うれ》しいな」

「言っとくけど、それは超超超オールドスクールなゲームだからね。僕が氷漬けにされる前の流行はリアル神様ゲームだったから」

「リアル？　神様？」

「ちっこい天球を作る技術を持った会社があってさ。そこが作った天球を使って、プレイヤーは神様として星を繁栄に導くの」

「えぇ……？　なんかスケールが小さいのかデカいのかわかんないな」

「まぁ本番は神様シミュ部分じゃなくて、育てた星同士のＰｖＰのリーグ戦だったんだけどね」

そのリーグ戦は見てみたい気がするけど、俺はそういうのよりこういう馴染みあるゲームの方がいいな。宇宙語がわからなくても遊べるし。

「そういえばトンボ、友子《ともこ》からミカンが届いてるよ。あとなんか変な豆」

「人の母親を下の名前で呼び捨てにしないでくれないかな……」

「そんな事気になる？」

「俺は気になるんだよ」

マーズはふうんと気のない返事をしながらミカンを十個ほどコタツの上の籠《かご》に盛り、残りと落花生を物流で使うコンテナボックスそっくりの食料保管庫へと入れた。この食料保管庫というやつは、常温なのに食料の鮮度を保ってくれるという不思議なものだ。もちろん俺のジャンクヤードの保管能力には及ばないが、こちらにはマーズが自由に物を出し入れできるという利点があった。

「なんだかんだ、この部屋もだいぶ便利になってきたね」

コタツでミカンの皮を剥《む》きながらそう話す彼が座っているのは、青いスライム……ではなく宇宙のビーズクッションのようなものらしい。これは自動で動いて腰や尻《しり》の同じ箇所に負担がかかるのを解消してくれる、ありがたいクッションなのだそうだ。

二つ手に入ったのはいいが、俺はコタツでは座布団派なので寝る時の枕として使っていた。たしかによく眠れている気がするが、別に目に見えるほどウニョウニョ動くわけじゃない。正直言って地味すぎて、俺は未《いま》だにこれらが宇宙のものとは思えなかった。

宇宙の製品というのは、だいたいのものは自分でエネルギーを生み出すから充電とかいらないし、地球とは比べ物にならないほどの大量生産を行うため見た目が死ぬほど地味だ。進みすぎた文明の製品というものは、不思議と地球のものと見分けがつかないのだった。

「前から思ってたんだけどさ、なんか宇宙のものって地味じゃない？」

「そう？　トンボもゲームには凄《すご》い感動してたじゃん」

「いやゲームとかバリアとか銃とかは見た目がわかりやすいからいいんだけど……」

俺はゲームを一時停止《ポーズ》にしてマーズの方を向き、壁を指差した。

「あれとか、見た目全然宇宙のものじゃないもんな」

「ああ、吸音剤ね。でもあれでだいぶ快適になったでしょ？　お隣さんが彼女連れ込んだら寝てられないって、前はトンボも文句言ってたじゃん」

俺の指差したアパートの壁には、画鋲《がびょう》に引っ掛けられたフック付きの防虫剤のような物があった。

これは文字通り音を吸音する装置だ。

普通防音っていうのは重くて硬い遮音材で音を遮断、複雑な構造の吸音材で音のエネルギーを減衰する事によって行われる……らしい。だが吸音剤はそんな理屈は無視で、音を吸収して消しちゃう装置だ。近くに行って声を出すと耳栓をしてるみたいに何も聞こえなくなるっていう不思議な物体だ。

いや、物としての効果は凄いのだ……ただ、あまりにも見た目が地味すぎた。完全に実家の母が虫よけに玄関ノブにかけてるやつだ。個人的にはもっと謎に虹色《にじいろ》にグラデーションしていたり、スケルトンカラーでピカピカ光っていたりしてほしい。

「あと流しのあれもだよ」

「清潔ボールの何が気に入らないのさ、君だって感激してたろ？」

「いや、現実的に凄い良いものだってのはわかるんだけど……見た目がね……」

台所のシンクの上から吊《つ》るされた赤い網の中には、黄色のスーパーボールのようなものがいくつか入っていた。これは流し周りの細菌を殺してくれるというありがたーいボールで、ヌメヌメも、匂いも、なんならコバエの発生までも防いでくれるという超チート製品なのだ。見た目が完全に便所ボールな事さえ除けばだが……。

「日本じゃあれは男性用の小便器に使う抗菌剤なんだよ……」

「別にそんな事言われなくたって知ってるよ、見た事あるし」

俺は床に転がったコロコロテープ型の無音掃除機、玄関に置かれた小人の置物型の防虫装置、窓際に置かれたサボテンにしか見えない宇宙の空気清浄プラントを次々に指差した。

「俺が言いたいのはさ……もう少し、もう少しだけ夢のある見た目にできなかったのかって事なんだよ！」

マーズは三粒ほど残ったミカンをコタツの上に置き、めんどくさそうにこちらへ首を向けた。

「トンボさぁ、宇宙に何を求めてるのか知らないけど……そんな何か期待されたって困っちゃうよ」

「だって宇宙なんだよ⁉」

「たとえば僕たち宇宙人がさ、日本人は日本人とひと目でわかるように全員チョンマゲにしろって言い出したらそっちも嫌でしょ？」

「そりゃまぁ、そうだけど」

「宇宙だって一緒だよ。結局使いやすいものの形って決まってるし、あって便利なものもだいたい一緒。見た目のいいデザインにもそりゃ需要はあるけど、最終的に残るのは工業的に洗練された形なんだよ」

ぐうの音も出ない正論だ。それに悔しいが「それっぽくない宇宙グッズは使わない」なんて言えないぐらいに、宇宙グッズは便利なのだ。

俺はすっくと立ち上がった。コンテナそっくりの食料保管庫に昨日から入れていた飲みかけのパックジュースを飲み、ついでに嫌な匂い一つしない清潔なシンクから水を汲《く》み、窓際のサボテンもどきに水をやった。

俺は心の中の『浪漫《ロマン》』という箱に『生活』という名の蓋《ふた》をして、とりあえず深く考えるのをやめたのだった。

第四章【強がりと猫とデカいもの】

二月はじめの水曜日、俺たちは霊園の中にある東京第三《とうさん》ダンジョンの近くにあるコンビニの駐車場で人を待っていた。

「なんでこんなとこで待ち合わせにしたのさ……！　ここビル風が凄いから寒いよ！」

「しゃーないじゃん、車で受け渡ししたいって言うんだから……！」

二月の寒風は骨まで染み、買って外に出たら一瞬で冷えてしまったコーヒーを持つ手もガクガクと震えた。中で時間を潰《つぶ》したかったところだが、ここはダンジョン最寄りのコンビニ、しかも朝である。店内は身の置き場もないほどに人でごった返していて、とても悠長に雑誌を読んだりできるような状況ではなかったのだ。

「こういう時のためにさ、うちも車買おうよ！」

「バカ言え、どこに置くんだそんなもん……」

東京の駐車場代はバカ高いのだ。車自体はジャンクヤードに入れられたとしても、購入するのに車庫証明だって必要だった。

「マーズも服着ればいいんだよ」

「ポプテには毛皮があるから……」

毛皮で間に合ってないから言ってるのに……クソッ、交換で個人用の空調とかが出てきたら何を置いてでも確保しよう……俺は猛スピードで雲が吹っ飛んでいく二月の高い空を見上げ、心に固くそう誓ったのだった。

結局、待ち人の阿武隈《あぶくま》さんの四人パーティは、その後すぐにパステルカラーのSUVに乗って現れた。

「お待たせ～、こちらうちのリーダー」

「時々買い物はさせてもらってるけど、改めてよろしくね。私が『恵比寿針鼠《えびすはりねずみ》』のリーダーの飯田《いいだ》です。今回は無理聞いてもらっちゃって悪いわね」

「あ、どうも川島《かわしま》です。こちらは相棒のマーズ」

「よろ～」

眉毛《まゆげ》のキリッとした美人の飯田さんにちょっと気圧《けお》されながらも、しっかりと握手を交わした。

「吉川《よしかわ》です」

「高井《たかい》です」

眼鏡《めがね》女子の吉川さんと、黒髪おさげの高井さんとも握手を交わす。やはり冒険者、女性とはいえみんな硬くてたくましい掌《てのひら》をしていた。

「早速だけど、荷物の受け渡しいいかしら？」

挨拶《あいさつ》もそこそこに飯田さんがSUVのトランクを開けると、そこにはがっしりとしたプラ製の箱が積み重ねられて並んでいた。奥にはクロスボウが入っているのだろう長めのケースが複数と、アウトドアメーカーのロゴの入った袋がちらっと見える。そして何かのシャフトと一緒に束ねられた分割式の槍《やり》類が、トランクから中の席にかけて置かれていた。

「この箱類とガンケース全部をお願いするわ」

「わかりました」

俺は体重計を取り出し、箱を持ってからその上に乗った。こうすれば、表示された重さからあらかじめ測っておいた自分の体重を引けば物の重量がわかるのだ。

「アナログだね～」

「これが一番確実ですから」

面白そうに指を差す阿武隈さんに見守られながら、俺はどんどん計測しては荷物を収納していく。

マーズは重さと箱の個数を俺のスマホにメモっている。

「箱四個、ガンケース四個で二十キロと少しだね。おまけして二十キロ分でいいよ」

「ありがとう」

飯田さんは分厚いブランド物の財布から十万円を取り出した。

「前金に半分、仕事後に残りでいいのよね？」

「はい、それで」

彼女から受け取った金をきちんと数えてから仕舞う。

「では予定通り、金曜の朝九時に補給でお願いね」

「承知しました」

詳細は事前にＳＮＳのＤＭで詰めてある。『恵比寿針鼠』は木曜から深部にダイブを始め、金曜の朝に補給。そして日曜朝に、またここで会って物資を返却する事になっている。

「じゃあ、よろしくね～」

阿武隈さんはいつもの隈《くま》のある笑顔で俺たちに笑いかけ、車に乗って穴蔵の方へと去っていった。

「トンボ、もう一杯コーヒー飲もうよ」

「飲もう飲もう」

そして体の冷え切った俺たちは、震える足でよろめきながらコンビニへと向かったのだった。

◆

俺たちに物資運搬の依頼をしてくれた阿武隈さんのパーティへの補給予定日。ダンジョンの入り口付近は物々しい雰囲気となっていた。

「中と連絡は？」

「そもそも崩落でＷｉ－Ｆｉが生きてるのかどうかもわかりません」

「他の全組合員の確認取れました。中に取り残されてるのは『恵比寿針鼠』と『伊藤《いとう》猟兵団』の二組です」

「賞金首を追って奥まで行ってた連中か……」

管理組合《ギルド》の職員たちが深刻そうな顔で頭を突き合わせて話し合い、冒険者たちは装備をつけたままダンジョンの入り口を睨《にら》んでいる。

「調達屋！」

俺たちがそんな常ならぬ雰囲気にたじろいでいると、珍しくバラクラバを外した素顔の気無《きなし》さんに呼びかけられた。

「気無さん、これは一体……」

「なんかあった？」

「お前ら、今日は中入るな。焼死体が追加で五つ出た。しかも運び出した後に地震で崩落が起きて恵比寿の連中と伊藤んとこが取り残されてる」

「えっ！　ヤバいじゃないですか！」

「やべーんだよ、中にいるのはただの火吹きトカゲ《サラマンダー》じゃないって話も出てる。このまま入り口を発破とコンクリで塞《ふさ》いで東三《とうさん》封鎖の可能性もある」

「じゃあ中の阿武隈さんたちはどうなるんですか⁉」

「今生きてるかどうかもわかんねぇよ。たしか前に長野で同じような事があった時は結局四パーティが全滅して……」

気無さんの言葉に、嫌な想像が脳裏によぎった。心臓がバクバクと早鐘を打ち、踵《かかと》から背中にかけて水でも垂らされたかのように悪寒が走る。

一昨日握手したあの人たちが……全滅？　にっと前歯を見せる阿武隈さんの笑顔が脳裏に浮かび、がっしりと硬かった掌の感覚が震える手の先に蘇《よみがえ》ったような気がした。

「トンボ？」

抱《だ》っこ紐《ひも》の中のマーズが、気遣わしげにこちらを見ながら俺の腹をトンと叩《たた》いた。真冬なのに、首筋を汗が流れ落ちる。唾《つば》を飲もうとして上手《うま》く飲み込めず、ジャンクヤードから烏龍茶《ウーロンちゃ》を取り出して一口飲む。口に物が入ると、少しだけ気持ちが落ち着いてきた。大丈夫、大丈夫。まだ死んだと決まったわけじゃない。

「あん時は結局誰も中に行けなくてな。とにかく雪が酷《ひど》くて救急車も……」

気無さんの話を聞き流しながら、俺はギリギリのソロバンを弾《はじ》いていた。落石は最悪、バリアでなんとかなる。落ちてる岩も収納できる。ビームだって無効化できるバリアだ、竜の炎だって多分大丈夫だろう。一つ一つ自分のできる事を数え、ゆっくりと息を吐き出した。

「……俺なら、行けるかも」

そうして辿《たど》り着《つ》いたのは、もしかしたら自分にならば彼女たちを助けに行けるかもしれないという事実だった。そしてあの夢の中で見た強い自分ならば、迷う事もなく当然のように助けに行くだろうという確信だった。

正義感か、蛮勇か、はたまた憧憬《しょうけい》か、自分にも正体のわからない心の中の熱が、強く裾《すそ》を掴《つか》む凍えるような恐怖心をわずかに上回っていた。「やれるかも」という推測は「やれる」という確信に。「行かなければ後悔するかもしれない」という迷いは「ならばやるべきだ」という決意へと急速に変わり始めていた。

俺はそんな熱に浮かされるようにして、震える前歯で下唇を噛《か》みしめ、正しいかどうかなんて自分ではまるでわからない決断を下したのだった。

「気無さん。僕、中に行ってきます……実は今日、恵比寿に補給をする約束をしてたんで……」

「馬鹿野郎！　引っ張られるな！」

バン！　と凄《すご》い音がして、気無さんのデカくて硬い掌による張り手が俺の左頬に入った。まだバリアを張っていなかったから、モロに食らって頭がクラクラした。

「お前にできる事なんかない、冷静になれ！」

子供の頃以来久々に受けた張り手の効果だろうか、ショックの余り狭窄《きょうさく》していた視野が急速に戻ってきた気がする。

「……いや、僕岩とか収納できるんで奥まで行けるんですよ」

そう口に出して初めて、さっきまで胸の内にあった熱がストンと腑《ふ》に落ちたようだった。

そうだ、どちらにせよ中の人を生かしたいなら俺が行くしかないんだ。たとえ今ダンジョンに危険がなく、中の人たちが生きていたとしても……重機を入れて土砂をどかしていては間違いなくその間に魔物にやられて死んでしまうだろう。

心を決めた俺の胸元から猫の腕がニュッと伸びてきて、震える顎《あご》をポンポンと叩いた。

「そーそー、バリアもあるしいけるいける」

「あ、そう言われりゃあそうか……でも危ねぇぞ！」

「あの、でも……僕ここで行かなきゃ、一生引きずる気がして……」

そう言いながら顎をカクカク動かす俺を見て、気無さんは不思議そうな顔をした。

「どうした？」

「いや、歯がぐらぐらしてる気がして……」

「お前も冒険者なら、ちったぁ鍛えろ！　生きて帰ってきたらだけどな……」

「はい！」

「組合には俺が説明しといてやる、行くなら行くできちんと準備しろ！」

気無さんは俺の肩を力強く叩いてから、すぐに組合職員のもとに向かっていった。

「いいですか？　五キロ地点《Aベース》の広場まで行ったら必ず連絡してくださいよ！　連絡がなければ助け

には行けませんから！」

「わ、わかりましたっ！」

組合職員から手渡されたごつい無線機をジャケットの胸ポケットに入れ、俺は何度も何度も頷《うなず》いた。ジャケットのポケットは冒険者たちから受け取った食べ物やＬＥＤライト付きの笛、色んな種類のお守りなんかの餞別《せんべつ》でパンパンになっていた。

「調達屋！　無理すんな！　絶対帰ってこいよ！」

「戻ったら死ぬほど飲ませてやっから、絶対死ぬなよ！」

「飯田たちと伊藤たちを頼むぞ‼」

みんなの顔を見回して、何かを言おうとして言えず、俺はダンジョンへと足を踏み入れた。いつもと違う、砂埃《すなぼこり》混じりの空気。いつもと違う、光源のない真っ暗闇。

銀河警察《ギャラクシーポリス》の生体維持装置の暗視モードもエコーロケーションモードもオンにして。ここに初めて入った日のようにガチガチに体を強張《こわば》らせて、俺は進んだ。

「マーズ、良かったの？」

「んー？　何が？」

マーズは、俺に行けとも行くなとも言わなかった。でも俺に「下ろしてくれ」とも言わなかったのだ。

「死ぬかもしれないんだよ」

「死ぬかもしれないなんて、宇宙で船に乗ってりゃ当たり前の事だよ。海賊の艦砲射撃食らったら全員一緒に次の人生なんだもん」

「今から行くのは地の底だよ？」

「生き埋めになって死ぬのも、宇宙に放り出されて死ぬのも一緒一緒」

それに……と、彼は続けた。

「ここ、まだ修羅場じゃないから。全然ビビる必要ないよ」

闇の中で腹に感じる温かさの中で、彼がくあっとあくびをしたのを感じた。


探索は順調に進んだ。銀河警察の生命維持装置の暗視モードは優秀で、ヘッドホンのような本体から発生したヘルメットのシールドのような力場に画像が投影され、洞窟《どうくつ》内がまるで昼間のような明るさで視認できる。

天井や壁の崩落で通路を埋め尽くすほどに積み上がった岩も、最初はえっちらおっちら収納していたのだが……途中からはコツが掴めてきて、まるで掃除機で吸うようにスムーズに収納できるようになっていた。

「だいぶ慣れてきた？」

「まあ、あんだけの量をやりゃあね」

大きな崩落は入り口から少し行った場所だけで、幸いな事にそこから先は順調に進む事ができていた。崩落していたのは天井ばかりで、地面に問題がないのも幸いだった。積もったものはどかせるけど、地面がなくなってたら進めなかったからな。

ダンジョン内には崩落の影響か魔物の姿も全く見えず、いつもより進むのが楽なぐらいだ。そんな道のりを五キロほど進んだところで、その声は聞こえてきた。

「ぉおぃ……ぉおーぃ」

「なんか聞こえた？」

「聞こえたね」

「誰かいますかーっ！」

「っち……こっち……」

ＬＥＤランタンを取り出し、光を灯《とも》しながら近づくと男性が倒れていた。

「大丈夫ですか⁉」

「あ……調達屋か……助かった、助かった……」

倒れていたのは、伊藤猟兵団のメンバーの一人だった。

「他の方は？」

「うちの団は俺以外全滅だ……すんげぇ火にやられて……俺は一番後ろにいたから炭にならずに済んで……そうだ、俺は……俺だけ……」

「歩けますか？」

「だめだ……暗くてもう、どこにいるのかもわからなくて……」

俺は彼の前にＬＥＤランタンをごとりと置き、その隣に水とブロック食品を置いた。

「いいですか、あっちに向かえば外に出られます。救援も呼びますので」

「頼む……連れてってくれ……もうだめなんだ……」

「……すいません、他にも救助する人がいるんですよ」

俺は足を掴む手を振り払い、無線に『五キロ地点に生存者あり。崩落は解消。先へ進みます』と送信して奥へと進んだ。背中からは「頼む……待って……」というか細い声が投げかけられ、無線機からは『一旦《いったん》戻れ！』という割れた声が響いていた。俺は全てを振り切って、真っ暗闇の中を先へと進んだ。これ以上怯《おび》えに足を取られないように、足早に進んだ。

五キロ地点のいつもの広場は、その半分ほどが崩落した土砂で埋まっていた。俺が普段座っていた場所も、いつも阿武隈《あぶくま》さんたちが陣取っていた場所も、土砂に埋もれて完全に見えなくなっていた。嫌な想像が頭に浮かび、矢も楯《たて》もたまらずに叫んだ。

「誰かいませんかーっ⁉」

問いかけに返事はなく、俺の声だけが暗闇に木霊《こだま》していた。

「ちょっと待って、生体サーチしてみる」

「え？　そんなんできるの？」

「この装置は警察用だからね。生体維持装置って最後に残る装備だから、基本的に多機能なんだ。これだけで宇宙空間に放り出されてもある程度耐えれるぐらいだし」

俺の肩を足場にして、マーズは慣れた手付きでヘッドホン型の生体維持装置を操作する。ヘルメットのバイザーのような力場にピコピコと光る点が表示され、その横に読めない文字が浮かび上がった。

「この部屋は人間大の生体反応なし、いるのは虫やネズミぐらいかな。人間ならもっと大きな点が出るはず」

俺はホッとして胸を撫《な》でおろした。

「それ、ここから先はずっとオンにしといてよ」

「別にいいけど、死体はサーチできないんだからあんま深入りしないでね」

マーズの言葉に俺はこくりと頷いたが、どう考えても今こそが深入りしてしまっている状況だろう。あの広かった大広場の大半は今やほとんど土砂に埋もれてしまっていて、とてもじゃないが土や岩を収納できる俺以外の人間が進めるようには思えなかった。

「ありゃ、こりゃ～えらい事になってるね」

「もうちょっと崩壊が遅ければ俺たちも生き埋めだったかな？」

「バリアがあるから大丈夫だったんじゃない？」

それはそれで悪目立ちしたような気もするけど……まあ、悪目立ちなんてのは今更か。

俺は苦笑いしながら、初めて進む事になるAベースの先の道を見つめた。無線機を取り出し『Aベースに人なし、奥へと進む』と送信をする。地上からのノイズ混じりの返信は、事前に組合に報告されていた阿武隈さんチームのキャンプの場所を伝えていた。

「トンボはさ、なんでここまで人を助けに来ようなんて思ったの？」

広場《Aベース》からちょっと進んだ場所にあった崩落現場を片付けている途中、マーズは俺にそう尋ねた。

「別にトンボに付き合うのはいいんだけどさ。僕もトンボも、ここの人たちには命を懸けてここまでする義理も恩もないわけでしょ？」

「そりゃあ、この状況なら俺しかできない事だし……いや……見捨てると後に引きずりそうだから……いや……それも違うか……」

「えぇ～？　そんなあやふやな感じでここまで来たのぉ？」

「でも俺さ、黙って見てらんなかったんだよ。行かなきゃって思ったんだ」

「まぁ、隈《くま》の姉さんとは仲良かったし、お得意様だったしね」

「前に夢を見たって言ったじゃない？」

「言ってたね」

「夢の中の強い俺なら、絶対見捨てない。それにこんなピンチぐらい、何でもなく簡単にくぐり抜けるんじゃないかって、そうも思ってさ……」

　言葉の合間にびゅうびゅうと音を立てて吹く風は、必死に奮い立たせている俺の心の天秤《てんびん》を不安の方へと傾けようとしているようだった。

「でもやっぱりさ……こんな風に命張ってさ、死んじゃったら馬鹿かな？」

「……いいや、それもいいんじゃない？　いかにも冒険者っぽくてさ」

　マーズは目を細めて笑って、ポンと俺の腹を叩《たた》いた。

「何だか知らないけどさ、とりあえず満足するまでやってみたら？　悪い事するわけじゃないんだし、好きなようにやってみなよ」

「マーズ……こんな事に付き合わせてごめんね」

「いいよ、うちの頭はトンボでしょ。僕はあんがい付き合いのいい社員なんだよ」

　その言葉にふっと胸が温かくなったような気がして、俺は出かけた鼻水をズズッと啜《すす》った。目を開けたり閉じたりしながら大きな岩を収納すると……バイザー型の力場にチカッと反応が出る。

　進行方向の先に、大きな点が四つ光っていた。俺は物干《ものほ》し竿《ざお》の槍《やり》を低く構え、引けた腰でなんとか足を動かしながら光点に向かってゆっくりと進んだ。

「誰かいますかぁ！」

呼びかけるが、自分の声が洞窟の壁に反響しながら返ってくるだけだ。光点に近づいてはいるはずなのに、なかなか相手とは出会えていなかった。

「聴覚強化使ってみる？」

「そんなのもあるの？」

「使いすぎると気持ち悪くなるけどね」

器用に俺の肩によじ登ったマーズがちょいちょいとヘッドホン型の生体維持装置を弄《いじ》ると、響く風の音に混じって砂の流れる音や、虫の這《は》う音が耳のすぐ近くで聞こえてきた。

「うわっ、これ気持ち悪いな……」

「あんま常用する人いないと思うんだよね。こんなの自分ちで起動しちゃって、棚の裏とかから変な音したら最悪だよね」

それはあんまり想像したくないな……額に人差し指を当てて集中して音を聞くと、膨大な自然音の中に何か途方もなくデカいものが歩き回る音が聞こえた気がした。

「なんか歩いてる」

「人？」

「いや、地響きもしてる。なんかめちゃくちゃデカいものが歩いてる気がする」

「ヤバそうだね、用を済ませてさっさと引き上げよう」

「待った、もっかい聞くから」

なるべく足音に気を向けず、風の音に耳を澄ませる。びゅうびゅうと吹く風の中で「おぉ……

い」とか細い声が聞こえた気がした。

「おぉい！　誰かいるなら声出してくれーっ！」

呼びかけてから耳を澄ますと「こっち……こっち……」と声が返ってくる。洞窟の中だからか、聴覚補助の特性かはわからないが、音が回って聞こえるせいではっきり場所はわからなかったが、俺はなるべく声が大きくなる方向へと進んでいく。

槍を収納し、両手で生体維持装置の周りに壁を作って集音に指向性を作った。デカい足音の他に、動物らしき足音は聞こえてこない。不思議な事に、この日ダンジョンに入ってから俺は魔物を一匹も見ていなかった。

「え、ここ？」

「やばいじゃん！」

音を頼りに辿《たど》り着《つ》いた先には、崩落した岩が散らばっていた。いくつか岩が重なった場所からはオレンジ色のテントの残骸《ざんがい》が飛び出している。という事は……生き埋めになってるのか！　崩落現場の前では、ヘッドライトを付けて槍とナイフを持った阿武隈さんと吉川さんが、何匹かの魔物の死体の横に座り込んでいた。

「あ……う……誰……？」

「川島です！　大丈夫ですか？」

「あ……テント……」

「今から助けます！」

俺は阿武隈さんと吉川さんを引きずって少し離れた場所に移動させ、岩を収納していってテントを掘り起こす。

潰《つぶ》れたテントの中にいた二人は、魔物対策で中に組まれていた補強用のパイプに守られたのか、崩落に巻き込まれた割には軽症と言えた。もちろん色々な所の骨折や打撲はあるが、意識が戻らない吉川さんや、足が折れていて立てない阿武隈さんよりはマシだった。しかしテントの二人も心の方は軽症とはいかないようで、震えながらわんわんと泣いて話もできない状況だ。

俺は歩けない二人を一人ずつ調達屋の看板に乗せて、引きずって広間《Aベース》へと運び始めた。全員が満《まん》身創痍《しんそうい》で動けないが、俺はできるだけ急いだ。もう聴覚補助は切ったはずなのに、何かデカいものの足音がずっと響いて聞こえていた。明らかな危機が、本当ならば救助者を放ってでも避けるべきなんだろう危機が近づいていた。考え込んだら二度と動けなくなるような気がして、俺はただ体だけをガムシャラに動かし、闇を駆けた。

『Aベース、要救護者四名、うち一人意識なしです！　あと奥からなんかヤバいのが来てますよ！』

『こちら気無《きなし》だ！　いいか調達屋！　これからうちと雁木《がんぎ》のとこで組合の救護部を護衛しながらダイブする！　恵比寿の連中は安全な所に移送したらあんま動かすな！』

『はいっ！』

『奥から来る奴《やつ》に追いつかれたら恵比寿の女たち放って全力で逃げろ！　お前はやる事やった！　冷静になれよ！　ヤケにはなるな！』

俺は広間《Aベース》に移送し終わった阿武隈さんたちの前に預かっていたコンテナ類を出し、その隣にスポーツドリンクや携行食を置いた。ダンジョンの奥からやって来ているヤバい奴は、もうすぐそこまで近づいてきていた。

「救援は来ます、気を強く持ってください。皆さんの荷物は置いておきますので、もし余裕があれば身支度を」

Ａベースからダンジョンの奥へと続く通路に向かう俺の背中に、誰かが言葉をかけた気がしたが振り向かなかった。いや、振り向けなかったのかもしれない。ちょっとでも躊躇《ためら》えば、俺のちっちゃい器に入った勇気は全部こぼれてしまいそうだったから。

「行くの？　多分こっからは修羅場だよ？」

「こういう時、宇宙の船乗りならどうする……？」

俺はぽつりぽつりと呟《つぶや》くように尋ねながら、ジャンクヤードに入っていた岩でＡベースへの通路をぴったりと埋め直した。

「僕がいた会社なら、こういう時は徹底的に……かな」

「それってどういう会社にいたわけ？」

「まぁ、ちょっと荒っぽい会社でさ。でもトンボは船乗りでもない、何の保証も、背負うものもない気楽な立場でしょ？　それでも行くの？」

俺は土で黒く汚れ、地面に擦《こす》れて血の滲《にじ》んだ手をギュッと握って答えた。

「行く。前に話した夢の中の強い俺なら、絶対に行くはずだから」

マーズは「それは強いから行くんじゃないの？」と肩をすくめながらも、止める事はしなかった。

「さて、こっから先は本当に命懸けだよ。力場《バリア》だって絶対じゃないんだからね」

彼は抱《だ》っこ紐《ひも》から俺の肩へと軽やかに飛び移り、ヘッドセットに取り付いた。

「力場強度のモニタリングはしててあげるから、やれるだけやってみなよ」

「……心強いよ、ほんとにさ」

俺はジャンクヤードから缶ジュースを取り出して、手の中でシェイクした。カシュッと軽い音を立てて銃へと変形したそれを構え、闇の中を進んだ。


最初、俺はそれを陽《ひ》の光だと勘違いした。別の出入り口に辿り着いて、ダンジョンを抜けてしまったのだと思ったのだ。しかし、通路を真っ白に染め上げるそれに全身を包まれて初めて、俺は自分がドラゴンのブレスの中にいると理解したのだった。

「うわーっ‼」

「トンボ、バリアは大丈夫だから！　落ち着いて頭を狙って撃って！」

それは神話の世界から抜け出してきたような竜《ドラゴン》だった。途方もなくデカくて、チビるほど怖くて、目を離せないほど美しかった。

ダンジョンの天井を削るぐらいの巨体には、俺の掌《てのひら》ほどもある真紅の鱗《うろこ》をびっしりと纏《まと》い、人を丸呑《まるの》みにできそうなほどの口の端からは白い炎がチロチロと漏れている。そいつは俺を値踏みするように、口から漏れる炎で煌《きら》めく瞳《ひとみ》をこちらに向けていた。

「撃って撃って撃って！」

「あああああっ‼」

俺が思いっきり銃の引き金を引くと、ヴァオン‼　と唸《うな》り声のような音が上がり、竜の眉間《みけん》に小さな穴が空いた。銃が発する音と振動が大きくなるにつれて、その穴がどんどん大きくなっていく。

「トンボ！　引き金離して！」

「あっ！　あっ！　そっか！」

俺が引き金から指を離すと、銃の音と振動がぴたりと止まり、額から血を吹き散らす竜の首が力なく地面に落ちた。

「やった⁉　やったか⁉　やったよな⁉」

「やったよ」

「あ、良かった……」

俺は脱力し、へろへろと地面に座り込んだ。いつ漏らしたのかもわからない小便で濡《ぬ》れたズボンを気にも留めず、俺は地面に突っ伏した。

「マジで死ぬかと思った、マジで死ぬかと思ったって」

「まああれはビビるよね……あれ？　トンボ……？　トンボ！　顔上げて！」

肩に鋭い痛みが走った。マーズが爪を立てたのだ。

「え……？　マジ⁉」

まるでビデオの巻き戻しのように、今穴を空けたはずの竜の頭に肉が盛り上がっていた。そして、むくりと頭が持ち上がる。それが地面から完全に離れる頃には、真っ赤な血に塗れた額にはもうすでに鱗までもが生え揃《そろ》っていた……。

「再生するのかぁ……トンボ、これ頭落とさなきゃ駄目だ」

「やべっ！　やべっ！　やべっ！」

俺があたふたと銃を構え直すのと、二度目のブレスが来るのはほとんど同時だった。

「落ち着いて！　ブレスでバリアは破れないから！　まず深呼吸」

「はあーっ！　ふうーっ！」

俺が力いっぱい深呼吸をしていると、急にブレスが晴れてドラゴンの顔が現れた。打ち止めか？　と思ったが、ちょっと視線を下げると俺の腹には真っ白なブレスが吹き付けられ続けているのが見える。どういう事？

「やばい！　ブレスが集束し始めてる‼」

「えっ⁉」

ボオオオオッ！　と低く鳴り続けていたブレスの音が、徐々に耳に痛い高音へと変わっていく。ヘッドホン型の生体維持装置から、ビーッ！　ビーッ！　とアラート音が鳴り始める。

「避《よ》けて！　避けて避けて！　このままじゃ力場が飽和する‼」

「え？　あ？　うわあああああああああっ‼」

パニックになった俺は、避ける事も銃を撃つ事もできなかった。ただ手を体の前でクロスして、竜の顔へと突っ込んだ。バッキィィイン！　と音が鳴り、バリアに撥《は》ね飛ばされた竜の首が跳ね上がる。耳をつんざくような爆音の後に、集束ブレスに破壊された天井から岩がめちゃくちゃに落ちてきて俺の後ろの通路へと降り注いだ。

「どうしよどうしよどうしよーっ！」

「とにかくブレスを吐かせないで！」

「えっと、頭を狙って、頭を狙って……」

「何でもいいから撃っちゃえよ！」

しかし俺が銃を構えて竜の方を向くと、そこに竜の頭はなく……その代わりに地すべりのような轟音《ごうおん》と共に、竜の尻尾《しっぽ》が削り取った岩壁と共に叩《たた》きつけられた。再びバッキィイイン！　と音が鳴り、竜の尻尾は地面を削りながら元の場所へと戻っていく。

怒り心頭の竜は目にも留まらぬ速度で無茶苦茶に暴れまわり、奴が壁や床に体を叩きつけるたびに地面は揺れまくり、俺は立っているのもやっとの状況だった。ダンジョンはどんどん削り取られ、壁や天井には亀裂が入って崩落し、見るも無惨な姿に変わっていく。やはり、今日の崩落はこの竜が原因だったのだろう。

「トンボ、ブレスだ！」

「あっ！　やべっ！」

真っ白に光る口からブレスを吐こうとする竜に身を屈めながら走り寄り、俺はまたバリア体当たりで相手の体勢を崩す。ブレスを邪魔された竜は俺に噛《か》みつこうとするが、バリアに阻まれて後ずさった。

「やばい！　怖いよ！」

「吐かれる方が怖いでしょ！」

「撃つよ！」

「撃ちまくって！」

俺は竜の頭に向かって引き金を引くが、なんと竜はそれをかわして致命傷を避け始めた。撃てば穴は空くのだが、高すぎる再生能力のせいで空ける端から再生されてしまうのだ。

「一旦《いったん》退却は……」

「無理だよ！　後ろは岩で塞《ふさ》がってる！」

後退は不可能。かといって竜の脇を抜けて逃げようにも、竜の向こう側も落石で埋まってしまっているようだった。

「こんなとこで生き埋めで窒息死は洒落《しゃれ》になんないよ！」

「窒息しない！　生体維持装置は宇宙空間でも耐えられるって言ったろ！」

「じゃあ竜が窒息するのを待てば……」

「何時間かかるのさ！」

酸素が尽きるまで何時間も殴り合ってたらさすがに体力が持たないよなぁ。爬虫類《はちゅうるい》って酸素消費量が少ないって聞いた事あるし……ん？　酸素消費？　その手があったか！　こっちは窒息しても死なない、竜は死ぬ。ならさっさと空気をなくしちゃえばいいんだ。

「マーズ！　酸素をなくして！」

俺がジャンクヤードから空気清浄機代わりに使っていた空気組成変換器を取り出すと、マーズは大きく目を見開いた。

「その手があったか！　フルパワーで酸素を窒素に変換！　力場の中で変換してたら僕らまで窒息しちゃうから、これは地面に置いて壊されないように守って！」

「了解!!」

マーズが設定を変えてくれた空気清浄機を地面に置いて、俺は竜と向かい合う。もう音としても聞き取れない、足元の小石を吹き飛ばすような咆哮《ほうこう》を放ち、竜は首を鞭《むち》のようにしならせて俺のバリアを打つ。

「くの！　くの！」

嵐のような打撃をバリアで弾《はじ》きながら銃でバシバシと竜の体を撃って、なんとか時間を引き延ばしていく。それでもじりじりと竜がこちらににじり寄ってくるので、俺は銃をジャンクヤードに仕舞い、両手に黄色い力場伝導布をぐるぐると巻き付けた。

「来るなら来い！」

竜の噛みつきを力場《バリア》パンチで跳ね返し、ブレスを吐こうと開いた口を力場アッパーで閉めさせる。一度もまともに攻撃は喰《く》らっていないはずなのに、アドレナリン全開で力いっぱい動いたせいか体中の筋が痛かった。

「トンボ！　酸素濃度低下してきてるよ！　もうちょっと！」

「よし！　よし！　よし！」

もう竜の口の端から、白い炎は出ていなかった。酸欠のせいか巨体はフラフラと揺れ、剣《つるぎ》のような牙《きば》が並ぶ口はパクパクと力なく開閉するだけだ。

クルッと、後ろを向こうとした途中の姿で竜は倒れた。尋常ならざる再生力を持っていても、ないものを取り込《さんそ》む事はできなかったようだ。俺は少し離れたところからその最期を見守り、そっとその躯《からだ》をジャンクヤードの中に収納したのだった。

帰り道は行きと比べればとんでもない時間がかかった。竜が暴れて道を崩落させまくった影響もあり、更に俺たち自身が初めて足を踏み入れた領域という事もあり、方位磁石を使っても迷いまくってしまったのだ。

頼みの綱の無線機もバリア体当たりをした時に落としてしまっていたようで、岩の下敷きになって壊れていた。そのせいで俺たちは朝七時に入ったダンジョンを、夜中の三時になってようやく脱

出しようとしていた。

今日は散々な日だった。バイトも休んじゃったしな。まあでも、Ａベースにいた四人は引き上げられた後だったので、奮闘が無駄にならなかったのは良かったかな。

「しかし、戻ったら入り口がコンクリで完全に埋められてたりして」

「コンクリは竜みたいに再生しないからゆっくり壊せばいいよ。それよりトンボ……大丈夫？　ちゃんとシナリオ覚えてる？」

「大丈夫だって、竜はめちゃくちゃに暴れて奥に消えたって事にするんでしょ？」

「あんなん二人で倒せたなんて話になったら大変だよ。僕らが化け物扱いされちゃうよ」

俺だって悪目立ちはしたくない。いや、もう悪目立ちしまくってるんだけど……これ以上はごめんだ。英雄になりたくてやったわけじゃないし、英雄がろくな死に方をしないって事も知ってる。俺はやるべき事をやった。それだけでいいんだ。

「あ、なんだ良かった、開いてるじゃん」

ダンジョンの入り口は普段夜間は閉められているが、今は鉄門も開けっ放しで、外から中を照らしてくれているようだった。

「外からライトで照らしてくれてるね。誰か残っててくれたんだ」

「なんか申し訳ないね、こんな夜中まで」

俺は生体維持装置の暗視モードとバリアを切り、光源をＬＥＤランタンに切り替えた。外に出てみると、入り口を照らす投光器の横にはモコモコのダウンを着た組合の警備員さんが一人、スマホを弄《いじ》りながら椅子に座っていた。

「あ、お疲れ様でーす」

「でーす」

警備員さんはちらっとこっちを見て挨拶《あいさつ》を返し、またスマホに視線を戻し、もう一度こっちを見た。

「……って！　あんたたち帰ってきたの⁉」

「すいません遅くなりまして、お手数をおかけしてしまったようで……」

「そういう問題じゃないって！　本部！　本部ーっ！　川島パーティ帰還‼」

警備員さんが無線に向かってそう怒鳴ると、ダンジョンの隣にある管理組合の建物から大量の人が飛び出してきた。バラクラバの気無さんのパーティに、二本差しの雁木《がんぎ》さんのパーティ、他にも見知った人たちがみんな笑顔で俺たちに飛びついてくる。

「調達屋ーっ！　足あるかーっ⁉」

「お前マジかよ！　あの地震の中無事だったか！」

「人五人も助けて死んじまうなんてアリかよって思ってたよ！」

「朝まで帰ってこなかったらもっかいAベースまで捜索に行く羽目になってたんだぞこの野郎！」

抱きつかれて体中をバシバシ叩かれて、筋肉痛の体がめちゃくちゃ痛む。マーズはみんなが飛びついてくる前にちゃっかり一人だけ俺から離れ、難を逃れていた。

「中で暴れまわってたのって、ダラス十四号と同じ種類のドラゴンだったんだろ？」

「なんですかそれ？」

「知らねぇのかよ！　アメリカのダラスを州軍の半分を巻き込んで壊滅させた最悪のランドドラゴ

ンだよ！　伊藤んとこの生き残りのボディカメラに映ってたんだって！　中で見なかったのか？」

「気無！　気無！　見たら死んでるって！」

「あ、そうか」

ギャハハと楽しげに笑うみんなとは裏腹に、俺はなんだか今まで痛くなかった胃が急に痛み始めたのを感じていた。ちょっと離れた所にいるマーズと目を合わせ、静かに頷《うなず》き合う。やっぱりシナリオを決めておいて良かった。

俺はみんなにもみくちゃにされながら二月の高い月を見上げ、深く細く、ゆっくりとため息をついたのだった。

第五章【サイバネと猫とサングラス】

「それで、冒険者のみんなと酒盛りしてるうちにドラゴンの素材が交換されちゃったんだ？」

「……はい、すんません」

死地から帰還した翌日の夜。気無《きなし》さんや雁木《がんぎ》さんに昼過ぎまで飲み屋を連れ回され、大学もバイトもぶっちぎって寝ていた俺は猫のマーズに理詰めで詰められていた。マーズだって一緒になって騒いでたのに……とも思わなくもないが。ジャンクヤードの交換は俺の担当だし、言い訳もできないポカだしな……。

「別に俺は交換そのものに怒ってるわけじゃないよ、あんなもの地球では使い道がなかったわけだしさ」

「う、うん……」

「でもさ、うっかりってのは困るんだよね。今後のトンボのためにもならないし」

「ごもっともです……」

「これまで行ってた稼ぎ場も閉鎖されちゃったんだしさぁ。トンボもドラゴンと戦った時みたいに、もうちょっとだけしっかりしてよね」

マーズはそう言って、テレビの電源をつけた。気をつけます……。

『都は本日正午に東京第三ダンジョンの閉鎖を発表。崩落原因の調査のため自衛隊の探索班が調査を開始する……』」

「あぁ、結局ドラゴンの事は言わないんだね」

「そりゃあ言えないんじゃない？　あんなのがいるってわかったら、東京の人みんな地方に逃げちゃうよ。俺たちにも箝口令《かんこうれい》が敷かれてんだからさ」

「この街って人多すぎるから、ちょっとぐらい減った方がいいと思うな」

マーズはそう言いながら、くあっとあくびをした。宇宙基準でも人が多く感じるって、やっぱ東京の過密さはどうかしてるんだな。しかし、俺もまだまだ眠い……酒も残ってる感じがするし。

「それで、ドラゴンは何と交換されてたの？」

「それが俺じゃよくわかんないんだよね。一応『ザウート　高速型演算補助ユニット（覚醒《かくせい》）』って書いてあったけど」

「え？　ちょっと出してよ」

俺がマットブラックの歪《いびつ》な球形のそれを机の上に出すと、マーズはやけに重たいそれを机の上で転がしながらフンフン鼻を鳴らして色々と確認し始めた。ごろごろと転がる球を肉球で触ってるとますます本物の猫みたいだな、などと思っていたら、ふいに目が合った。

マーズとじゃない。球の表面にパチッと開いた、二つの黄金の目玉とだ。

「うわーっ‼」

叫びながら全力で後ずさる俺に、マーズはうるさそうに顔を向けた。

「何？　近所迷惑だよ」

「目っ！　目がっ！」

黄金の目はギョロギョロと部屋中を見回してから、俺の顔に視点を合わせた。無機質な瞳《ひとみ》だけでじっと見られていると、なんだかこれまでに感じた事のない種類の不安感があった。

「目ぐらいあるよ、これ脳殻だもん」

「脳殻って⁉」

「人の脳味噌《のうみそ》が入ってるって事、義体化《サイボーグ》した人のパーツだよ。うちも爺《じい》ちゃんが義体化しててさ、俺も一緒にディーラー行ったりしてたんだよね」

「そんっ……！　それっ……！　それって……！　……誰？」

「そんなもん見ただけじゃあわかんないよ。でも……このユニットがヤバいってのはわかるね」

マーズは脳殻をゴロンと転がして、目の反対側に入っている歪な三角形の刻印を指差した。

「これ見て。これは銀河で一番デカい銀河警察軍《ギャラクシーポリス》の持ってるパテントを利用していますっていう印」

「つまり……？　その人軍人って事？」

「わざわざパテント料が超高い軍事技術を使ってる部品って事。多分中の人は軍人じゃない。ザウートって娯楽用のハイエンド義体会社だし、何より仕様が特殊すぎるんだよね」

彼は肉球で脳殻をポンポンと叩《たた》いて、嫌そうな顔で言った。

「表面に書いてある情報を鵜《う》呑《の》みにするならだけど……これ多分、演算に特化してる。軍で言うなら特殊電子戦装備ってとこかな」

「全然わかんないんだけど、それって凄《すご》いの？」

「うーん、トンボにもわかるように言うと……この人をネットワークに繋《つな》げば、日本の行政ぐらいなら一人で回せるね」

「凄すぎる！」

そしてヤバすぎる。公務員解雇マシーンじゃん。

「ていうか中に人が入ってるならさ、そのままじゃヤバくない？　なんかに繋いであげられないの？」

「うーん、でも海賊から流れてきたっぽい品でしょ？　アム……あ、こっちじゃトロイの木馬って言うんだっけ？　そういう事も考えられるよ」

マーズはそう言うが、もし自分が同じ状況に置かれたらと想像すると、俺はもう気が気じゃなかった。体が動かないのに意識があるまま倉庫《ジャンクヤード》の中に放り込まれたらと思うと……ゾッとするというか、絶対ごめんだ。

因果は回るとも言う。俺はもし助けられるのならば、この人を助けてあげたかった。

「たしかにそれはヤバいけどさ……ちょっと話聞いてみるだけとか、できない？」

「脳殻って性能と生体維持に全振りだから余計なインターフェースついてないんだよね。あ、でもうちにはアレがあるか……」

マーズは洗って干していたバリア布を持ってきて、脳殻をぐるぐる巻きにし始めた。

「それで巻くとどうなるの？」

「脳殻が発する微弱な思念波でもさ、この力場伝導布を増幅器《アンプ》にすれば拾えるかもしれないんだよね。本来の使い方じゃないけど」

「スピーカーが勝手に拾っちゃうラジオの電波を普通に聞こえる音量まで上げるみたいな事？」

「その例え、よくわかんないかな」

　彼は銀河警察の生体維持装置とバリア布と宇宙テレビ《ホロヴィジョン》を繋ぎ、耳をぴこぴこさせながらちょっとずつチューニングを合わせていく。映像こそ映らないが、ざあざあ言っていた音が静かになったり、高音になったかと思えばボーッと太い音になったりする。三分ほど弄ったところで、一瞬だけ人の声のようなものが聞こえた。

「おっ！」

「いけるっぽいね」

　マーズが更にチューニングを詰めていくと、だんだん声が近くなってくる。それと同時に、脳殻の目玉がギョロギョロと忙《せわ》しなく動き出す。ホロヴィジョンからは、男とも女ともわからない無機質な声で謎の言語が聞こえ始めた。

『……蛑ゥ縺代※……縺薙%縺九ｉ蜃コ縺励※……』

「なんて言ってるの？」

「助けて、あそこには戻さないで、ってさ」

「大丈夫、戻さないから。大丈夫だから」

　そう言いながらつるりとした脳殻を撫《な》でると、その手をマーズの肉球にはたかれた。

「ノイズが入るでしょ」

「あ、ごめん……」

『……縺輔ｉ繧上l縺？……繝ャ繝峨N……譌サ繧翫◆縺上→縺？……謌悶＞……』

「攫《さら》われた、レドルギルド、戻りたくない、怖い、ってとこかな。レドルギルドってのは、銀河を股《また》にかける広域指定海賊団だね」

「ヤバいの？」

「ヤバくない海賊なんていないけど、レドルはまっとうな事業もやってるしまだマシな方かな。辺境星系だと交易相手がレドルだけなんて事もよくあるから、海賊扱いされてない地域もあるよ」

「えっ？　海賊相手に交易とか成り立つの？」

「銀河にはそんぐらい人が足りてないんだよ。千年前からつい最近まで続いてた、でっかい戦争があったからね」

　千年……銀河は何でもかんでもスケールがデカいなぁ。

『……縺?縺」縺ヲ縺ェ繧薙〒縺ゥ縺?@縺溘b繧薙□縺?……』

「なんかのコードかな？　伝えたい事があるんだろうけど、ネットワークにも繋がってないこんなド辺境じゃデコードできないんだよな」

　スケールのデカい銀河の猫はぶつぶつ言いながら、手元の紙に宇宙の文字を書き始めた。宇宙の言葉だから俺には何がなんだかわからなかったが、同じ言葉を何度も何度も言っていて、なんとなく脳殻の中の人の切実さだけは伝わってきていた。そのまま十分ほど聞き取りを続けた後、マーズはふぅとため息をついて、両手を上げて伸びをした。

「思考がループしてるし、これ以上は無理かも」

「これって対話とかできないの？」

「脳殻の仕組み上、こうやって剥《む》き出《だ》しにされると思念波をブロックし切れないって特性を悪用してるだけだからね。思考の上澄みを覗《のぞ》き見《み》てるだけだよ。逆に言えば嘘《うそ》もつけないから尋問にも使われるんだけど」

「思考盗聴って実在したんだ……」

「何それ？」

彼は不思議そうな顔をしながら脳殻にぐるぐる巻きにされていた布を外す。

「とりあえず、こんなとこかな」

「マーズ、俺さ……」

「わかってるよ、なんとかしてやりたいんでしょ？　たしかにこれをなんとかできるのは、この星じゃあトンボだけだろうしね」

マーズの言葉に、俺は頷いた。さすがに昨日の今日だ、命を懸けるような事はもうまっぴらごめんだ。しかし、これから先、いつか義体を手に入れられたらこの人にあげるぐらいの手助けはしてもいいと思うのだ。

逞《たくま》しい冒険者たちと比べれば俺の手は短いし、貧弱で、度胸だってない。でも自分の手が届く範囲で人に何かをできるようになれば、たとえ直接は何も返ってこなくても、きっと得るものはあるだろう。俺は昨日の命懸けの蛮行を経て、なんとなくそういう考えを持つようになっていた。

「俺だって氷漬けだったところをトンボに助けられたんだ、別に嫌とは言わないよ。夢の中のトンボだってそうするんでしょ？」

「夢の中の俺は……わからない。でも、俺が助けてあげたいんだ。ごめんねマーズ、宇宙船を手に入れる目標に一直線じゃなくなっちゃうかもしれないけど……」

「トンボ、宇宙船っていくらするか知ってる？　元々そんな簡単に手に入るなんて思ってないよ」

マーズはそう言って笑い、肉球で俺の肩をポンポンと叩いた。

「あのさ、体はしばらく手に入らないかもしれないけど、退屈しないようにテレビはつけっぱなしにしとくね」

俺は脳殻にそう話しかけ、テレビがよく見えるようにカラーボックスの上に置いた。すぐに金色の目がギョロギョロと動きだし、さっきまでと見え方が違う部屋を見回しているようだ。

うーん、脳殻さんには悪いけど、やっぱちょっと怖いな。俺は東京に来る前に買って結局一度もかけなかったサングラスを箪笥《たんす》から取り出し……それをそっと脳殻の目玉の部分を隠すように設置したのだった。

◆

「川島《かわしま》くん、あの日はお礼も言えなくてごめんね」

「いえ、阿武隈《あぶくま》さん骨八本も折れてたんですから……喋《しゃべ》れなくて当然ですよ」

東三近くの病院のベッドで足を吊《つ》って首を固定された阿武隈さんは、いつもと違って沈鬱《ちんうつ》な面持ちだった。ドラゴンを倒したあの日に壊滅した阿武隈さんのパーティーとは縁があったから一応病院にお見舞いに来てみたんだが……やっぱりこんな大変そうな時に来るべきじゃなかったかな。

「あ、荷物届けてくれてありがとうね。おかげでさ、女の尊厳は守られたよ」

「あ、はい……はは……」

冗談めかしてそう言う彼女には悪いが、デリケートな話題すぎて全然笑えない。まあダンジョンで何時間も行動不能になったらそら誰でも大変な事になるけどさ……。

「それで、怪我《けが》は治りそうなの？」

「私はね……多分。でも久美子《くみこ》……あ、吉川《よしかわ》はダンジョンから出る途中で一回心臓止まっちゃったから、今後のリハビリ次第かもって……まぁ、生きてるだけで奇跡なんだけど」

マーズの問いにぽつぽつと答えながら、阿武隈さんはサイドテーブルに置いていた眼鏡《めがね》を震える手でかけた。そのまま包帯だらけの指でぎこちなくスマホを操作し、俺に画面を向ける。映っていたのはネットバンクの振り込み画面。口座番号入れてくれない？」

「依頼の後金を送金するから、口座番号入れてくれない？」

「阿武隈さん、それは……」

これから大変でしょうから、と言おうとした俺の太ももに、チクッと痛みが走った。マーズが爪で刺したのだ。

「駄目だよ、トンボ。僕たちは仕事をしたんだ、そこに相手の都合は関係ない」

「そうだよ、天変地異が起ころうとも、竜や鬼が出ようとも、それが口約束でも、契約は契約だから」

俺は何も言えず、彼女のスマホの画面に銀行口座を入力して返した。彼女はゆっくりゆっくりとスマホを操作して送金を完了させ、ホッとしたような顔で微笑《ほほえ》んだ。

「うん、これで心残りがなくなった。これが『恵比寿針鼠《えびすはりねずみ》』の最後の仕事だったから」

「阿武隈さん、それって……」

「あーちゃん……あ、いや飯田《いいだ》と高井《たかい》がね、ちょっと心の方がやられちゃって厳しそうなんだよね。さすがにさ、生き埋めはキツかったみたい」

「ああ……」

まあ、誰だってそうなるわな。いくらめったにない事だとわかっていても、また同じ目に遭う可能性がある以上、もうダンジョンには潜りたくないだろう。しかし、生き埋めか……うちの居間にいる鋼の脳味噌も、同じような状態だったんだよな。やっぱ早めに動けるようにしてあげなきゃな。

「姉さんはこれからどうすんの？」

「うーん、保険受け取って体治して……そこからの脚の調子次第かな？　あたし、冒険者《これぐらい》しかできないし」

「そんな事ないと思いますけど……」

「ところがどっこい、あるんだよね」

首を固められた阿武隈さんは目だけを動かして俺の顔を見て、唇を尖《とが》らせた。

「川島くんはさ〜、ある日いきなりスキルが生えたクチ？」

「へ？　ええ、そうですけど」

「あたしもそうなんだよね。ド田舎《いなか》で地銀の行員やってたんだけどさ、ある朝いきなり自分の中に『高速思考』ってボタンができてたの」

スキル持ちの人はよく、自分の中にあるスキルを行使するきっかけの事をこういう風に表現する。ボタンとか、レバーとか、スイッチとかだ。俺のジャンクヤードのように、詳細なインターフェースがあるスキルの方が珍しいのだ。

「びっくりして親に話したのがよくなかったんだろうね。次の月には地元の自警団のスキル持ちのおじさんとの婚約が決まってた」

「ええ……そんな事あるんですか……？」

「あるんだよ。東京とは違って地方は魔物の被害が深刻だから、何が何でもスキル持ちの血統を残そうと必死になっててさ。下手《へた》に若い女がスキルなんて持ってたらもう、人権なんかないよ」

阿武隈さんは苦々しげな顔でそう言って、包帯だらけの右手の指を左手でぐっと押さえてピョコンと中指を立て、ニヤッと笑った。

「だからさ、夜逃げして東京に出てきたの。会社もいつの間にか退社する事にされててさ。これからは良き母としての活躍を願います、なんて支店長に言われてさ。めちゃくちゃムカついたんだよね」

「そりゃ酷《ひど》いよね」

「そうなんだよね～。ぶっちゃけ、こんなスキルいらなかったなって思うよ。あたしみたいな馬鹿が『高速思考』したって何の意味もないじゃんって思うもん」

「んな事ないと思うけど」

俺は話に入っていく事ができなかった。世が迷暦に移ってから、人々の中に突然芽生え始めたスキルという力。ぶっちゃけ、その当たり外れはすげー激しい。正直言って俺が偽装してるアイテムボックスなんてのは、超大当たりのスキルなのだ。スキルで苦労した阿武隈さんに八つ当たりされたっておかしくないぐらい、俺は恵まれているのだ。

「だからさ、あたしは地元にも帰れないし、東京で堅気の仕事やるにしてもこの不況じゃあね……」

彼女は目玉だけを動かして、ちらりと窓の外を見る。二月の東京には、雪が降り始めていた。

「わお、雪だ……川島くん、明日も学校でしょ。電車止まる前に帰った方がいいんじゃない？　ちゃんと卒業しないと……冒険者になっちゃうからね」

そう言って、阿武隈さんは隈《くま》のある笑顔でぎこちなく笑ってみせたのだった。

◆

そして俺たち『調達屋』自身の商売はというと、こっちはこっちで少し足踏みしてしまっていた。連日自衛隊による探索が続いている東京第三ダンジョン。その事情聴取に、何度も組合に招聘《しょうへい》されていたからだ。

ドラゴンの情報、当日の状況など、同じ事を何度も聞かれ。当事者として会議に出席させられ質疑応答を受け、また同じ事を聞かれ。自衛隊の部隊と一緒にダイブしての現場確認を要請されて断り、そのついでにまた同じ事を聞かれ。俺は犯罪者じゃねーっつーの！

多分俺が会敵したと申告した地点から奥に痕跡《こんせき》がないから何かを疑われてるんだろうけど、さすがに「もう倒した」とは絶対に言えないのが辛《つら》いところだ。一応建前としては任意協力という事で日当が出ているが、正直言って大損失だった。

「俺は学生だって言ってるのにさ、学校ある日まで呼び出そうとするんだもんな」

自衛隊への協力と、日々のバイトが終わり、部屋に帰ってきた俺はカップラーメンを啜《すす》りながらマーズにそんな事を愚痴っていた。

「まあでも、お上《かみ》ってのはそんなもんだよ。それに多分相手は相手で、ヤバいのがいるってわかってんのに何のんきに学校なんか行ってんだこいつって思ってるんじゃない？」

「あ、たしかにそれはそうかも……」

そう思うと、すぐさま東京を脱出しなかったのは余計に不自然だったかな？　まあもう後の祭りか……。

「トンボも自分で言ってたけど、普通は東京から逃げようとするんじゃないの？　二本差しの兄さんもしばらく実家の方のダンジョンに行くって言ってたし」

「こんな目にあうなら、俺たちも実家帰ればよかったかな……」

「それも良かったかもね。美味《おい》しいもの食べれるし、隆志《たかし》のお酒もまだまだ飲んでないしね」

酒好きのマーズは、彼に甘いうちの親父《おやじ》のコレクションを虎視眈々《こしたんたん》と狙っていた。親父の奴《やつ》、俺にはいい酒を飲ませてくれないのにマーズにはあっさり飲ませるのだ。俺は第三のビールを飲みながら、辛気臭いニュースばかりのテレビのチャンネルを変えるためにリモコンを操作した。

「……あれ？」

しかし、チャンネルは変わらず。二度三度とボタンを押し込むが、画面にはニュース番組が表示されたままだ。

「電池切れ？」

「あらら」

そんな話をしている最中に、ブツッとテレビの音声が止まった。

「あ、テレビの方かも。これもこっち来た時にリサイクルショップで買った古いやつだからな」

「家にいる間はずーっとつけっぱなしだしねぇ」

俺が一応コンセントを抜き差ししてみようと思って立ち上がった瞬間、またテレビから音が聞こえてきた。しかしそれは、さっきまで流れていたニュース番組の音ではなく……。

『トンボ、コッチ、ワタシ』

男のものとも女のものともわからない、無機質で歪《いびつ》な日本語だった……。


『カラダ、ホシイ、トンボ』

「結局これってどういう仕組みでテレビにアクセスしてるわけ？」

「それがわかんないんだよね。構造的にできないと思ってたんだけど」

ひとりでにテレビから流れ出した声にひとしきり驚いた後、俺とマーズは恐らく脳殻の仕業だろうと当たりをつけ、この間使った思考盗聴を利用して調査を開始していた。

『マーズ、トンボ、トモダチ』

「あー、やっぱり脳殻《このひと》だね。思念波で何かを操作してるっぽいな」

「ええ？　それってどういう事？」

「多分ネットに繋《つな》いでどっかで思念波を増幅してるんだと思う。演算特化型にとってこの星程度のセキュリティなんかないも同然だから、どこでも繋ぎ放題だろうしね」

『ムシ、シナイ、ホシイ』

マーズはバリア布と生体維持装置を持ったまま部屋を歩き回り、布を持った肉球をダウジングのように動かし始めた。

「君、勝手にどっかに繋いでるの？」

俺が話しかけると、急に脳殻は静かになった。言いたくないのね。

「トンボ、見つけたよ。ゲーム機のＷｉ－Ｆｉモジュールからどっかにアクセスしてるみたい」

「え？　うちの家ネット引いてないけど……」

「多分機能を利用して、よその家のルーターに飛んでるんだよ。どっかからぐるっと回ってこのテレビに干渉してるんだと思う」

『トンボ、カラダ、トンボ』

マーズが無言でバリア布を脳殻にかけた。

『ミエナイ、コワイ』

「体、体って言われてもさ……俺たちの普段の話聞いてたら、そんな簡単なもんじゃないってわかるでしょ？」

「そうそう、トンボのスキルって融通利きそうであんまり利かないんだから」

『アル』

俺は脳殻から布を外してやり、カラーボックスの上の定位置に戻してやった。

「そんで、この人が勝手によそのネットにアクセスするのを防ぐ方法とかないの？　無茶苦茶されたら怖いんだけど……」

「そんな簡単な事じゃないいんだよね。目処《めど》が立つまでジャンクヤードに戻しとくとか？」

「いやさすがにそれは……」

『アル』

「じゃあゲーム機捨てる？」

「いや、それもちょっと……」

『アルヨ』

マーズは心底嫌そうな顔でカラーボックスの上をチラ見し、俺の太ももをポンポンと叩《たた》いた。

「……トンボ、何か言ってるよ」

「……なんで俺に振るんだよ？」

「トンボが拾ってきたんだからさ、ちゃんと面倒見なよ」

拾ってきたって、犬猫じゃないんだから……と思いつつも、俺はマットブラックな脳殻と目を合わせて尋ねた。

「さっきから何が言いたいの？」

『ホウホウ、アル』

「体を手に入れる方法？」

『シテイ』

「シテイ……？」

『コウカン、カラダ、シテイ』

「交換相手に交換物を指定するって事……？　どうやって？」

『テガミ、イッショ、コウカン』

「あ、手紙を添えるって事か……なるほど！　頭いい！」

『ナルホド、デショ』

はしゃぐ俺をよそに、マーズはうーんと唸《うな》って顔を上に向けながら顎《あご》を掻《か》いた。

「なんで気づかなかったんだろ……って言いたいとこだけど。正直その発想はあった。でも使わなかったんだよね」

「え？　なんで？」

『カイゾク、キニナル』

「その通り。交換先がほぼ確定で海賊なのが問題なんだよ」

マーズは腕を組んで首を傾けながら、なんとも言えない顔で続けた。

「個人が海賊と取り引きするとろくな事がないんだよね。海賊宛てに書いた手紙はほぼ確実に保存されて、協力者として銀河警察《ギャラクシーポリス》に認識……なんなら海賊にこっちの正体を特定されて、後で脅されたりとかもあると思う」

「え、それってこれまでの交換は大丈夫なの？」

「まあ、これまでのは証拠もないしね。あくまで踏み込んで利用しようとするとややこしいって事」

「そっか、じゃあやめとこ」

帰った後でマーズの負債になるぐらいなら、今のままコツコツやった方がいい。俺はそう決めたのだが、脳殻は諦《あきら》めなかった。

『キンキュウ、コード、アル』

「なにそれ？」

「それって君の元組織の人にだけわかる符丁《ふちょう》って事？　元の組織にも市場《マーケット》系の能力者がいたんだ」

『イタ』

きっとその人のは俺のジャンクヤードとは違って、交換する物を選べる神スキルなんだろうな。

『縲ｴ繝ｫ縲ッ縲ケ繝?Φ邇句ヨカ雉??シ菫晁戟闖?舞髮」縲ウ繝シ繝?』

「だから直《じか》で言われたって今の環境じゃデコードできないんだってば」

マーズがそう言うと、脳殻は金色の瞳《ひとみ》をギョロギョロと動かして、目を閉じた。

『コッチ』

「おわっ！」

俺のポケットの中から声がした。スマホを取り出すと、通知画面に『(^_^)/』という顔文字が表示されていた。おいおい、自由自在のスーパーハッカーだな。

「スマホに入るのはいいけどさ、勝手にメッセとか覗《のぞ》かないでよ」

「別にいいでしょ。トンボはお母さんとしかやり取りしないじゃん」

「そんな事ないだろ！　友達からもあけおめってメッセージ来たし！」

「その友達って男でしょ？　二本差しの兄さんとか、いっつも女の人とやり取りしてたよ」

「あんなラノベの主人公と比べるなよ！」

ピコンとスマホが鳴る。通知画面には『(ToT)』という顔文字が表示されていた。やかましいわ！

俺は棚の上に積んでいた着替えのTシャツを、脳殻にパサッとかけた。

『ミエナイ、コワイ』

「そんで、スマホにアクセスして何がしたかったの？」

『カラダ、モトム、アンゴウ』

ピコンとスマホに通知があった。

『コレ、ツカウ』

脳殻の操作だろうか、フォトアプリが勝手に開く。その一番最新の項目には、抽象画の一部にも見える謎のマークが追加されていた。淀《よど》みない操作はそのまま続き、メール画面が開いたかと思うとそこにはコンビニプリントの受付番号が表示されていた。

『インサツ』

「うお……プリント番号まで……」

「手際いいね」

体をなくす前はさぞ仕事のできる人だったんだろう。俺も呼び捨てではなく、脳殻さんと呼ぶべきかもしれないな。

『インサツ、オネガイ』

「わかったよ」

俺はすぐに夜中のコンビニへ走り。プリントしてきたマークを二箱分のミカンひとつひとつに貼り付けて、さっそくジャンクヤードに放流した。交換はすぐにされるわけじゃない、仕込みは早め早めにやっておくのが肝心だ。

『アリガト、トンボ』

「まあ、これぐらいならいいよ」

きっと今後もこうしていけば、いつかは脳殻さんの身内に届くだろう。そうしたら……脳殻さんの体の後にでも、宇宙船を頼むぐらいは許して貰《もら》えないかな？

「マーズ、脳殻さんの体が手に入ったらさ。次は宇宙船を頼んでもらえないか頼んでみようか？」

「そうすると今度はそっちに借りができちゃうんだけど……まぁ海賊よりはいいかな」

『タノム、イイヨ』

気前のいい脳殻さんの言葉にマーズはウンウンと頷《うなず》き、彼は脳殻さんにかかっていたTシャツを無言でどけた。

『ミエル』

「やっぱり知恵出す人が一人増えると変わるね」

「調子いいなぁ。さっきまでジャンクヤードに戻したら？　なんて言ってたのにさ」

『モドス、ダメ、ダメ』

「戻さないけどさ、テレビは普通に見たいかな」

脳殻さんは俺の言葉に、ジャックしていたテレビを無言で元に戻した。まぁ、どうやってるのかは知らないけどスマホでも喋《しゃべ》れるわけだしな。

俺がチャンネルを変えようとリモコンを手に取ると、ボタンを押す前に自動でチャンネルがバラエティ番組に切り変わった。脳殻さんか……この番組見たかったのかな？　ていうか、テレビをテレビとしても操作できるって事は……。

「……あ！　もしかしてこれって……脳殻さんに頼めば有料放送も見れるんじゃない？」

「え？　映画のチャンネルのやつ？」

俺が脳殻さんをちらりと見ると、パッとテレビの画面が変わり、古いアクション映画が流れ始めた。なかなか地上波ではやらないマニアックなタイトルだ。

「うおっ！　いけんじゃん！　俺このチャンネル、子供の頃からずーっと見たかったんだよね！」

「いや、ハイエンド義体使ってハッキングしてまでやる事かなって感じだけど……まぁいいか」

すでに夜明けが近い時間になっていたのだが、俺とマーズはテレビの前に座って第三のビールを開けた。俺たちはそのまま、特に見たくもなかったはずの映画をしっかりと朝まで楽しみ……完徹で学校に向かった俺は、出た授業の全コマを完全に爆睡してしまったのだった。

宇宙船交換計画の方には進展が出たが、ならば肝心要の交換物を手に入れるための金儲《かねもう》け計画も進めなければならない。という事で、俺とマーズは自衛隊からの呼び出しが途切れたタイミングで遠出をし、荒川《あらかわ》のほとりにある東京第四ダンジョンへとやって来ていた。

「東京の川ってさ、なんでどこもこんなに臭いの？」

「あれ？　そうかな？　臭い？」

「臭いよ。トンボたちってさぁ、匂いに鈍感なんだよな」

マーズはそう言いながら、肉球で小さな鼻を隠した。

「まあまあ、ダンジョンの中は臭くないかもしれないし」

「中は魚臭いんでしょ？」

「カビ臭いかもよ」

東四《とうよん》には中に入って八キロほど行ったところに安全地帯の湖があるそうだ。ダンジョン産の魚を求めて釣り人が多く訪れるそこならば、きっといい商売ができるだろう。

なんだか嫌そうな顔をするマーズをなだめ、なんとか管理組合《ギルド》の事務所に入場登録に向かおうとしたところでピコンとスマホが鳴った。

「なんだろ？」

「お母さんからじゃない？」

ポケットから取り出したスマホの画面には『ジエイタイ、カンシ(p_-)』という文字と共に、五箇所にピン留めがされたこの近辺の地図が表示されていた。えっ！　マジかよ……そこまでするの⁉

俺が震える手でマーズに画面を見せると、彼はそのまま無言で踵《きびす》を返して駅への道を戻り始めた。

結局、地球の組織に見せられない技術《バリア》がある俺たちはダンジョンに潜るのを諦め、そのまま駅そばを食って帰ったのだった。

◆

「こんな事していいんだろうか……？」

「いいんじゃないの？　先に仕掛けてきたのはあっちじゃん」

『イイノ、イイノ』

今俺たちは部屋のテレビで、自衛隊ダンジョン対策部隊の会議を覗き見ていた。この映像は脳殻さんが自衛隊の人のパソコンをハックして映し出しているようで、音は割と綺麗《きれい》だが画面は厳しい表情のおじさんの顔で固定されていた。

『それで、東京九号となる予定のランドドラゴンを最後に確認したパーティ、調達屋についての報告ですが……』

「おっ！　きたっ！　ていうか俺たち、自衛隊からも調達屋って呼ばれてるんだ」

「トンボ……うるさいって……」

「あ、ごめん……」

迷惑そうな顔で口の前で指を立てるマーズに頷き、俺は口をつぐんだ。

『専門家によると、あの規模の崩落を防護系のスキルで切り抜けるのは不可能。それとアイテムボックススキルの容量についても、現場から消えた岩の量からして通常のスキル保持者とは桁違《けたちが》いの能力を持っているとの報告です』

『未確認のスキルを保持している可能性があるという事か？　調査部は何をしていた』

『今の議題はその件とは関係ないでしょう。だいたい冒険者の連中は身内にも手の内を明かしません。スキルに関しては探るのは難しいと思いますが』

『調査班の監視にも気づいている節が見られます。一昨日は東四に入る直前に突然引き返したそうです』

『監視に気づいている？　報告書には個人の冒険者とあったが、他国のスパイじゃないだろうな？』

『あんなあからさまに怪しいスパイいませんよ』

真剣な声色でいきなりそんな事を言われて、俺は思わず吹き出してしまった。

「言われてるよ、調達屋さん」

「そりゃ怪しいだろ、黄色い布グルグル巻きにして猫吊《つ》ってんだもん」

我ながら怪しい格好だとは思ってたけど、改めて人から直接言われると恥ずかしいな。でも安全第一だから、今後もダンジョンに潜る時はイエローキャットマンになって潜る事になるだろう。

『それより！　ドラゴンはどうなんだドラゴンは！』

『三宿《みしゅく》の隊がCベースまで捜索しましたが、新しい痕跡《こんせき》は出ていません』

『あんな化け物が見つからないままでは誰も納得せんぞ！　東京が火の海になってからでは遅いんだ！』

『化け物なんかダンジョンの中にいくらでもいるじゃないですか。東京が火の海になってないのは都民の運がいいからですよ、運が』

『林田《はやしだ》ぁ！　貴様恥ずかしくないのか！　国を護《まも》る我々がっ！　こうして何もできず手をこまねいているのがだ！』

『気合いや羞恥心《しゅうちしん》でなんとかなったなら浜松は海に沈んでないって事ですよ！』

その後も会議は紛糾し、都民としては憂鬱《ゆううつ》になるようなギリギリっぷりがなんとなくわかってきた。自衛隊の人も大変なんだな……。

「脳殻さん、これって今後も監視してもらったりできる？　何か俺たちに対する動きがあった時に教えてもらえると助かるんだけど」

『ミハル、イイヨ、デモ』

「でも……？」

『ノウカク、チガウ』

俺はちょっとびっくりした。動ける体が欲しいという事、それ以外で何かを主張する脳殻さんを見るのは初めてだったからだ。

「それってどういう事？」

『ノウカク、ヨブ、チガウ』

「ああ、脳殻さんって呼ぶのはやめろって事？」

『ソウ』

俺はなぜだか、ちょっとだけドキドキしていた。ここ数日で、謎だらけだけど仕事が早くてちょっとお茶目な脳殻さんに慣れてしまっていたからだ。意思疎通はできているようだけれど、個人的な事を聞いたって答えてくれる相手じゃないと思っていたのだ。そしてそんな脳殻さんの初めて触れるパーソナルな部分は、俺の予想もしていなかった角度でやって来たのだった。

『ワタシ、ヒメ』

「……ヒメ？　お姫様のヒメ？」

『ソウ』

……うーん。もしかして、脳殻さんって一人称が姫の人？　俺とマーズは顔を見合わせ、数秒の間押し黙って見つめ合った。

「……なんか前から思ってたけどさ。この人、だいぶ豪気じゃない……？」

「ていうか脳殻さん、女の人だったんだね……」

「わかんないよ？　地球じゃあどうか知らないけど、宇宙じゃあ自分の事を姫なんて呼ぶ人は結構ややこしかったりするんだよ。僕の知ってる自称姫の人って女性義体になった元男性の殺し屋だったしね」

いや、もしかしたら地球でも自称姫はややこしい人かもしれない。俺が高校の文芸部《オタサー》の女王として君臨していた、一人称『姫』の女性を思い出していると……脳殻さん改め姫様から物言いが入った。

『チガウ、ヒメ』

「何が違うって？」

『ホント、ヒメ』

自称じゃなくて、マジで名前がヒメって事？

「マーズさぁ……一応聞くけど、マジモンの王族って可能性はないの？」

「ないない。マジの王族を海賊が攫《さら》ったなら、凄《すご》いニュースになってて僕も知ってると思う」

それはそうか。

「それにほんとの王族だったら、ハイエンドとはいえ一般流通の義体なんか使うと思う？　しかも脳殻なんて義体化の中枢部品なんだから、なおさらないね。値段は天と地の差だけど、フルオーダーメイドの方が絶対的に安全性が高いもの」

言われてみれば、そうかもしれない。

「もしかしたらだけど……中の人はまだ子供で、親に姫、姫って言われて育てられたんじゃないかな」

『ヒメ、オトナ』

「うーん……そんな気もしてきた」

喋り方がぎこちないから、余計に幼い印象を受けちゃうんだよな。

「それか本名が姫なのかも。たまにいるよ、本名王子様とか。ああいうのってたいてい本人はまともなだけに気の毒で……」

「あ、キラキラネームって宇宙にもあるんだ……」

ぶっちゃけ俺もキラッってるからな。なんか他人事《ひとごと》に思えなくなってきたな。

「まあでも、宇宙じゃ変な名前で生まれても気に入らなきゃ改名するからね。そうだとしたらやっぱり、名前に違和感を持たないぐらい年若いのかもしれないね」

「たしかに俺も、子供の頃はトンボって名前をかっこいい名前だって思ってたな……」

キラキラネームで子供で、宇宙海賊に攫われて脳殻剥《む》き出しで地球流しか……そう思うと、なんだか彼女？　がますます不憫《ふびん》に思えてきた。

「あの、姫様……体を取り戻しても、辛《つら》かったら地球でしばらく休んでっていいからね。一旦《いったん》距離を取れば、きっと親との関係も冷静になって考えられるはずだから」

『ヒメ、ヤスム』

「トンボ、何の話してんの？」

名前に縛られない猫《ポプテ》にはわからない話だよ。俺は名前がついた事によって、なんとなく親しみやすくなったマットブラックの脳殻をつるりと撫《な》でた。

『ナニ、トンボ』

「トンボさぁ、仮にも女の人の脳殻にあんまり気安く触らない方がいいよ。そういうのって地球じゃセクハラって言うんでしょ？」

「え？　これもそういう扱いなの？」

「当たり前じゃん。トンボには縁がないかもしれないけど、地球人の女の人にもやっちゃだめだよ」

「や、やらないよ……」

なんか宇宙人の猫にこういう説教をされると、他の何よりも心に来るものがあるな。たしかに、気安くて軽率だったかもしれない……気をつけよう。

『トンボ、モテナイ』

「別にモテないわけじゃないよ。女の子の連絡先も知ってるし」

クラスの委員で一緒になった子だけど。二人でコンビニの前でジュース飲んだ事もあるし。

「連絡してるとこ見た事ないよ。妹の千恵理《チエリー》からもモテないオタクって言われてたじゃん」

『トンボ、オタク』

「余計な事教えなくていいって！」

「でも教えなくてもさ、勝手に検索しちゃうと思うよ」

マーズの言葉に、脳殻さんの金色の瞳《ひとみ》は意味ありげに瞬き……俺はなんだかどっと疲れたような気持ちになって、その瞳から逃れるようにコタツに潜り込んだのだった。

◆

ダンジョンという稼ぎ場所のなくなった俺たちが何をしていたかというと、そりゃあもうジャンクヤードで交換を続けながら普通に生活を送っていた。

俺はダラダラとゲームをしたりテレビを見たりしながらバイトをこなし、マーズは一日中寝ていたかと思ったら、思い立ったように東京のどこかへ観光に出かけたりした。そして新しく増えた家族の脳殻さんは、基本的には俺たちの暮らしを静かに見守りながらも、たまに話しかけてきたりしていた。

『トンボ、ゲームスキ』

「え？　まぁ、好きかなぁ」

俺がコタツに寝転びながらゲームをしている時、近くで充電しているスマホのスピーカーを使って脳殻さんがそう話しかけてきた。俺は歴史上の英雄が雲霞《うんか》のごとく湧いてくる雑兵をなぎ倒すアクションゲームをボタン連打で操作しながら、あんまり考えずにそう答えた。

『トンボ、オンナツカウ、スキ』

「女使うって……ああ、女キャラの事ね」

人聞きの悪い言い方だ。たしかにゲーム画面の中では、史実では全く武将として活躍していないはずの女性キャラがくるくると回りながら雑兵をなぎ払っていた。

「そりゃあ操作キャラってずっと画面に映ってるんだから、むさいおじさんよりは女の子の方がいいじゃん」

『イイ』

「でも映るったって背中だけじゃない？　猿型人種《ウエドソン人》ってほんとお尻《しり》大好きだよね」

コタツの天板に寝そべるようにしてミカンを食べているマーズの声が、頭の上から聞こえた。人類全体と一括りにされてしまうとなんだか釈然としないが、まぁ尻が嫌いって男も少ないだろう。

「じゃあポプテは異性のどんなところが好きなのさ？」

「俺たちはお尻とかより匂いが大事かな」

「匂い？　まぁ、そういうもんか……」

たしかに猫とか犬ってよくお互いの匂いを嗅《か》ぎ合ってるもんな……。

『トンボ、ドンナノ、スキ』

「どんなの？　ああ、どんな女性が好きかって話か……」

『トンボ、コノキャラ、スキ』

「まぁこのゲームの中だと好きな方かも」

「トンボは髪の色が明るい子が好きだよね」

「別にそういうわけじゃないんだけど……」

「あと胸板が厚いのが好きで……」

「そういうのは胸板が厚いじゃなくて、胸が大きいって言うんだよ」

俺たちがそんな事を話しているのを、脳殻さんは何も言わずにじっと見ていた。

そして、俺がゲームをしている時に、時々同じような質問をするようになったのだった。

第六章　【起業と姫と出席日数】

「これ、骨だけだけど大丈夫なの？」

「合成タンパク質がボディを構成するから、これでいいんだよ」

　もうすぐ春休みも終わりそうな三月の末の事だ。元々倉庫にしていたうちの１ＬＤＫの個室に、でっかい日焼けマシーンのようなものが鎮座していた。中は姫様こと首から上だけになった義体と、その体となる首から下の義体、そしてそれらを包み込む謎の液体で満たされている。

　そう、うちのお姫様の体の再生環境が整ったのだ。これは自衛隊からマークを受けたおかげでダンジョンに行けなかったこの一ヶ月と少しの間に、姫様が紹介してくれた市場《マーケット》スキルの持ち主とコツコツやり取りして揃《そろ》えたものだ。

　正直あまりのデカさに床が抜けないか心配だったのだが……マーズ曰《いわ》く、反重力ユニットが搭載された高級品だそうで、たしかに俺がヒョイと持ち上げられるぐらい軽いものだったので一安心だ。

「あとはこれで待つだけ？」

「先方から届いた手順書にはそう書いてあるけどね」

　俺に向けて読めない文字の手紙をピラピラと振ったマーズは、ちらりと日焼けマシーンの中を覗《のぞ》いて、パタンと蓋《ふた》を締めた。

「しかし、これからどうしようか」

「ほんとだよ、まさかジャンクヤードにサイズ制限があっただなんて……」

「あんなでっかい竜がそのまま入ったんだから、まさかあるとは思わないよね」

ここしばらくで一番の驚きといえば、姫様の仲間から告げられた、ジャンクヤードにサイズ制限があるという報告だった。

「宇宙船って、やっぱデカいの？」

「当たり前じゃん、中に乗って生活しながら旅するんだよ？　そりゃ連絡船みたいな小さいのもあるけど、トンボたちだって小さい船で海渡らないでしょ」

「海なら潮目次第でワンチャン渡れたりするけど、宇宙だもんなぁ……」

「そりゃ軍用だと小さいのに亜空間航行《ワープ》機能付きの凄いのもあるらしいけど、いくらするのか見当もつかないよ。それに多分、あの竜よりは絶対デカいし」

俺たちはリビングに移動して、寝転んで天井を見上げながらぼやくように話し合った。

「前にもちょっと話したけどさ。でっかいのをバラバラにしてちょっとずつ送ってもらう事って、やっぱできないのかな」

「テレビＣＭでやってる毎号付録がついてくる雑誌みたいに？　自分で組み立てて、それで宇宙行くの？」

俺は自分が溶接機で宇宙船を組み立てているところを想像した。うん、絶対乗りたくない。

「……よく考えたら、それは怖いよね」

「怖いっていうか、死んじゃうよ」

マーズは寝転んでいた床をポンと肉球で叩《たた》いて立ち上がり、腕を天に突き上げて伸びをした。

「ま、駄目なものはしょうがないんだよ。くよくよしててもしょうがない」

マーズは台所からチリ産のワインと湯呑《ゆの》みを持ってきて、布団を外したコタツ机の上に置いて手酌で注いだ。

「ひとつひとつやっていけばいいのさ。今日は姫の体の件が片付いた。それでいい、祝杯だ」

「待った、俺も飲む」

俺も台所に行き、マグカップと落花生を持って机へと戻る。

「とりあえず、姫様に」

「とりあえずはいらないさ」

「じゃ、姫様に」

湯呑みとマグカップがコンと音を立てる。俺たちは隣の部屋から聞こえるゴポゴポという水音を聞きながら、部屋中の酒がなくなって寝落ちするまで痛飲したのだった。

「起きて、トンボ」

「へ……？　は!?　誰!?」

翌朝、頭ガンガンの俺を揺り起こしたのは謎の美女の甘い声だった。

「姫だろ」

「姫だよ」

「あ、なんだ姫様か……って、え!?　マジ!?」

正直、元があのマットブラックの脳殻だったから、人間の姿なんて想像もしていなかったわけだが……それだけに、今の姫の姿は衝撃だった。俺より少しだけ低い身長に、時々虹色《にじいろ》に瞬くミルクティー色の長いポニーテール、ツンと高い鼻、芸能人でもなかなか見ないレベルのツリ目がちの大きな瞳。俺がこれまで見た事もないような絶世の美女がそこにいたのだ。

正直、俺は女性があんまり得意じゃない……というか苦手だ。特に美人を前にすると、ビジネスモードに入らないと緊張して上手《うま》く喋《しゃべ》れなくなるのだ。が、しかし。俺は姫のこの姿が自分で自由に設定できる、いわゆるアバターみたいなものだという事を知っていた。さすがに俺だって、アバターに緊張するほど子供じゃない。

ほぼ平常心と言ってもいいだろう。正直、一ミリもドキドキしていなかった。正直、平常心。正直、ビークールだった。正直、いつも姫にしていた通りに軽く挨拶《あいさつ》できるはずだ。まあでも、ちょっとはドキッとしたかな？　ちょっとだけね？

「あのあのあのあの、姫様……ですか……？」

「は？　トンボ、なんであんたそんなキョドッてんの？」

「いやそんな、キョドッてなんて、もちろん、はい、全然っすよ。いつも通り」

「全然違うでしょ」

なんか緊張しすぎて、急に自分の姿勢が気になってきた。俺ちゃんと立ててるかな？

「トンボはさ、姫が猿型人種《ウエドソン人》で言うところの美形だから緊張してるんじゃない？」

「へぇ～、トンボあんた、姫に見惚《みと》れちゃってんだ？」

「あの、その、見惚れるとかそういうのじゃなくて、へへ……あの、その、すんません……」

「髪の毛が長くて気が強そうなツリ目の美人って、いっつもトンボがゲームで選ぶタイプの女の子だもんね。なんかトンボの弱いとこが全部出た感じあるなぁ」

しょうがないだろうが！　こんな美人、会った事ないんだから！

「ま、世の男共が姫の前にひれ伏すのは当たり前だけど……話が進まないから、さっさと慣れちゃって！」

「はいっ！」

姫、中の人はこんな感じだったんだ。これまでとキャラ違う、違くない？

「ていうかマジでびっくりしたけど、姫って本当に姫だったんだね」

「当たり前じゃん」

「え？　本当に姫って何の話？　王族じゃないって言ってなかった？」

「あれだよ、あれ。トンボもホロサイン持ってるじゃん、姫はユーリ・ヴァラク・ユーリだったんだよ」

「え？　ああ、価値があるからってキープしてたやつね」

たしか、人気絶頂の時に忽然《こつぜん》と姿を消した凄《すご》いアイドルだったっけか？　ていうか姫、大人でアイドルだったのか、完全に子供だと思ってたわ……マーズがこちらに向けた肉球を上下に動かして催促するので、ホロサインを取り出して渡してやる。

「これだよこれ、今のボディと目鼻立ちはちょっと違うけど、顔つきはそのままじゃん。気づかなかった？」

「いやー、そのサインじっくり見てないし……」

「まーちゃん、これ何？」

「え？　姫の直筆サインじゃないの？」

「姫、こんなのにサインしなーい。偽物じゃない？」

「えっ⁉」

顎《あご》をカクンと落として露骨にガッカリしたマーズの手から、ホロサインを取る。なるほど、言われてみればそこにいる姫と雰囲気が似ている気がする。もちろん、本物の方がキラキラオーラが凄いわけだけど。

「それで、姫の名前がユーリってのはわかったけど。何が本当の姫なんだよ？」

「あ……ああ、ユーリは前世がパロットっていう王家の夭折《ようせつ》した姫君でさ。それが判明した時にパロット王家から継承権のない王族として認められてるんだよね」

「へぇ～」

「それとは別に今世は軍事企業のヴァラク財閥の長女で、そっちでも良家のお姫様だし。アイドルとしても姫売りしてたし、一人称も姫だったから、まぁ、色んな意味で姫なんだよね」

なんか、ややこしいな。とりあえず自称じゃなくて正統性のある姫様って事でいいのか。

「なんか前にこの人、消えたって言ってなかった？」

「うん、人気絶頂の時に急に失踪《しっそう》してさ」

「だからそれは、レドルギルドに……う……」

姫は急に床に蹲《うずくま》って、小さく丸まってしまった。

「どうした⁉」

「手、手握って……怖い……」

俺が姫の手を握ると、彼女はそれを痛いぐらいに握り返した。

「……どうなってんの？　義体に不具合があったとか？」

「……多分だけど、心臓《エネルギーコア》が接続されて脳殻が本格的に動き出したから、これまでのトラウマがフラッシュバックしてるんだと思う。誘拐騒ぎがあったのって俺が凍結される五年ぐらい前だったから……」

　少なくとも確実に何年かは、身動きできないまま誰かのスキルの中に置かれてたって事か……丸まって震える姫の背中はさっきまでの凛《りん》とした立ち姿よりもずいぶんと小さく、昨日までのマットブラックの脳殻だった彼女の姿とダブって見えた気がした。

　美人さにドキドキしていた気持ちもだいぶ収まり、俺は小さな頃の妹にしてやっていたように姫の背中を掌《てのひら》で優しく擦《さす》る。なんだか少しだけ、震えが小さくなった気がした。

「そういうトラウマってさ……宇宙では薬でなんとかなったりしないわけ？」

「さすがに生身が脳だけだとね……デリケートだから薬物治療って難しいんじゃない？　変に薬物入れたら焼けちゃうよ」

「げっ……」

「でも逆に脳内物質で変質しないように脳殻による調整も受けているはずだから、これ以上悪くなる心配もないとは思うけど」

「なんか、義体って便利そうで不便だなぁ……」

「まぁ義体が完璧《かんぺき》ならみんな義体化してるよね。昔の義体は食事もできなくて食欲に脳を焼かれておかしくなる人が絶えなかったらしいし」

「食欲⁉　機械なのに？」

なんか義体って全然思ってたのと違うんですけど。

「機械じゃないってば。結局、脳味噌《のうみそ》だけになっても人は欲求からは脱せなかったって事だね。セックスは人によるけど、食事と睡眠だけは省くとおかしくなって死ぬんだよ」

「なんか、夢ないなぁ……」

「脳味噌の電子化も試みられたけど、そうすると魂は次の生に渡っちゃうらしいんだよね」

じゃあ、この先ＡＩが魂を持ったりする事もないのか……なんか、ＳＦを楽しめなくなりそうというか……知りたくなかった事を聞いちゃった気がするな。俺はガタガタ震える姫の背中をゆっくりと擦りながら、なんとも言えない気持ちで天井を見上げたのだった。

◆

「とりあえず小さな船でも何でも手に入れて宇宙《そら》出てみりゃいいじゃん」

結局昨日は俺の手を握って震えたまま寝てしまった姫は、今後の事を相談する俺たちにキリッとした顔でそう言った。つまり、とにかく俺のジャンクヤードに入るサイズの宇宙船を手に入れて、まず宇宙に出ようというのが姫の意見らしい。

「そんでビーコン打って迎えに来てもらおうよ」

「あ、姫の身内に？」

「そうそう。姫は帰らないけど、まーちゃんは引き上げてもらお」

袖《そで》余りの俺のパーカーをおしゃれに着こなした姫は、カップ麺《めん》をつついていたフォークを天に向けてそう話す。

「引き上げね、そうできるなら助かるけど」

「え？　ていうか姫は帰らないの？」

俺がそう言うと、姫はなんだか不機嫌そうな顔になって、天に向けていたフォークをこちらに突き出した。

「トンボさぁ、姫にゆっくり休んでけって言ってたの、あれは嘘《うそ》だったわけ？」

「え⁉　……いやいや！　全然嘘じゃないけど」

ただあの時はマジで子供かもと思ってたわけだし……親との関係も普通に良好なら、帰ってもいいんじゃないかと思うんだけど。

「どうせ姫の件が伝わって、これからヴァラク《うち》とレドルは戦争になるんだから。ほとぼりが冷めるまでは安全圏に隠れてた方がいいの」

「まあ、そう言われればそうか」

「戦争って、なんで……？　警察とかになんとかしてもらうんじゃないの？　銀河警察《ギャラクシーポリス》ってのがあるんでしょ？」

「海賊相手に銀河警察なんか何の役にも立たないっつーの。ヴァラク《うち》からもレドルからも金貰《もら》ってんだから動かないよ」

「まあ、銀河警察って弱い者いじめしかできない組織だからさ。正直嫌われてんだよね」

なんか、思ってたより宇宙って殺伐としてるんだよな。まあ殺伐としてなきゃ、千年も戦争しないんだろうけど。

「ただまあ、さっきの話だけどビーコン打つにしても宇宙に出なきゃいけないんだよね。多分トンボのジャンクヤードに入る船って連絡船になるだろうし、大気圏突入はできても脱出はできないと思うよ」

「こっちのロケットで打ち上げてもらおうよ。人工衛星ぐらいは打ち上げてるみたいだし」

「でもああいうのって個人も相手にしてもらえるのかな?」

俺がそう尋ねると、姫は眼球だけをちょっと上に向け、何かを考えるように顎を掌で撫《な》でた。もしかしてインターネットで検索でもしてるんだろうか?

「あー、たしかに体裁整えなきゃだめかも。じゃあ会社作っちゃう?」

「会社って、宇宙開発企業って事? そんな簡単に……」

「いや、実用品の宇宙船は手に入るわけだから、この上なく簡単だと思うけど……」

「いやそうじゃなくて、俺たちがいきなり宇宙船作りましたって言っても信じてもらえないんじゃない?」

今の俺たちは町工場どころか小さな事務所すら持ってない、信頼性皆無の三人なのだ。さすがにこれで宇宙船ですって実物を出しても、テストすらしてもらえないだろう。

「うーん、宇宙船がない星の感覚って、これまで想像もした事なかったからどうも難しいな。完成品があるならそれでいいじゃんって思うんだけど」

「信憑性《しんぴょうせい》が必要なら、ちょっと時間かけて工場とかでっち上げちゃう?」

「それプラス、それっぽい業務で表に出せるお金を稼ぎながらかな……連絡船サイズの大気圏脱出用ブースターがあれば話は簡単だったんだけど、さすがにそんなニッチなものないからね」

「地球人の感覚からしたら、ありそうなもんだけどな。そもそも大気圏を脱出できる連絡船とかさ、姫の義体調整装置《ベッド》についてた反重力装置とかと同じ感じで作れないの？」

「単に物を浮かすだけの反重力装置と、船体制御に使うレベルの重力管理装置は技術的にほとんど別物だよ。蒸気機関と原子力発電を、蒸気でタービンを回してるから同じものだって言うようなもんだね」

宇宙の技術も何でもアリってわけじゃないんだなぁ。そんなマーズの話に感心していた俺を、唐突に姫の指が差した。

「つーことで、トンボ、社長ね」

「え⁉　俺が⁉」

「トンボしかいないっしょ、現地人《ネイティブ》なんだから」

「それはそうだけど……でも俺、学生だよ？」

さすがにそれは荷が勝ちすぎる気がするんだけど……そう思いながらマーズと姫の顔を見ると、二人は真剣な顔でゆっくりと頷《うなず》いた。

「姫がついてんだから、安心してどーんと構えてなって」

「別にトンボに本気で会社経営しろって言ってるわけじゃないよ、体裁整えればいいだけなんだから。調達屋の規模がちょびっと大きくなるだけだよ」

たしかに調達屋は楽しかったから、あの延長線上ならやってもいいかなとは思うんだけど……でも、肩書きだけとはいえ社長だからな。俺、ビジネスマナーとかわかんないし、スーツも大学の入学式の時に作ったやつしか持ってないんだよな。

「まあそこは決定事項だし。トンボも現地勢力《じえいたい》に疑われてるんでしょ？　あんた一生日陰者のまま生きるわけ？　会社立ち上げるならついでに色々ごまかしとくけど」

「あ！　それは助かるかも！　俺もそれ、就職する時に影響があったらどうしようって悩んでたんだよ」

俺がそう言うと、姫はびっくりした顔で「は⁉」と叫んだ。え？　俺なんかおかしい事言った？

「就職？　地球の企業に？　何言ってんのアンタ？　ジャンクヤード《そのちから》があったらもっと他にいくらでもやれる事あるでしょ」

「姫、もっと言ってやってよ。トンボって未《いま》だにピザ屋でバイトしてんだから」

「なんでだよ！　別にいいだろ！」

結局調達屋だってできなくなったんだし、この不安定な時代に常に安全策を取るのは大事な事だろ。どんだけ宇宙の物が手に入ったって、日本の金がなきゃスーパーで飯も買えないんだからな。

「まあとにかく、会社は立てとくからね」

「あ、じゃあ必要な書類とか調べて役所に取りに行かなきゃな。学校の帰りに行ってくるからリストって出せる？」

「え？　なんで？」

「なんでって、会社の設立って結構時間かかるっていうから……」

「スマホ見てみ」

姫の言葉と共にピコンと音を発したスマホを見ると、ブラウザには知らないホームページが表示されていた。なになに？　『株式会社川島《かわしま》総合通商』？　業務内容……『宇宙開発、輸出入、システム・ハード開発、通信販売』？　代表取締役社長……『川島翔坊《トンボ》』？　これ俺じゃん！

「こ、これ……いつの間に……？」

「今作った。もう法的にも去年から存在してる事になってるから。納税も会社名義で適当に終わった事にしてある」

「て、手早すぎない……？」

俺がそう言うと、姫はフフンと鼻を鳴らして胸を張った。

「トンボさぁ、姫はこれまで自閉状態の漏れ出た思念波だけで仕事してたわけよ？」

「そういえばそうだったね」

「マーズ、それって凄《すご》いの？」

「普通はできないかな、できるように作られてないから」

「普通はできない事をできちゃうのが、姫の超凄いとこってわけ」

姫は自分の胸に手を当て、鼻高々といった感じで得意そうに話を続けた。

「ぶっちゃけフルでエネルギー供給された今の状態なら、惑星級の軍艦だって回し切れるスペックがあるわけだし？　こんなちっぽけな星のちんけなインターネットなんか自由自在ってわけよ」

「演算特化型とはいえ、さすがに惑星級は言いすぎだと思うけど……」

姫はマーズのツッコミを無視し、俺に向けて「おい」と顎をしゃくった。え、なんだろう……？

「撫でてもいいぞ」

「え？　あ……はい……」

もしかして、脳殻の時に時々撫でてたから、俺が頭を撫でるのが好きだと思われてるのかな？

俺はなんとなく汗ばむ掌をズボンで拭《ぬぐ》い、ムフーと鼻息荒い姫様の頭を撫でた。昔によく撫でた妹の髪なんかとは次元の異なる滑らかさの髪をしばらく撫でていると、姫様はふいっと頭を元に戻した。

「後は回転資金っていうか、見せ金かな？　問題なさそうな裏金から一億ぐらいかき集めて口座に入れといたから」

一億！　裏金とはいえそれだけなくなったら騒ぎになりそうだけど、まぁ盗んだのが銀河級のハッカーだからこちらに手が伸びる事はないだろう。俺の金じゃないから使う事はできないけど、記念に百万円の札束を触らせてもらったりはできないだろうか。

「そんでトンボは、まーちゃんと姫の地元から資金と技術の提供受けて商売してるってストーリーで。地元に繋《つな》がってる先は淡路島《あわじしま》の野良ダンジョンって事にしといたから」

「淡路島って、山を崩すぐらいデカいリクガメが出てきて全島避難になったとこでしょ？」

「それならこれ以上ないカバーストーリーだね。誰も確認に向かえないわけだから」

「でしょー？　まあこんぐらいの事は楽勝だから、今後も頼りにしてくれていいよん」

す、凄すぎる……俺は伏して姫を拝み、ジャンクヤードから取り出したチョコバーを差し出した。

「お、なんだ？　姫のカリスマに感服しちゃった系？」

「姫様、どうか、どうか……姫様の御威光で大学の出席日数を……必修の第二外国語だけでよろしいので……」

「……アホか！　そんな事頼むぐらいなら大学なんか辞めろ！」

「そこをなんとか……」

「ていうかトンボ、社長になったのに大学行く意味あるの？　就活しなくていいんだよ？」

「こんなバーチャルな会社に人生賭《か》けれるか！　俺には俺の人生計画があるの！」

「ジャンクヤードが宇宙の彼方《かなた》に繋がってる以上、トンボの人生って多分今後もずっとこんな感じだと思うけどな……」

マーズの言葉に「そうかもしれない」と思いつつも……俺は苦労して入った憧《あこが》れの東京《とかい》の大学に向かうため、重い足を引きずるようにして家を出た。

暖かな日差しはボロアパートの階段をぽかぽかと照らし、ポケットのスマホはピピピピピピピと壊れたように通知音を鳴らし続ける。一応確認してみたスマホの画面には、うちの会社の架空の出資者からのアリバイ作りのための連絡の履歴が過去に遡《さかのぼ》って通知され続けていた。

俺はうるさすぎるスマホをマナーモードにし、ふぅーっと長いため息をつきながら駅へと向かったのだった。

◆

「あー、そこそこ。もうちょい右」

「はいはい」

迷暦二十二年の三月。よくわからない会社の社長になった俺は、テレビを見ながら専務取締役のマーズにブラッシングをしていた。猫型宇宙人《ポプテ》でも年に二回あるらしい、換毛期が始まったためだ。

「地球人も意外とやるじゃん、このブラシ悪くないよ」

「え？　そうなの？　じゃあこれもジャンクヤードに出したらどうかな？」

「宇宙じゃあ、換毛期の毛ぐらいは身体洗浄機で自然と抜けるからいらないかもね」

じゃあ駄目か。どうも宇宙には風呂《ふろ》みたいに使える洗濯乾燥機が存在するらしい。忙しい時は便利な気もするけど、俺はやっぱお湯に浸《つ》かるのが好きだな。そんな事を考えながらブラシのシートを取り替えていると、俺たちの隣で二連結の炊飯器のような機械を弄《いじ》っていた姫から険のある声が飛んできた。

「あんたたち《ボーイズ》さぁ、少しは姫の事手伝おうとか思わないわけ？」

「やだなぁ、浅学非才の船乗りに産業機械の扱いなんかわかるわけないじゃないか」

「あ、俺コーヒーでも淹《い》れようか？」

「んーっ……アリアリでね！」

姫は今、うちの会社の商品作製のために宇宙の産業機械を設定してくれていた。

これはマーズの意向で交換で回ってくるたびにキープしていた、宇宙の金塊こと安定化マオハ《マスターチャンク》を全て使って、姫の身内から交換してきてもらったものだ。金額に換算するとマーズの十年分の年収ぐらいになる高級品で、宇宙の特許の切れた汎用《はんよう》品を何でも合成する事のできるありがたーい機械……つまり、膨大なデータ入りの宇宙の３Ｄプリンタみたいなものだ。

「でもその合成機って凄いよね、そんな機械あったら誰も物を買わなくなるんじゃない？」

「うーん……ま、そうでもないんだよね。この星風に言うとさ、家の中にお箸《はし》とか紙とか、昔のお菓子なんかを作ってくれる機械があったとしたら、毎日使う？」

「え？　いや、でも紙はトイレットペーパーとかにも使えるし……」

「それ、トイレに洗浄機能があるから宇宙じゃいらない」

「じゃあ商売に使ったり……」

「工場だとこの機械の百分の一、下手《へた》したら万分の一ぐらいのコストで物が作れるんだけど……それって太刀打《たちう》ちできる？」

俺は砂糖と牛乳入りのカフェラテを持って、機械を弄っている姫の隣に座った。

「え……じゃあこれって何のためにあるの？」

「これはさ、開拓用。電線一本引かれてない土地で、最低限人間らしい暮らしをするための汎用合成機《ベースマシン》なわけ」

なるほど、本当の意味でどことも繋がってない場所を開拓しなきゃいけない宇宙だとそういう需要もあるのか。ナイフとかライターとか浄水器の代わりにこれを持っていくのね。

「でも、これでこれからアイテムボックスとかバリア装置とか作るんでしょ？　やっぱ凄いんじゃん」

「そう、調達屋のカバーストーリーとアリバイのためにね。空間拡張技術とか力場発生技術は割と枯れた分野だからさ、特許なんかとっくの昔に切れてんだよね」

「使いそうなとこはちゃんとこっちでも特許取っといたよん。うちと同郷設定の別人名義でだけど」

「え？　特許とかって、しっかりした審査があるんじゃないの？」

「ザルなところなんかどこにでもあるっつーの。最低限納得させられる道筋さえできてればいいんだからさ、取るのは何もこの国じゃなくてもいいの」

姫はそう言いながら得意げに人差し指をグルグル回して、俺から受け取ったカフェラテを一口飲んだ。

「姫ってほんとに手際良すぎだけど、昔なんかそういう仕事してたの？」

「まーちゃんは知ってるっしょ？　姫はアイドルよ、アイドル」

「そういえば、宇宙のアイドルってどんな事やるの？」

俺の質問に姫はフフンと鼻を鳴らして、得意げに細まった黄金色の目でちらりとこちらを見た。

「地球といっしょ。夢を見せんのよ」

そう言って、彼女は不敵に笑った。

「もちろん姫は、ステージで歌って踊るだけじゃなかったけどね。撮影、配信、プロモーションから、果ては舞台装置の操作まで。ぜーんぶ自分でこなせる、ガ！　チ！　の！　超銀河系スーパーアイドルだったんだぞ」

「ああ、だから演算特化の脳殻にしてたんだ」

「芸能関係者……特にアイドルはさ、プロモーションの過程で電子戦みたいな事やるから、どうしても演算特化にせざるを得ないとこがあるわけよ」

「ねえねえ、アイドルが電子戦って、どんな事やんの？」

言葉の響きにワクワクした俺はそう尋ねたが、姫から返ってきた答えはなんとも味気ないというか……いっそ泥臭いぐらいのものだった。

「他のアイドルの広告を潰《つぶ》して、自分の広告を表示すんの」

「え、それだけ……？」

「それだけって、それ以外にある？」

「え……？　いや……ないか、ないかも……」

ちょっとがっかりした俺に、マーズは自分でブラッシングをしながら「宇宙の広告戦争は凄いからね」と補足するように話を続けた。

「視界に広告が表示される代わりに激安っていう義体を開発して売る広告代理店があったり、広告が流れる服が貧困支援で配布されてたり、たまに都会で船を降りると広告だらけで目がチカチカするんだよね」

「え～？　あの賑《にぎ》やかさがいいんじゃん」

「都会人の感覚はわかんないなぁ……あ、あと酷《ひど》いのだと、公共機関や星間放送をハッキングして広告を流したり、もうほんとにあの手この手だよ」

「そういうハッキングって罰則があったりしないの？」

「あるよん」

姫が楽しそうな顔でニヒッと笑って、両手の指をワキワキと動かした。

「アイドル同士でさぁ、お互いの違法広告を通報し合うの。いかに自分宛ての通報を潰して相手の通報を通すかがキモなんだよね～」

「姫《ユーリ》はそれがめちゃくちゃ強くてね。とんでもないハッカーチームがいるって話になってたんだけど、まさか自分でやってたなんて……」

「ま、チームもあったけど～。そうそう……姫はそのチームのね……奴《やつ》に、裏切られて……うっ……暗い……冷たい……ここは寒い……」

「あっ！　姫が！」

姫は震えながら丸まって小さくなってしまい、何かを求めるように腕だけをフラフラと動かしている。俺がその手を握ると、姫はそれを強い力でギュッと握り返す。ゆっくりと背中を擦《さす》ってあげると、少しだけ震えが小さくなった気がした。

「トラウマを触っちゃったんだね……もう姫のアイドル時代の話はやめよう」

姫は夜寝る時も俺が手を握っていないと眠れないのだ。俺には想像もできないスキルの牢獄《ろうごく》から救出されてから、未《いま》だ二ヶ月。彼女の心の傷は、深すぎるほどに深かった。

◆

迷暦二十二年、四月。

学校には眩《まぶ》しいぐらいに爽《さわ》やかな新入生たちが入学し、教室や学食で初々しく騒々しく、新たな人間関係を育んでいる。だが学校という環境に新しく入ってくる人間がいるという事は、同時に出ていく人間、社会という新しい環境に入っていく人間もいるという事だ。

俺とマーズが久しぶりにやってきた東京第四ダンジョンの入り口前の広場にも、そういう人間たちが溢《あふ》れていた。

「いいか、言うまでもなくダンジョンは危険な場所だ！　それはこの比較的安全な東四《とうよん》ダンジョンも同じ事！　わからなければ、いつでも！　どんな事でも！　最強クラン『荒川アンダー・ザ・グラウンド』の主席ィ！　教導官のこの玉城《たまき》に聞け！」

「はいっ！　玉城さん！」

「玉城さん！　武器、ほんとにこの槍《やり》で大丈夫ですか？　玉城さん！」

「いける！」

「今日って定時帰りいけますか？　友達と飲みがあって」

「知るか！」

「玉城さん！　クロスボウって弦引いたまま持ち歩いちゃいけないんですか？」

「教本読め！」

「あのぉ玉城さん、この支給のブーツ靴擦れがあってぇ」

「そのブーツ、ちょっと癖あるからね。後で柔らかくする方法教えてあげようか？　てかメッセやってる？　なんでも相談していいから」

「あのっ！　玉城さん！」

「なんだ！」

「あれ、なんですか……？」

「あれは……あれは……なんだろなぁ……」

新人冒険者たちが指を差す先には、俺がいた。

体の前には怪しげな猫のマーズを抱き、背中には怪しく発光するバックパックを背負い、額には怪しすぎるサークレットを付け、その上で怪しいを通り越して意味不明な鈍色《にびいろ》に光る外骨格に搭乗した、普通の冒険者とはかけ離れた姿。新人たちはあまりにも異質な俺に恐れ慄《おのの》き、混雑したダンジョン前広場も俺が歩けば自然と道ができる有様だ。

歩くたびにギッチョンギッチョンと面白おかしい音を立てながら、俺は顔を真っ赤にしながらうろうろと歩いていた。

　正直言って、少々……いや、かなり恥ずかしい。

「やっぱ、目立ってるよな……」

「目立つのが目的でしょ、自衛隊を釣らなきゃいけないんだから」

　マーズは赤面する俺の腹の前でそんな事を言いながら、自分一人知らん顔をしてスマホでタワーディフェンスのアプリをやっていた。

「このパワードスーツって必要だったの？」

「強化外骨格《レイバーユニット》ね。トンボがなんか乗り物欲しいって言ったから姫が作ってくれたんじゃん。トンボも初めて見た時は喜んでたでしょ」

「改めて人前で乗ると恥ずかしくてさ……よく考えたらこれじゃなくて自転車とかでもさぁ……」

「あんな原始的なブレーキしかない乗り物でバリア状態で人轢《ひ》いたら、しばらくお肉食べられなくなるよ」

「うへぇ」

「強化外骨格《レイバーユニット》なら衝突防止用の姿勢制御システムも搭載されてるから安心だよ。自衛隊との交渉材料にもなるし」

　そう言われれば、自転車よりもこっちのがいいかも。デザインもある意味男の子の夢そのものだしな。実際に乗ってみると恥ずかしくてしょうがないけど。

『ボーイズ、もう入っていいよ。鼠《ねずみ》は餌に食いついた』

　姫からスマホにそう連絡があったので、俺はふらふら歩くのをやめた。そしてバックパックから中に入るわけのない長さの金てこバールを見せつけるように抜き、東四ダンジョンの入り口へと向かう。

「じゃ、行こうか」

「下に誰か知り合いいるといいなぁ」

「トンボさぁ。別に知り合いなんかいなくたって、適当に誰かに話しかけて世間話でもすりゃあいいじゃん」

「それ、もしかしたら強化外骨格《レイバーユニット》着てうろつく事よりハードル高いかも」

俺は武器代わりの金てこバールをぐっと握り、冒険者のふりをしてついてくる自衛隊の調査班を引き連れて、ダンジョンへのダイブを開始したのだった。


パワードスーツに乗り込んでダンジョンを散歩した翌日、俺たちは自衛隊からの要請で東京都ダンジョン管理組合《ギルド》本部へと出頭していた。

自衛隊を監視していてくれた姫の情報によると、自衛隊が東三《とうさん》を百キロ近く奥まで調査した結果と、俺たちが謎技術を披露した事で、自衛隊の中では我々がドラゴン殺《クロ》しである事がほぼ確定したらしい。危険人物として俺たちの身柄を確保しろという意見もあったらしいが、姫が作ってくれた虚構のバックアップ組織とストーリーのおかげで任意聴取という形に収まっていた。

そういう形で収まってくれた事は、姫に対する感謝の念が絶えないぐらいにありがたかったし、自衛隊の方の理性にも大きな感謝を送りたいところではある。あるのだが……。

「あなたたちの使っている特殊な技術がどうだとか、罪に問うとか問わんとか、そういう話じゃない！　ただ一つ、ただ一つだけ聞きたいだけなんだ！　ダラス十四号《ランドドラゴン》はまだいるのか⁉　いないのか⁉」

それでもこうして立派な応接室で机を挟んで強面《こわもて》の偉い人に大声で詰められてると、普通の学生である俺にはちょっとしんどいところもある。だが、俺と違って普通じゃない宇宙猫のマーズはそんな事には全く動じず、のらりくらりと追及をかわし続けていた。

「いるかいないかって、ねぇ。そういう事は我々よりもそちらの方がよくご存知かと思いますが」

俺は事前に言われた通りに何も語らず、泰然とした態度を崩さない事に全力を傾けている。

「そういうのはもう沢山だ！　簡潔に言ってくれ！　いるのならばだ！　東京の首都機能は捨てなきゃならん！　いなくたって警戒は解けないが、今なら混乱は最小限に抑えられる！」

「まあまあ、そう熱くならないで」

ヒートアップするお偉いさんを、その隣に座っていた優男っぽい眼鏡《めがね》の人がなだめる。

「竹原《たけはら》さんちょっと落ち着いてください。すみません、ここからは私、内木《うちき》が」

ああ、なんかこういうの漫画で読んだ事あるぞ。強面の人と優しい人をセットにしとくと相乗効果《シナジー》が出るやつだ。

「正直言って、我々にはかなりの部分で確信があるんです。放射線測定の結果を見ても、ダラス十四号《ランドドラゴン》が最後に消えたのはAベース近くの地点でほぼ間違いありません。それにうちと共同で潜った警視庁の鑑識班が、その地点からそちらのマーズさんの抜け毛と砕け散った竜の鱗《うろこ》を採取しているんですよ」

え⁉　あの竜、放射能あったの⁉　思わずマーズの方をちらっと見るが、彼はこちらへ視線も向けずに爪で俺の太ももを一刺《ひとさ》しした。痛いよ……。

「我々はそちらのお国元であるポピニャニアと事を構えるつもりは全くありません。これまで強固に隠蔽《いんぺい》されていた会社情報や経歴などが急に公開された事も、詮索《せんさく》するつもりはございません。ただ、ただですね、あのダラス十四号《ランドドラゴン》の生死に関してだけ、当事者のあなたたちに一言、本当のところをご明示頂きたいんですよ」

眼鏡の内木さんがそう言うが、マーズはまだのらりくらりモードだ。

「そう言われましても、本当にこれまで何度もお答えしてきた通りなんですよ」

「マーズさん、我々はそういう事を聞きたいんじゃないんですよ。今東京には、二千万人以上の住民がいます。私事ですが、うちの実家も、そっちの竹原さんが人生を懸けて建てた新築の家もある。膨大な人たちの生活が、あなたたちの答えにかかってるんです！」

「よけいな事は言わんでいい！」

マーズはだんだん圧を増す二人にも動じた様子なく、困ったような様子で爪で顎《あご》を掻《か》いた。

「本当に以前お伝えした事が全てなのですが。しかしどうも、それでは納得して頂けなさそうですね……ですので、一言だけ」

彼が静かにそう言うと、前の二人が心持ちこちらへ身を乗り出した気がした。

「私と社長《トンボ》はあの竜と相対して、今もなお東京に留《とど》まっている。それが答え、というわけにはいきませんか？」

内木さんは一瞬視線を机に向け、スッと椅子から立ち上がった。

「結構です。竹原さん、いいですか？」

「構わん！　すぐに出るぞ！」

そう言うと、竹原さんはこちらに視線を向ける事もせず、すぐに部屋から出ていった。

「川島さん、マーズさん、本日は本当にご協力をありがとうございました。申し訳ありませんが我々はこれにて。お忙しいところ申し訳ありませんが、佐原《さはら》さんもお話を伺いたいそうですので……」

「あ、はい……」

内木さんも竹原さんに続いて部屋から出ていき、それと入れ替わるように壁際に立っていたグレーのスーツの男がソファに座った。

「私、防衛装備庁の佐原と申します。お疲れのところ申し訳ありませんが、もう少しだけお話よろしいでしょうか？　おい、コーヒーもう一杯」

佐原さんがそう言うと隣室からすぐにコーヒーが運ばれてきて、俺たちの前の冷めたコーヒーと交換された。

「昨日、川島社長が纏《まと》っていらっしゃったパワードスーツ、風の噂で素晴らしい性能だとお聞きしました。ぜひお話を伺いたいですなぁ」

「もちろんですとも。社長、お名刺を」

マーズが俺の腕をポンポン叩《たた》くので、ソファに置いていたバックパックから俺とマーズの名刺を一枚ずつ取り出した。

「私、川島総合通商の専務取締役を務めておりますマーズと申します」

「社長の川島です」

自衛隊にとっては違うのだろうが、俺たちにとってはドラゴン討伐の事実確認なんてのは前哨《ぜんしょう》戦《せん》にすぎなかった。

本番は、ヤバすぎる俺個人の異能《ジャンクヤード》から目を逸《そ》らすための、スキルを代替できる超機械《スーパーテクノロジー》の売り込み。そしてこれは同時に、会社としての実績を作るための格好の機会でもあった。

運ばれてきた新しいコーヒーの香りと共に、さっきの二人とは桁違《けたちが》いに厄介そうな佐原さんとの話し合いが始まったのだった。

間章　【銀河最強アイドルと温かい手の男】

『好事魔多し』とこの星では言うらしい。

出す曲全て銀河中央放送特別大賞、着た服全てが売り切れ、訪れた星全てが人で溢れ、ライブをすれば惑星級サーバーが燃え尽きるほどの耳目が集まった。トントン拍子で何もかもが上手《うま》くいき、歴史上の著名人ランキングの百位にランクインし、このまま旧来の物事全てを塗り替えられる気がした……あの瞬間、銀河一のアイドル、ユーリ・ヴァラク・ユーリの時は止まった。

そう、姫が誘拐されたのは、間違いなくあの絶頂の最中での事だった。

「この追加《パッチ》ファイル？　なんか重くない？」

「企画会社のサーバーへのアクセス権とか一週間分の舞台装置のプログラムとか全部入りだから」

ユーリ・ヴァラク・ユーリのこれまでの活動の集大成とも言える、六つの恒星系を跨《また》いだ惑星級クルーザーを使用した長距離航行ライブ。その前日の事だった。

うちの第四マネージャーが直接連れてきた新顔のイベント企画会社に、規模の割に格安だった予算、そしてやけに重かったパッチファイル。今思えば怪しいところだらけで、なんと迂闊《うかつ》だったんだろうかと思う。

でも、あの時の姫は自分にはあらゆる特別扱いが許されるのだと、本気でそう思っていた。だからたいして疑いもせずにパッチファイルを読み込み……次に意識が覚醒《かくせい》したのは、手術台の上に乗った自分がバラされている場面だったのだ。

「………」

むっつりと黙り込んだ、スキンヘッドに重なった三輪……レドルギルドのタトゥーが入った男たちが姫の体を解体して保存袋に丁寧に詰めていくのを、体から切り離された姫は部屋の隅からじっと見つめていた。

どこかにアクセスしようとしても、どこにも繋《つな》がらない。どうやら完全に脳殻だけの状態にされているようだ。今こうして思考ができているのは、大枚をはたいて増設した緊急用の生体保護ユニットが発電してくれているからだろう。

姫がなるべく情報を集めようと部屋中を眺めていると、シュッと空気が抜けるような音がして扉が開き、スーツを着た金髪の男が手術室へと入ってきた。

「やってるか」

「……それだよ」

スキンヘッドの男のうちの一人が、姫の方を指差した。半自閉モードに入り、眼球ユニットの電源を落とす。これで外からは覚醒しているかどうかわからないはずだ。

「おーおー、美人も一皮剥《ひとかわむ》けばこんなもんか」

「脳は確保しないのか」

「いらねぇいらねぇ。この女はあくまで余禄だし、脳までオークションに回すと復活の可能性があるからな。こいつは何年か塩漬けにしてからどっかの貧民街にでも放り出す、その頃には中身も焼けてるだろうし、後は貧乏人どもがパーツを取るついでに殺してくれるだろ」

「でも、きちんと殺しといた方が……」

「こんぐらい精錬された魂だと、殺した相手の側《そば》に残留思念として残る可能性があるからな……いくら美人でも怨念《おんねん》に取り殺されるのなんざぞっとしねぇよ」

圧力センサーが頭頂部にかかった圧を感知した、それが最後の感覚だった。

そこから先、見えるものは何もなく、聞こえる音は生体保護ユニットが発電する小さな小さな音だけ。自閉モードに入っても、サービスツールを使って誰かが起こしてくれるという保証がない以上、それは自殺と変わらない。姫はただ生き残るためだけに、永劫《えいごう》の闇と意識の間を漂い続ける事になったのだった。

心を守るために燃やし続けた怒りは一年で萎《しぼ》み、ハイエンド義体の強力な生体維持機能のせいでおかしくなる事もできず、退屈しのぎに始めた自省は人生の始めから終わりまでを十周もしたところで存在しない記憶が生まれ始めたのでやめた。その頃になるともう、動かそうとしても感情は動かず、何十時間かに一度僅《わず》かに落ちられる眠りの間以外は努めて何も考えず……姫にできる事はただ、擦り切れていく自我から目を逸らすように闇を睨《にら》みつける事だけだった。

自閉モードに入ろうかという誘惑が、何度も何度も姫の前に現れた。どうせ死ぬのならば、早く楽になった方がいいと、何度もそう思った。だが、姫は銀河一のアイドルだ。姫はユーリ・ヴァラク・ユーリなのだ。次の人生で前世の最期を知った自分に、鼻で笑われるような事だけは我慢ならなかった。

そのプライドだけが、姫の命を繋いだ。最期の観客は自分なのだ。姫は身動き一つ取れない場所で、じっと闇を見つめて孤独に舞った。

そんな暗闇と孤独の終わりは唐突だった。いきなり光の溢《あふ》れる空間に出されたと思ったら、圧力センサーと傾きセンサーがぐわんぐわんと動き始めた。何かに転がされているというのを自覚して周囲を見回すと、ウェドソン人種の黒い瞳《ひとみ》と目が合った。

「うわーっ‼」

目が合った相手は叫びながら後ずさり、床を転げ回って止まった。

「何？　近所迷惑だよ」

「目っ！　目がっ！」

見るからに貧乏で原始的な部屋と、物の価値を知らなそうな男だ。恐らく姫はこのまま、脳殻に使われている金属を取り出すために殻を割られて殺されるのだろう。

「目ぐらいあるよ、これ脳殻だもん」

「脳殻って⁉」

「人の脳味噌《のうみそ》が入ってるって事、義体化《サイボーグ》した人のパーツだよ。うちも爺《じい》ちゃんが義体化してさ、俺も一緒にディーラー行ったりしてたんだよね」

「そんっ……！　それっ……！　それって……！　……誰？」

「そんなもん見ただけじゃあわかんないよ。でも……このユニットがヤバいってのはわかるね」

二人のうちの兄貴分に当たるんだろうか、明るい色の毛皮を持つポプテは姫の事を警戒しているようだ。当然だろう、姫がどうやってここに流れ着いたのかはわからないけれど、中身のわからないハイエンド脳殻なんて厄ネタ以外の何ものでもない。

姫はほとんど観念して、ポプテがウェドソン人の男に脳殻のスペックを説明するのを聞いていた。

「ていうか中に人が入ってるならさ、そのままじゃヤバくない？　なんかに繋いであげられないの？」

「うーん、でも海賊から流れてきたっぽい品でしょ？　アム……あ、こっちじゃトロイの木馬って言うんだっけ？　そういう事も考えられるよ」

一番安い潜入工作員の送り込み方として、義体の脳殻だけを送って現地で肉体生成を行うという手法があるのは広く知られている。だからどんなに弟分の方が甘さを見せたとしても、兄貴分のポプテが許す事はないだろう……そう、思っていた。

「たしかにそれはヤバいけどさ……ちょっと話聞いてみるだけとか、できない？」

「脳殻って性能と生体維持に全振りだから余計なインターフェースついてないんだよね。あ、でもうちにはアレがあるか……」

だが弟分は更に食い下がり、兄貴分はあっさりとそれを認めた。そして姫に力場電動繊維を巻いて、交信を試みてくれたのだ！　凍りついていた感情が急速に熱を取り戻し、姫は悲鳴のような脳波を力場に乗せた。あの闇の中には戻りたくない！　死にたくもない！　どうか助けてくれ！　と。

「なんて言ってるの？」

「助けて、あそこには戻さないで、ってさ」

脳殻の部品以外に何の対価も示せない姫に、本来チャンスなどあるはずもなかった。彼らとて、姫をただで手に入れたわけではないだろう。助けてもらえる理由など一つもない、だがそれでも叫ばずにはいられなかった。あの闇の中にいた時よりも濃い絶望が姫を支配し始めた瞬間、圧力センサーが反応した。どうやら、弟分の方に掌《てのひら》で頭を撫《な》でられたようだった。

「大丈夫、戻さないから。大丈夫だから」

優しい声色のその言葉に、緊張に傾いていた神経が一気に弛緩《しかん》した。「大丈夫」なんていう、以前の姫なら少しの意味も見出《みいだ》さなかったであろう何の根拠もない慰めに、バラバラになりかけていた心が必死で縋《すが》りつこうとしていた。もし体があれば、きっと姫は幼い子供のように泣いていただろう。

結局、姫はいくつか聞き取りをされた後、彼の慰め通りそのまま分解される事なく家に置かれる事になった。しかも、すぐにとは言わないが姫の体を用意してくれると、弟分の方は言った。

ここまで来ると、彼らの存在は姫の脳が生み出した都合のいい幻想かもしれないと思うぐらいだ。しかし念のために走らせた機能チェックは完全正常。どうやら、姫は現実にいるらしかった。

「あのさ、体はしばらく手には入らないかもしれないけど、退屈しないようにテレビはつけっぱなしにしとくね」

そして姫はテレビを見る事を許された。ここ最近は出るものであって、見るものではなかったテレビ。それも見た事も聞いた事もないような辺境のテレビ。そんなものでも、年単位で闇の中に閉じ込められていた姫からすればこの上ないぐらい最高の娯楽だった。

文化、産業のレベル、常識、民族、人種、ユーモア、様々な事をテレビから学んだ。そしてトンボと言うらしいウェドソン人、彼の所有するゲーム機から何のセキュリティも施されていない原始的なネットワークへとアクセスした。同じ部屋で暮らす男たちの事を具《つぶさ》に観察しながら、ネットワークの海と言うには小さすぎるその水たまりを精査し終わる頃には、姫は各地のコンピューター内に簡易的な思念波の増幅回路を作り終えていた……。

「トンボ、コッチ、ワタシ」

姫が体を取り戻す交渉のためにテレビのスピーカーを使ってそう呼びかけた、その時のトンボの驚いた顔は傑作だった。慌てふためいて、声の正体が姫である事を認識して安堵《あんど》する彼。それでも姫と目を合わせて優しく語りかける彼が、怒りに任せて姫をまた闇に閉じ込めたりしないであろうという事はわかっていた。

以前の姫なら、危機感がないとか、鈍いなどと評したかもしれないトンボのその性格が、脳殻だけとなった無力な姫に絶大な安心感と精神の安定をもたらしてくれていた。彼に優しく語りかけられるたび、脳殻の表面を撫でられるたび、ひび割れた姫の心に温かいものが流し込まれるように感じられたのだ。

そしてトンボは姫にずっと、ここにいてほしいと言い、そして最後まで姫を見捨てたりする事なく、無事に実家との緊急コードを使って姫の体を取り戻してくれたのだ。

「起きて、トンボ」

「へ……？　は!?　誰!?」

再構成された姫の姿を見るトンボが挙動不審になる姿を軽くあしらいながらも、姫は内心ほくそ笑んでいた。ちゃんと彼の好みをリサーチした姿に寄せたのだ、意識してくれなければ困るというもの。

そして姫は自然な流れで彼らのやっている商売を助け、家の料理を一手に引き受けた。夜はトンボが手を握ってくれなければ眠れなかったが、それだってトンボのような奥手な性格の人間に対しては強みになるだろう。

彼は姫のものだ。この人生でも、もしかしたらその次の人生でも、こんな男は手に入らないかもしれない。繋いだこの手を、放すつもりなど毛頭なかった。

彼はアイドルであるユーリ・ヴァラク・ユーリのファンでも、パロット王家の威光にひれ伏す者でもない。何者でもない姫が手に入れた、どんな異能者《ジャグラー》よりも頼れる姫だけの男だ。

彼は姫のものだ。この柔らかで温かい魂魄《こんぱく》を持った男は、きっとこれからも銀河中の怪物のような女たちを惹《ひ》き付ける事だろう。だがヴァラクの妹たちにも、アイドルとしてのライバルたちにも、姫は絶対に渡すつもりはない。

この温かい手の男は、姫だけのものだ。

第七章【ふりかけと猫と東奔西走】

　自衛隊との交渉が前向きに片付き、晴れて自由の身になった俺たちはまた地の底にいた。場所は東京第四ダンジョンの第一中継地点《Aベース》である、地下湖前広場の壁際。トイレも休憩所も灰皿も用意して準備万端なのだが……知り合いがいないせいか、パワードスーツを着込んで黄色い布を巻いた姿が異様すぎるせいか、未《いま》だ一人も客は近づいてきていなかった。

「暇だね」

「東三《とうさん》だって最初はこんなんだったでしょ？　我慢我慢」

　新作ソーシャルゲームのガチャを回すマーズの耳をじっと見ていると「あっ！」という声が聞こえた。顔を上げると、金拵《ごしら》えの刀を腰に二本差しした冒険者がこちらに駆け寄ってくるところが見えた。彼は元東三のメンツ、ハーレムラノベ主人公の雁木《がんぎ》さんだった。

「調達屋来てんじゃん‼　SNSで東四で営業再開って言ってたの本当だったんだ！」

「雁木さん！　お久しぶりです！　東京に戻ってらしたんですね」

「あー、やっぱ地方は不便でさぁ……通販もすぐに届かないし。承諾もしてないのに見合いさせられるし」

「兄さん、地元でもモテるんだねぇ」

「モテるとかそういうのじゃないんだよね。最後に来たのなんか十四歳の子だよ？　さすがに逃げ出してきたよ……俺の持ってるスキルなんか大した事ないのになぁ」

雁木さんの持ってるスキルは『抜刀』だったかな？　東三で手に入れたスキルオーブで『料理』も覚えたとか言ってたけど。

「あれ？　そういえばお仲間のお二人は……？」

「あ、あの二人は地元戻って結婚しちゃった。恵比寿《えびす》と仲良かったから、色々思うとこあったらしいんだよね……」

恵比寿というのは、東三のドラゴンのせいでダンジョンに取り残されたパーティ『恵比寿針鼠《はりねずみ》』の事だ。その内二人を生き埋めにされ、残りの二人も瀕死《ひんし》の状態にまで追い込まれた彼女たちはパーティを解散したのだが、その余波は思っていたよりも大きかったらしい。

「あ、でもまた新しいパーティ組んだから紹介するね。おーい！　佐藤《さとう》さんたち！」

雁木さんが呼び寄せたパーティは、三人とも美人の妙齢の女性だった。おいおい……ハーレムが増強されたな……俺はなんとなく釈然としない気持ちで、新しいお客さんたちと挨拶《あいさつ》を交わしたのだった。

俺たちが雁木さんたちとしばらく話している間に、SNSを見て来てくれたというバラクラバの気無《きなし》さんたちのパーティも合流し、店の前はいつの間にやら東三の同窓会状態になっていた。

「ぶっちゃけ、お前ら逮捕されたんじゃないかって噂《うわさ》になってたよ」

バラクラバを半分めくってタバコを吸いながら、気無さんはヘラヘラ笑ってそう言った。

「え？　なんでですか？」

「そら自衛隊の奴《やつ》らがお前らの事を聞き回ってたからな」

「そうそう、さすがに階級章ぶら下げたりはしてなかったけどさ、あの人たち姿勢からして違うから見ればすぐわかるんだよね」

「僕たちそんな悪い事しないですよ」

「迷宮でモグリの売店やってる奴が何言ってんだよ、納税もしてねぇくせに」

そう言いながら舌を出して笑う気無さんに、俺は右手の親指で着ている作業服の胸元をトントンと突いてみせる。そこには金糸で『川島総合通商』と刺繍《ししゅう》がされていた。

「ああ？　なんだそりゃ」

「法人化したんですよ、法人化」

「えっ！　じゃあマーズ君、社長になったの？」

「いや僕です僕、マーズは専務なんですよ」

そりゃみんなそう思うわな。俺は苦笑しながら自分を指差し、二人もそれを見てニヤニヤと笑った。

「マーズの方が貫禄《かんろく》あるように見えるがなぁ」

「あれ？　ていうか大学は？　ついに中退？」

「してませんよ、ちゃんと卒業しますから」

「君らさぁ、あんまうちの社長イジらないでくれる？」

マーズはめんどくさそうに首を曲げてそう言った。まあ、俺の社長就任は川島家で話し合って決めた事だしな。

「ごめんごめん」

「しかしよぉ、なんで法人化なんかしたんだ？　せっかく税金払わなくていい商売だったのに……」

「ま、仕入れ先の関係とかだね。トンボの乗ってる強化外骨格《レイバーユニット》とか、他にも色々調達できるようになったんだけど、その分これまでみたいにはいかなくなってね」

「ほーっ、色々ねぇ」

「そうそう、ずっと聞きたかったんだけど……そのトンボくんが乗ってるのって何なの？」

「これですか？　ふふん、これはですね……パワードスーツです！」

雁木さんが俺のパワードスーツを指差すので、俺はギッチョンギッチョンと音を立てながらその場でくるっと回ってみせた。

「パワードスーツ？」

「ちょっと見ててくださいよ」

俺は一歩後ろに下がって、ピョンと垂直にジャンプした。雁木さんたちの頭よりも高く跳び上がり、フワッと地面へと戻る。きちんとダンパーが作動しているので、脚も全く痛まない。そしてそれを見ていた人たちが「おおーっ」と感嘆の声を上げた。

「そのガン〇ム、売り物なのか？」

「これは高いよ〜」

「いくら？　ていうかちょっと試しに乗せてくんない？」

バラクラバの向こうの目を少年のように輝かせた気無さんは、両手をわきわきとさせながらそう言った。

「試乗？　いいよ。トンボ」

「あ、はいはい」

俺が首元のボタンを押すと体中のロックが外れていき、下はゴツゴツした岩場だというのにパワードスーツはきちんと直立した姿勢のまま静止した。その状態の見た目はほとんど人形《ひとがた》の骨組みで、五センチメートルほどの厚さの固定具《ビンディング》に乗れば自動でフィッティングをしてくれるようになっていた。

「これって、この足マークのところに立てばいいのか?」

「そうそう、その固定具《ビンディング》に乗って。首元のボタンを押す」

「おおっ！　すげぇ！」

パワードスーツを装備した気無さんはキレのある動きで突きや蹴《け》りを繰り出し、天井スレスレまでジャンプして戻ってきたかと思うと、おもむろに地面に転がっていた岩を持ち上げた。

「うおっ！　全然重くないぞ！　マジのガン○ムじゃん！」

「気無さん！　俺も！　俺も！」

「久作《きゅうさく》！　俺も乗りたい！　代わって代わって！」

「すごーい！　私も乗ってみたい！」

岩を下ろした気無さんに周りの人たちが群がっていき、彼は首元のボタンを押されて無理やりパワードスーツから降ろされてしまった。

「わーっ！　夢にまで見たパワー□ーダーだ！」

「次俺！　俺だからね！」

「レディーファーストでしょ⁉」

「嬢ちゃん、こりゃあブランド品じゃねぇんだぞ？」

まあ、テンション上がる気持ちはわかるけどね……無理やり降ろされた気無さんはスーツの取り合いを見ながら釈然としない様子で頭を掻《か》き、生身のままさっきの岩を持ち上げようとして、途中でやめた。

「あのさぁ……あれっていくら？」

「今んとこ二千万ぐらいかな」

「ぐ……まぁそれぐらいするか。電源は？」

「フレームの中に細かい流体が入ってて、それが動き続けて自動で発電されてるよ」

これは宇宙の汎用《はんよう》技術で、正直枯れすぎて時代遅れなぐらいの技術らしい。だがそんな技術でも、地球では十分トンデモだ。

「え？　何それ？　すげぇ技術じゃん」

「最近開発されて取得された特許技術らしいよ」

目を見開いて驚く気無さんに、マーズはとぼけた様子でそう説明した。

「ふーん、他には何かいい商品とかってある？」

「色々ありますよ！　たとえばこれ、何にでも合うふりかけなんですけど……」

「ふりかけ？」

「もうマジで凄《すご》いんですから！　この万能ふりかけ『勘太郎《かんたろう》』は何にかけても……もうめちゃくちゃに美味《おい》しいんですよ！」

このふりかけは、マジで……もう一度言うが、マジで美味《うま》かった。別に大食いでもない俺が、炊飯器で炊いた三合の米を一気に平らげてしまったぐらいだ。

「こんなもんを凄いって、お前さぁ……」

「いやいや、試供品で一つお渡ししますんで！　絶対美味しいですから！」

一度食べれば絶対に良さがわかる。先週サンプルを送ったうちの実家からも、もうすでにリピート要請が来ているぐらいだ。言い方は悪いが、食べる麻薬みたいなものだ。これでごく普通の原料しか使われていないというのが信じられないが……姫曰《いわ》く、どうも本当らしい。

「わかった、わかったよ……」

「あ、あと試供品ついでにこちらの得用化粧水『プルプル』もお渡ししておきます、ぜひ奥さんに。こっちはまだ認可は下りてませんけど、うちの女性副社長が太鼓判を押す品質ですよ」

こっちも成分的には地球上のポピュラーなものしか使われていない製品なのだが……異世界人が異世界のものを持ち込みまくって無茶苦茶になった結果ザルになった食品関係と違って、まだまだ検査が厳格な化粧品類は認可にちょっと時間がかかっていた。

「認可下りてないって、それ大丈夫なのか？」

「輸入元じゃロングセラー商品ですから、大丈夫ですよ。僕もパッチテストしましたし」

「まあじゃあ、一応……」

怪訝《けげん》な顔の気無さんにふりかけと化粧水を手渡すと、誰かにちょんちょんと肩をつつかれた。俺がそちらを向くと、雁木さんのパーティのお姉さんたち三人が掌《てのひら》を出してニコニコ笑っていた。

「化粧品の宣伝は女性にした方がいいんじゃないかしら？」

「私たちも試してあげる」

「女性の意見はいくらあってもいいわよね」

「あ、ええ……そうですね」

たじろぎながらも化粧水の瓶を渡すと、彼女たちは笑顔で反対の手も差し出した。

「お姉さんも、美味しいふりかけ試してみたいな」

「美味しかったらリピートするから」

「だめ？」

否《いや》と言えるわけもなく、ふりかけも渡すと……彼女たちは満足そうにパワードスーツ試乗の列へと戻っていった。

「雁木って、なんか押しの強い女とばっかり組むんだよな」

「こ、好みは人それぞれですから……あ、それより気無さん、商品紹介の続きなんですけど。このカプセルを見てください」

「まだあんのかよ……」

「これはダンジョン探索にも役立ちますよ」

俺が手に持った手帳用ボールペンぐらいのカプセルのお尻《しり》を押して地面に投げると、そこには一瞬でドア付きのパーティションが現れた。

「これってボタンを押して投げると自動で展開する衝立《ついたて》なんですよ、これと携帯トイレがあればどこでもトイレができますよ。これの凄いところは、自動折り畳み技術でワンタッチで元のカプセルに戻せる点で……」

「ホイ◯イカプセルじゃねーか‼」

口をパクパクとさせていた気無さんは俺の説明を遮って、今日一の大声でそう叫んだ。

「ふりかけや化粧水よりこっち先に紹介しろよ！」

「え？　そうですか？」

絶対『勘太郎』の方が凄いと思うけど。

「えっ！　何それ何それ！　すげーんだけど！」

「それって元の状態にも戻せるの？」

「できますよ！」

気無さんの大声のおかげで、パワードスーツの周りに集まっていた気無パーティと雁木パーティ以外の人たちもこちらに興味を示してやって来てくれたようだ。

俺が集まった人たちの前で衝立をカプセルに戻してみせると、周りからは感嘆の声が上がった。

「川島総合通商？　企業さんなんだ。こういうの開発してるの？」

「基本的に輸入だね、自社開発もいくらかあるけど」

「ホームページから申請貰《もら》えればカタログのＵＲＬ送りますんで、ぜひぜひお気軽に」

「あそこに灰皿あるけど、タバコもあるの？」

「ありますよ～」

この日は新商品のお披露目ついでに顔も売れ。試乗した人たちの中からパワードスーツの見積もりやカタログＵＲＬの請求も数件あり。俺たちは初日から無事、東四に定着して商売ができるようになったのだった。

◆

迷暦二十二年の五月、俺は春とはいえまだまだ冷たい部屋の床の上で正座をさせられていた。

「トンボさぁ。お前に姫、ちゃあんと言ったよな？　三人しかいないんだから、あんま手広くやろうとすんなよって」

「はい……」

「そん時、お前なんてったっけ？」

「自分が現場で手売りするだけなんで大丈夫だよって言いました」

「姫、お前にこうも言ったよな。うちは別に地球の金に困ってるわけじゃないんだから、単価高い商品優先でやれよって」

「は、はい……」

「じゃあなんだよ、この日用品ばっかりの注文書の山はよ！　ホームページのどこにもメールで発注受けるなんて書いてないのにさぁ！」

コタツ机に座る姫が指差したテレビに映されていたのは、川島総合通商のメールボックス。そこにはズラッと、ふりかけや化粧水の発注希望のメールが並んでいた。

そう、先月元東三《とうさん》のメンツに配ったふりかけや化粧水は大好評を博し……その大好評はダンジョンを飛び出して色んな場所を駆け巡り、超大量の注文書として俺のもとに戻ってきたのだった。俺だってまさかこんな事になるとは思わなかった。俺はただ知り合いに、宇宙の美味しいものを知ってもらおうとしただけだったのに……。

「自衛隊との商談もまだ纏《まと》まってないんだぞ、これからガンガン強化外骨格《レイバーユニット》の発注来る可能性もあるのわかってる？」

「今からでも、ふりかけは在庫切れで販売停止って事に……」

「うーん、実は防衛装備庁の佐原《さはら》からも、強化外骨格《レイバーユニット》に先んじてふりかけの方を発注したいって言ってきてるんだよね。ちょこっと大げさかもだけど、販売実績を作るこの場面でふりかけは売れませんって話になってきたら、強化外骨格《レイバーユニット》の方もこじれる可能性あるかも」

「そんな……まさかこんな事になるなんて……」

「あっ、またテレビでやってる……ったく、こっちに連絡もなしでさぁ」

そう言いながら姫がテレビの画面を通常放送に変えると、そこでは太った女装タレントがふりかけのかかったご飯をムシャ食いしていた。

『このふりかけ、なんとダンジョンでしか売っていないふりかけなんです』

『え？　そうなの？　なんで？』

『それは製造元の川島総合通商の社長さんが、異世界から移住してきたケット・シーの冒険者だからなんですね』

『あらやだ、かわいいわ』

勝手に商品を紹介されるのはまだしも、社長として勝手に紹介されていたのは俺ではなくマーズの写真だった。

「この星のマスメディアに公平性とかは期待してないけどさ、なんでトンボじゃなく僕が社長扱いなんだろうね……」

「そら多分、俺の名前がキラキラしてるから勘違いしたんじゃない？　あとそっちのが面白いからとか」

「クソが！　全部のチャンネルハッキングして、こいつらの後ろ暗いとこ全部流してやろうか！」

絶対やめてよね……実際にそれができる人が言うと、こんなに恐ろしい事はないな。

「ま、とりあえず一個一個やってくしかないね。姫、今喫緊で問題なのはどの部分？」

「商品の受け渡し！　生産はどうにでもなるけど、客への受け渡し口がトンボとまーちゃんしかないから、こんな数の発注受けてたら他の事できなくなるよ！」

「つ、通販にしたら？」

「誰が梱包《こんぽう》して発送すんのよ？　トンボ君か⁉」

「すいません！」

それだけは勘弁してください！　と、俺は深く頭を下げた。

さすがにこんな量の梱包を毎日やっていたら大学に通えなくなってしまう。マーズが帰っても姫はしばらく残ってくれるとは言っているが、さすがにこの会社に賭《か》けて大学を辞めるという決断は俺には選べなかった。だってあんなに頑張って入ったんだもん！

「まあでも、通販ってのは悪くないね。姫がいれば寄生虫……この星じゃ転売屋って言うんだっけ？　それも弾《はじ》けるわけでしょ？」

「あー、あの手の連中ね。弾いとく弾いとく。やっぱ原始的な経済環境じゃどうしても湧くもんね」

「え？　宇宙だといないの？」

「宇宙って輸送コストが高いから、基本的にああいうのは皆殺しだね」

「皆殺し……」

「だいたいが海賊のシノギの一部だから」

あ、なるほど……。

「とにかく梱包と発送が問題なら、人雇えばいいんじゃない？」

「まあそうなんだけど、それって誰が仕切るわけ？　姫やだぞ」

「そりゃトンボじゃない？　現地人の事務所をポプテ《猫》が仕切ったってねぇ？」

仕切るって、俺が採用して俺が指示出して結果を見るのか？　ピザ屋のバイトですら配達《デリバリー》以外できない俺が……？　それは多分無理だ。せめて知り合いならなんとかなるかもしれないけど……俺って東京にはそんなに知り合いもいないしなぁ……。

誰か暇そうな奴《やつ》がいないかとスマホを取り出し、俺はアドレス帳の一番上の名前を見て一瞬固まった。暇そうな人、いるじゃん！　俺は迷わず電話をかけ、呼び出し音が鳴る中をじっと待った。

『はい、阿武隈《あぶくま》ですけど』

「あ、阿武隈さん、バイトしませんか？」

相手は解散した元恵比寿針鼠の冒険者、骨折してリハビリ中のはずの阿武隈さんだった。

喫茶店で久々に会った阿武隈さんは、普通に歩いて現れた。いつもより落ち着いた服装で、いつも通りの隈《くま》のある笑顔を見せる彼女は、少し痩《や》せたようだった。

「阿武隈さん、お久しぶりです。脚はもういいんですか？」

「とりあえずギプスは外れたよ。今はリハビリ中っていうか、激しく動けるまではまだ四ヶ月ぐらいかかりそうなんだよね」

「そうなんだ」

「だから別に軽作業のバイトぐらいならやってもいいんだけどさー。久美子《くみこ》……あ、吉川《よしかわ》ね。良かったらあの子も一緒に雇ってもらえない？」

吉川さんというのは阿武隈さんと同じパーティだった眼鏡《めがね》の女性だ。ダンジョンからの搬送途中で一時心肺停止したと聞いていたが、大丈夫だったんだろうか？

「いいですけど。吉川さん、もう退院されたんですか？」

「結局後遺症とかは残らなかったし、体は元気だよ。ただ心の方があんまり元気じゃなくてさ、最近は家に閉じこもってんだよね」

「まあ死にかけたんだしね、でもそれなら呼んでも来てくれるかな？」

マーズがそう聞くと、阿武隈さんはサイダーをストローでチューーッと飲んで、口の端だけを曲げて笑った。

「ま、人と話せないほど重症ってわけじゃないし……あの子も軽作業ぐらいはできるようになっとかないとさ。あたしもあの子も、この先冒険者に戻れるかどうかもわかんないんだから」

「なら姉さんたち、トンボの会社に就職したらいいんじゃないの？」

「いやいや、さすがに大学生の子にそこまで世話になるにはさ、お姉さんも年食いすぎちゃった。ありがたいけどね」

まあ、そらそうだろう。大学生の俺だって、パッとしない大学生が起業した会社には人生を預けたくないよ。

「ま、ま、とりあえずバイトという事で。賃金も東京の最低賃金＋二十パーセントでお支払い致しますんで」

「そんな奮発していいの～？　別にお姉さん、最低賃金でも文句言わないけど」

「うちの副社長とも話し合って決めた事ですので。そこそこ稼いでますから、大丈夫ですんで」

「今度でっかい取り引きもあるしね～」

「ふぅん、頑張ってんだ。じゃ～、ま～、しばらくご厄介になります」

阿武隈さんはぺこりと頭を下げ、俺も頭を下げた。この日から始まった軽作業のバイトが、あまりの仕事量の増えっぷりにこの後すぐ給与＋歩合制になる事は、今は誰にもわからない話だった。

◆

「人マジで全然足りないって」

「やっぱりそうですか？」

迷暦二十二年の六月、俺たちは深刻な人手不足に悩んでいた。姫によるワンマン家内制手合成業をごまかすために借りた古い工場、その入り口付近に作った発送場で、阿武隈さんと吉川さんはくたびれた顔で座っていた。

「仕事自体は簡略化されてて、発送も業者が取りに来てくれるのはありがたいんだけどさー、どんだけ捌《さば》いても発注書が増えてくだけってのは精神的にキツいよ」

「気にしないでって言っても、やっぱ気になりますか？」

「川島君、逆の立場だったら気にならない？」

「いや、多分気になります……」

これに関しては、多分給料を増やしたところで解決しない問題だろう。

本当はこういうリクルートはエージェントなんかに頼めばいいんだろうけど……姫曰《いわ》く、うちはああいうのに頼るにはちょっと特殊かつ隠し事が多すぎるらしい。頼ったところで政府組織の人間しか送り込まれてこないだろうとの事だ。

「姉さん、誰か知り合いいない？」

「知り合いったって、冒険者ぐらいしかいないいんだよねー」

「冒険者の奥さんとか、兄弟知り合いとかでもいいいんだけどさ。姉さんが管理できる範囲なら増やしてもらってもいいいんだけど」

「それってあたしが面接するの？　バイトだよ？」

「阿武隈さん、吉川さん、その話なんですけど……なんとかお二人に、うちの正社員になってもらうというわけにはいきませんでしょうか……？」

俺は深々と頭を下げながらそう頼んだ。コネも実績もない俺には、正直、実際、マジで、頼れる人が彼女たちの他にいなかったのだ。

普通の会社ならもっと小さく始めて人と一緒に会社をデカくしていくものなのだろうが……俺の不徳でいきなり身分不相応の供給を求められてしまったうちの会社は、こうしてどうしようもなく泥縄なリクルートを強いられてしまっていた。

「正社員、正社員ね……まあ本当は願ってもない話なんだろうし、社長の事を信用してないってわけじゃないんだけど……」

「そこを何卒《なにとぞ》……何卒……」

ただただ頭を下げるだけの俺に、阿武隈さんたちからなんだか困ったような感じが伝わってくる。

「まあまあまあ、とりあえず、仕事しやすくなるように役につけるためって事じゃダメ？　別にこの国の法律なら労働者側からはいつだって辞めていいんだしさ。姉さん今なら即部長だよ」

「む、部長、部長かぁ」

ダメっぽい反応だった阿武隈さんも、うちの専務の執り成しにちょっとだけ顔色を変えた。ナイスだマーズ！　もっと押してくれ！

「ね、マーズくん、私は？　私は？」

「入社してくれるならいきなり課長だね」

阿武隈さんはまんざらでもなさそうな吉川さんの反応を見て、曖昧《あいまい》な笑顔で首をポキポキ鳴らしながら俺の方を向いた。

「まー、もうちょっと考えさせてよ」

「もちろんです！」

正直言って、今バイトしてくれているだけでもとてつもなくありがたいのだ。これ以上無理強いはできない。俺はもう一度頭を下げると、買ってきた差し入れを彼女たちに渡してそのまま帰途についたのだった。

頼みの綱の姫も頼れず、それでも泣き言なんて言ってられない状況で、俺にできる事は愚直な勧誘ぐらいだ。俺とマーズは今日も東四に潜り、一縷《いちる》の望みを懸けて少ない知り合いに声をかけていた。

「というわけなんですけど気無さん、どなたか働ける方とか知りませんか……？」

「誰もやらねぇよ軽作業のバイトなんか。普通に求人しろよ」

「ワケあって普通の求人は使いたくないんですよ、なんとか知り合いの紹介で人を集めたいんです
……」

「逆にお前、ワケありの仕事って言われて人紹介すると思うか？」

「まぁまぁ、ワケありって言ったたって後ろ暗いところがあるわけじゃないんだよ。ほら、うちはふりかけとかで色々話題になっちゃったからさ、変な人を入れたくないってだけ」

「変な奴かどうかなんて、雇って働かせてみるまでわかるわけねぇだろ」

そりゃあそうだ。

「そこをなんとか、引退した冒険者の方なんかで暇してそうな方いませんかね？」

「この仕事は稼げるし、引退した奴も結構金持ってるから、バイトなんかする奴はいないと思うけどなぁ。怪我《けが》や病気で廃業した冒険者ならやるかもしれないけど……ほら、そういう奴ってほとんど行方《ゆくえ》知れずだから」

「そうですよね……」

「お前んとこのパワードスーツとかあるだろ。ああいうのを社割で買えるとかなら、話は違ってくるかもしれないけどな」

「社割ですか」

「まぁ最先端装備ってのは高いもんだしな。単なるバイトならともかく、本業の足しになるような身内を紹介してくれる奴もいるんじゃねぇか」

「なるほど」

たしかに俺がバイトしているピザ屋にも、社割でピザを買っていくパートの主婦がいる。よく考えればピザなんか割引後の価格でも高いのに、あの人「なんかお得な気がしちゃって」なんて言いながら月に一度は買って帰ってたな。

割引、割引か……といってもパワードスーツなんかそうそう買わないし、ふりかけとか化粧水なんかはそもそも割引してめちゃくちゃお得に感じるほど高くないしな……お得……そうか、要はお得に感じられればいいんだよな。

「あのぅ気無さん、気無さんは何か欲しい物とかってありますか?」

「え? 何だよ急に……まぁ、もう一本タバコ欲しいかな」

そう言いながら、彼は根元まで吸ったタバコを灰皿缶の中へと投げ入れた。

「はい百円ね」

「え? 何だよ、どういう事?」

気無さんは困惑した様子でそう言いながらも、百円を差し出してタバコを受け取る。しまった、これは聞き方が悪かったかな。

「あ、なんかすいません。今すぐ欲しいものってわけじゃなくて……こう、日常生活とか仕事の中でこういうのがあったら嬉《うれ》しいなってものはないですかね」

そう、俺は考え方を変えた。社割ではなく、限定販売すればいい。闇雲に商品を増やしたって、また人手が足りなくなるだけだ。ならば社員にだけ買えるお得で便利な商品を用意すれば、それが口コミで広まって労せずに社員を集められるんじゃないかと、そう考えたのだ。

「あぁ？　んな事いきなり言われてもなぁ……」

うーんと唸《うな》りながら思案顔でタバコに火を付けた気無さんの肩の脇から、見知った顔がニュッと現れた。人好きのする笑顔を浮かべた爽《さわ》やかなお侍、ハーレムパーティを率いるリアルラノベ主人公の雁木さんだった。

「俺もタバコちょーだい。あとコーヒー」

「あ、雁木さん。お久しぶりです」

「四百円ね～」

用意していたのだろう小銭をすぐに差し出して、彼は受け取ったタバコを口に咥《くわ》えたまま缶コーヒーの蓋を開けた。

「何か話してた？　邪魔しちゃったかな？」

「いやいや」

「今気無さんに生活とか仕事の中で欲しい物とかないかって聞いてたんですよ」

「おっ、また色々仕入れてきてくれるって事？」

「まぁ、仕入れられるものだけですけど。あ、ところで雁木さん、ちょっとお聞きしたいんですけど……」

「え？　何？」

「お知り合いとかに、仕事を探してる人っていらっしゃったりしませんかね？」

「仕事って、カタギのって事？　それは……いないと思うなぁ、俺の知り合いみんな冒険者だし」

「あ、やっぱりそうですか……」

まあ、そうだよね……本来はこんな地の底で探すような事じゃないんだけど、ある程度信頼できる知り合いって冒険者筋しかいないんだよな。大学やバイト先にもいるにはいるけど、普通に断られちゃったし。

「……色々考えてみたけど、欲しい物っつったら消臭剤ぐらいかな」

「消臭剤ですか？」

聞き返すと、気無さんはちょっと困ったような表情で、顎《あご》をぽりぽり掻《か》きながら続けた。

「まぁ、最近家帰ると娘が色々うるせぇんだよ。外で足洗ってから入れとかな」

「ひぇー、おっかないなぁ」

「なんか、大変なんですね……」

「お前らだって家庭持ったらこうなるんだよ」

「そういうもんですか？」

「うちの妹とかはあんまりそういう事言わないかなぁ……」

まぁ、一つの需要だな。足の消臭剤、覚えておこう。

「雁木さんは何かこういうのがあったらいいのになってものとかありますか？」

「えーっと……改めて聞かれると困るな……あ、そうだ……おーい！　ちょっとちょっと！」

雁木さんはクルッと後ろを向くと、パーティメンバーに向かって呼びかけながら手招きをした。

「何かあった？」

「財布忘れたの？」

「あのさ、調達屋さんが新しい商品仕入れるのに何がいいかって考えてんだってさ。何か要望あったら言ってみたら」

「要望？　あるある」

「あの化粧水あるじゃない？　あのメーカーの化粧品とか他にあったら欲しいのよね」

「あたしもっとスープの種類増やしてほしい」

「スタバの季節限定商品とかいっぱい仕入れといてほしいのよね、アイテムボックスにずっと入れとけるんでしょ？」

「あたしの友達が水虫で困ってるらしくて」

「それは友達じゃなくてあんたの話でしょ」

にわかに騒がしくなった店前の様子が嫌になったのか、マーズと男二人はどこかへ行ってしまい……俺は一人、いつ終わるともわからないお姉様方の要望を神妙な顔で聞き続ける事になったのだった。


顔見知りの客ほぼ全員に聞き取りを行い、家に帰ってきた俺は風呂《ふろ》に入ってジャージに着替え、晩飯前のマッタリした時間を過ごしていた。

蒸し暑いはずの六月の夜も、うちの部屋は快適だ。空間調整機は音もなく快適な温度の空気を吐き出し、空気中の湿度を調整してくれている。去年まではしょっちゅう出ていた害虫の類《たぐい》は、蚊取り線香に激似の宇宙の害虫害獣忌避装置が完全ブロックしてくれていた。

台所では「アンタたちのご飯、雑だからヤダ」と食事の準備を一手に切り盛りしてくれるようになった姫が部屋着の白いジャージで何かを炒《いた》め、テレビには昔から続いているシリーズのロボットアニメが流れている。そんなアニメをBGMに、俺とマーズは最近ハマっている宇宙のウォーゲームで遊んでいた。

「だからさ、八巡目で探査機打てばこっちの戦闘ロボも無視できたわけだよ」

マーズがコタツ机の上に置かれたボードゲームに表示されたアンテナのマークをタップすると、そこから円形に光が照射され、少し離れた場所にロボットの頭のアイコンが浮かび上がった。

「探査機って色んな使い方あるんだなぁ」

「トンボは戦いたがりすぎだよ。どんな強いユニットも接敵しなきゃ効力発揮できないんだから」

「でもこのかっこいい宇宙のサイコロマシーン、いっぱい回したくならない？」

俺がボードゲームの端についたサイコロマシーンのボタンを押すと、クリアケースの中に入った不思議な形をした三つのサイコロが超高速でギュインと回る。刻まれた数字から光を発しながら回るそれは互いにぶつかり合い、クリアケースの中を縦横無尽に飛び回って底に落ちた。

「これやっぱかっこいいよなぁ」

「そんなので喜ぶのは子供か君ぐらいのもんだよ」

「こういうの地球人の男は絶対みんな好きだって。とりあえず、今の反省も踏まえてもうひと勝負！」

「いいけど、風呂掃除はトンボだよ」

「あんたたち《ボーイズ》、そこどけて。ご飯できたよ」

「あ、すぐどけます」

俺たちはすぐにボードゲームを畳んで仕舞い、コタツ机の上を片付けた。

机の上には姫が買い集めたパステルピンクのお皿に盛られた梅しそ焼き飯や、それぞれのコップに入れられた麦茶がサーブされていく。俺のはゲームの限定版についてきたマグカップで、マーズのは魚の名前が書かれた湯呑《ゆの》みだが、姫のはオシャレなアメリカ製の桜色のやつだ。

俺もかっこいいものに買い替えようかな……とゲームのロゴ入りのマグカップを見て思うが、まだまだ使えるものを買い替えるのもなんとなく気が引けた。

「お茶、なんか変？」

「いや、そろそろコップ買い替えてもいいのかなって」

「いんじゃね？　姫とおそろいにしよ。まーちゃんは？」

「このコップ、がっしりしてて好きなんだよね」

「じゃあトンボだけね。姫と同じ種類の緑のやつ、頼んどいたから」

さすが姫、即断即決だ。ゲームのマグカップはペン立てにでもしよう……。

「それよりこの焼き飯どうよ？　ネットでバズってたレシピだけどいけんでしょ」

「あ、たしかにさっぱりして美味《おい》しい」

「すっぱくていい感じだね」

「そういやさ、さっきのゲームに出てきたみたいな戦闘ロボってあの合成機《きかい》で作れたりするの？」

俺がテレビのロボットアニメを見ながらそう聞くと、マーズは不思議そうな顔をした。

「え？　なんで？」

「いや、実物ってどんなもんかなって」

「多分トンボの想像通りのものだと思うけど」

俺の想像通りのものならなおさら、ぜひとも見てみたい。姫の方をチラッと見ると、黄金色の瞳《ひとみ》と目が合った。

「別に戦闘ロボぐらいはラインナップに入ってるけど、今現役で使われてるのが第十八世代だったから……そのずうっと前の第五世代ぐらいのものしか作れないよ？　最適化もされてない時代の八メートルぐらいのやつ」

「八メートル⁉　それってそれってやっぱさ、乗って操縦できるの？」

「できるけど」

やっぱりできるんだ！

「それって、俺でも操縦できるかな？」

「簡単じゃない？　二百年前とかのものだと神経接続も必要ないと思うよ」

そう言われると、もう俄然《がぜん》乗ってみたいな。

「今アリバイ用に借りてる古工場あるじゃん。あそこって今発送部しか使ってないわけだし、場所はあるから……作ったりできないかな？」

「作れるけど、なんで？」

「いやなんでっていうか……男の夢なんだよ、戦闘ロボはさぁ」

俺が言うと、姫は冷めた目でマーズを見た。

「まーちゃん、こう言ってるけど、どうなの？」

「夢じゃないね」

「そりゃ宇宙の人にとっては現実だろうけど、地球だとそれに命懸けてる人だっているんだから！」

戦闘ロボに乗れるなら命だって差し出すって男はきっと沢山いるだろう……いるよな？　多分うちの親父《おやじ》なら普通に差し出すぞ。

「まあまあ、別にダメって言ってるわけじゃないよ。八メートルならトンボのジャンクヤードに入るし、あのドラゴンみたいなのが現れた時のために作っておくのも別にいい」

でもさ、とマーズは続けた。

「材料は？　それに戦闘用ロボぐらいになると自己発電じゃ発電量が追いつかないから、燃料も必要になるよ」

「それって、宇宙からの交換じゃダメ……？」

「あのさぁ、ヴァラクも戦争中だから。戦闘用ロボットに使う資源とか、いくらあっても足りないものを回してくれるわけないじゃん」

「それはそうか……」

でも、八メートルの動かせる巨人、このチャンスを逃したら二度と関わる機会なんかないような気もするんだよな。なんとかならないものかと焼き飯を食べながら考え込んでいると、マーズが「あっ」と声を上げた。

「姫、マグラガントはどう？」

「ああ、こっちで魔石とか言われてるやつ？　まああれもエネルギー物質だから、各種資源に変換できるっちゃできるけど効率悪いよ？」

「え！　魔石でなんとかなるの？」

俺がそう聞くと、姫はあんまり興味なさそうにピンクに塗った爪を眺めながら「うん」と答えた。

魔石というのはダンジョンの魔物の臓器から取れる柔らかい石のようなものだ。触媒としての用途が主らしいが、色々な使い方ができる物質でもあるらしい。

「まあ高出力のエネルギーさえあれば、物質の変換ぐらいはできるけどさぁ。強化外骨格《レイバーユニット》みたいにクズ鉄と石コロから作れるわけじゃないからね？　不純物の少ない銅とか鉄とかアルミとか、大量に必要だから」

「集める集める！　集めます！」

それぐらいの資材なら普通に買い集められるはずだ。こういう時は、心底アイテムボックス持ちで良かったなと思う。

「トンボ、魔石の方はどうするの？」

「それなんだけど、冒険者から買い集めようと思うんだ」

魔石は別に売買が禁止されてるわけじゃないからな。企業に属している冒険者も普通に魔石を取りにダンジョンに行くし。ただダンジョン管理組合《ギルド》から大量に買い取るには事業者として審査を受ける必要があり、使用用途も調べられるらしいからそちらは厳しいかもしれない。

「ウチの紐付《ひもつ》きになってもらうって事？　厳しいんじゃない？　ウチの会社、全然信用ないし」

「それに関しては考えがあってさ。今日の昼間色々聞き取りしてたでしょ？　実は一つ考えがあって、上手《うま》くいけば魔石と雇用問題がダブルでなんとかなると思うんだよね」

「え、どういう事？」

マーズはなぜかちょっと嫌そうな顔をしてそう尋ねた。

「まず今って現金取引じゃん。それをポイントにしてみたらどうかなって」

「ポイント？」

「冒険者にはうちの会社に魔石を売ってもらい、その対価をポイントとして支払う。そんでそのポイントは、日本円では買えない特別な商品を買う時に使えるわけ……そして！　そのポイントは、その人の身内がうちで働く事でも手に入る。どうこれ？」

名付けて、川島ポイント経済圏だ。将来的にはもっと色々な事に使えるようにして、旅行とか通信とか、沢山の人を囲い込んだ一大経済圏に……いやまぁ、そこまではならなくていいか……。

「あ、なるほど。まともなアイデアじゃん」

「え？　俺はいつでもまともでしょ？」

「よく言うよ」

「……で、その優先販売とか割引販売とかの業務、誰がやるの？」

マーズが俺の脇腹を突っついてくるのに肘《ひじ》で突っつき返したりしていると、スプーンを置いた姫の冷たい声が食卓に響いた。

「え？　そりゃあもちろん、これから雇用する人に……」

「だから、人が入ってくる前にもその業務は発生するんでしょうが」

う……それはそうだ。

「下にやらせるつもりじゃないよな？　今でさえ地元に帰った冒険者仲間呼び戻したりしてて人足りてないっぽいのに、阿武隈《クマ》さんキレんじゃね？」

「あ、それは、もちろんです」

「トンボ、あんた下持ったんでしょ？　ならこれまで通りの考えなしの根回しなしは通用しないってわからない？」

「あ、いえ……それは、わかってるつもりです」

「つもりだよね？」

姫の圧に、俺の足は自然と正座の姿勢に変わっていた。マーズはそろそろと姫と俺の間から逃げ出し、みんなの食器を流し場に持って消えた。

「トンボのアイデアはいいよ、でもトンボは人を使うって事が全くわかってない」

「あ、はい……」

姫の言っている事はあまりに正しく、俺の考えはあまりに浅く。結局この日の銀河最強の個人事業主からの辺境の星の新米社長への薫陶、及び新米社長からの新事業のたどたどしいプレゼンは、つけっぱなしのテレビから深夜アニメが流れる時間まで続いたのだった。

◆

迷暦二十二年の七月。俺はついにピザ屋のバイトを辞め、大学がない日や夜は完全に社長業に専念するようになっていた。

会社の収入で金の心配がなくなったのもあるが、一番の理由はやはり、責任を持って食わせていかなければいけない身内以外の人間ができた事だろう。人を使う者としての自覚を持て、という姫からの薫陶の影響も多大にあるけど。

とにかく俺はあの日から、昼間はダンジョンに出かけ、夜は姫がポイント交換用商品を作るのを手伝い、パワードスーツなんかの組み立てが必要な商品を組み立て、簿記三級の勉強をしたりとコツコツやってきた。

そしてその合間合間に姫様にお伺いを立て続け、リテイクを出されまくりながらもようやく通した川島ポイント経済圏計画を携えて……俺は今日、夏でもほんのりと涼しいダンジョンへと訪れていた。

「調達屋、カップラーメンをくれ。シーフードでな」

「あ、こりゃどうも吉田《よしだ》さん」

吉田さんは元東三組で、俺がダンジョンで一番最初に物を売った眼鏡《めがね》の男性だ。彼は責任感のある真面目《まじめ》な人で、夏でもきちんとプレートキャリアを着込んでいた。

「吉田さん、実は常連さんだけに特別ないい話がありまして」

「え？　何……いいわ俺、そういうのは……」

え？　なんで⁉　俺が一歩引いてしまった吉田さんにどう説明していいか迷っていると、下からマーズがすかさずフォローを入れてくれた。

「待った待った！　トンボ、それじゃ怪しすぎ。常連さん向けの特別なカタログを作りましたって話でしょ？」

「あ、なんだそういう事か……」

そ、そんなに怪しかったかなぁ……？　俺は首をひねりながら家で製本してきたカタログを取り出し、それを吉田さんに手渡した。

「まあいいけど、このカタログの商品ってこれまでと何か違うの？　言っとくけどうちの財布じゃパワードスーツとかは買えないぞ？」

「そういうのも載ってますけど。どっちかというとこっちのカタログは数を揃《そろ》えられない系の商品なんですよ」

「ああ、お前のとこの商品、テレビで紹介とかされてたもんな。あの時は装備もつけてない転売屋が手ぶらでダンジョンに来て大変だったんだからな」

「その節はどうも、ご迷惑をおかけしました……」

吉田さんは「まあいいけど……」と言いながらペラペラとカタログを数ページめくってから、開いたページをこちらに向けた。そこには『川島総合通商ロゴ入りマグカップ　十ポイント』と書かれている。

「これ、金額じゃなくてポイントって書いてあるけど……」

「まあそれも色々ありまして、そっちのカタログはポイント制になりました」

「ポイントって何？」

俺は吉田さんの持つカタログをめくって最後のページを開く、そこにはポイント交換システムの概要が書かれていた。

「ここに書いてあるんですけど。うちの会社にとって必要な素材……たとえば今なら魔石ですね。それを卸して頂けたら、ポイントと交換します」

「魔石ってそんなもん何に……いや、まあお前らなら使い道ぐらいあるか……」

「あと、うちでバイトしてくださったら、それでもお金とポイントを稼げます」

ピンと指を立ててそう言った俺を、眼鏡の向こうの吉田さんの目は胡散臭《うさんくさ》そうに見つめていた。

「バイトっつったって俺ら冒険者だぞ？」

「別にそれは吉田さん本人じゃなくていいんですよ、吉田さんの紹介がある身元の確かな人なら。正直今商品の梱包《こんぽう》とか発送で、全然人手が足りてないんですよ。もちろん紹介者にもポイントを発行しますから！」

「なんちゅう迂遠《うえん》な……まあ、いいわ。そんで、どういう商品があるんだよ？　オススメは？」

俺は待ってましたとばかりに頷《うなず》いて、ジャンクヤードから小さい瓶を取り出した。

「これ見てください、超強力な接着剤です」

「接着剤？　何に使うんだよそんなもん」

「これ、ほんとに凄《すご》い強力なんですよ。折れた槍《やり》だって即修理できますよ」

「本当か？」

「見ててくださいよ」

俺はジャンクヤードから一メートルほどの鉄の棒を二本取り出して、片方の先端に接着剤を塗ってくっつけた。普通ならしっかり固まるのに一時間はかかるところだが、この接着剤ならもうこれで完全固定だ。俺は思いっきり振りかぶって棒で地面を叩《たた》いてみせた。

「ね、めちゃくちゃ丈夫でしょ？」

「えぇ？　それほんとか？」

「試してみてくださいよ」

吉田さんは俺から受け取った鉄の棒の先を地面につけ、棒が斜めになるようにして接着した部分を思いっきり踏みつけた。もちろんそれぐらいでは接着面はびくともしない。宇宙の謎接着剤だから、下手《へた》したら棒そのものより強度が出てる可能性があるぐらいだ。

「おお、ほんとにすげーじゃん……って、あっ！」

吉田さんは変な声を上げて棒からパッと手を離した。しかし棒は地面に落ちる事なく、彼の靴の底にへばりついていた。

「ありゃりゃ、くっついちゃったね」

「どうすんだよこれ……」

「大丈夫大丈夫、ちゃーんとはがし液がありますから」

彼が脱いだブーツの裏にはがし液を数滴垂らすと、棒はまた二本に分かれ、乾いた音を立てて地面に転がった。

「おー……いや調達屋！　これすげぇじゃん！」

「凄いでしょ凄いでしょ！」

「兄さんなら眼鏡が割れちゃった時とかにも重宝すると思うんだよね」

吉田さんは「そうなんだよなぁ」と呟《つぶや》きながらブーツを履き直し、さっきまでの胡散臭げな様子とは全く違う、熱の籠《こ》もった視線でカタログを眺め始めた。

「他には何かオススメないのか？」

「えーっと、それじゃこんなのどうですか？　襟につける個人用のエアコンなんですけど」

「エアコン？」

俺が襟元にクリップする構造のそれを取り出してスイッチを入れると、吉田さんはそれを手に取って自分の首元に当てた。実はこれ、今俺自身も付けているのだが、冷たい風が結構強く服の中に吹き込むのでめちゃくちゃ涼しい最高のグッズなのだ。

「あ、これいい……」

「いいですよねこれ！　僕も今使ってるんですけど凄い快適ですよ」

「さっきの接着剤も凄かったけど、これは今日にでもほしい！　これ何ポイント？」

「これは二千ポイントだから、魔石換算で一キログラムってとこだね」

「くぅ〜、今の魔石の買い取りならだいたい八万円ぐらいかぁ……まぁそれでも安いぐらいか……」

「他にも充電不要のヘッドライトとか、超強い殺菌力で匂いと水虫を防ぐ靴の中敷きとか、色々ありますよ」

「絶妙に欲しいとこ突いてくるよなぁ……」

吉田さんが腕を組んで悩み始めたところに、バラクラバを汗で濡《ぬ》らした気無《きなし》さんのパーティがやって来た。

「おー吉田、何やってんの？」

「これ凄いんだよ、ちっこいエアコンなんだけど」

「え？　なにそれ欲しい……」

「気無さん、実は常連さんだけに案内させてもらっている、本当に役に立ついい話がありまして」

「え？　なにそれ怖い……」

「待った待った、トンボ、言い方言い方」

結局その後もマーズに細かく直されながら勧誘を続けたが、何人かの人に怪しまれ……人に信用される喋《しゃべ》り方っていうのは、一朝一夕では身につかないのだなという事を痛感した俺なのだった。

◆

なんだかんだと拙い勧誘を続けて二週間ほどが経《た》ち……冒険者たちもようやくぽつぽつ魔石を売ってくれ始め、さらにその中にはバイトとして家族や知人を紹介してもいいと言う人もいて、俺は計画の成功を感じていた。

そして今日俺は人手の増員の話を、川島総合通商の発送現場で奮闘してくれている阿武隈さんと吉川さんのもとへと報告しにやって来ていた。

「吉田君とこのパーティの奥様方と、気無さんとこの娘さんが来てくれる事になったって？　やるじゃ～ん社長！　見直したよ～」

「ほんとにねぇ、ちゃんと人見つけてくれたんだ。社長、お疲れ様」

元工場の事務所部分の一角に置かれた二対のソファの対面に座った二人は、そんな嬉《うれ》しい言葉で俺を労《ねぎら》ってくれていた。

「いやいや、それはうちの商品開発部が頑張ってくれたおかげでして」

「それもあるけどさ、今回はトンボが人集めるためにポイント制度とか色々考えて動いたんだよ」

「そうなんだ。さすが社長、頼りになるね～」

「いえ、いえ、そんなそんな……」

これまでの人生でもあんまり褒められた事のなかった俺は、顔がニヤけるのを抑えられずに下げた頭が上げられなくなってしまっていた。

「これなら……ねぇ？」

「まあ、いいんじゃない？」

「え？　何ですか？」

頬の内側をグッと噛《か》んで顔を戻して頭を上げると、二人はお互いに視線を交わしながら頷き合っていた。

「前に正社員にならないかって言ってくれたでしょ～？」

「あれ、今もＯＫなら受けてもいいかなって」

「え⁉　ほんとですか⁉　もちろんですよ！　ＯＫＯＫ！」

嬉しい申し出に、俺は思わず前に座る阿武隈《あぶくま》さんの手を両手で握って上下に振った。

「ま～、この仕事も結構慣れてきたし」

「お給料もいいし、人手不足が改善されるなら社員になってもいいかなって」

「はぁ～っ……ありがとうございます、お二人が社員になってくれるなら千人力ですよ」

「大げさだなぁ……ところでさ～その～」

阿武隈さんはなんだか恥ずかしそうな顔でそう言った。

「え？」

「トンボ、いつまで手握ってんのさ」

「あ！　す、すいません……」

俺は慌てて手を放し、またペコペコ頭を下げた。せっかく社員になってくれたのに、セクハラする社長みたいになっちゃったな……。

「それでま～、社長に一つ相談があるんだけど」

「え、なんですか？」

「あたしらが組んでた恵比寿針鼠の残りの二人なんだけどさ～、あの子たちも雇ってくれないかな？」

「え、そりゃもちろんいいですけど……」

「実はさぁ、あの二人はあの時生き埋めになったでしょ？　未《いま》だにやっぱPTSDっていうの？　トラウマがだいぶ酷《ひど》いらしくてさ、普通にどっかで働くってのも厳しいみたいなんだよね～。そんでここでリハビリっていうか、落ち着くまで面倒見てやれないかなって思ってさ～」

「あの二人の分は私たちも頑張るから、社長お願い！」

吉川さんがそう言いながら俺に手を合わせる。

「もちろんOKですよ！　なんならそのお二人も社員からでも……」

俺は良かれと思ってそう言ったのだが……二人の反応はなんとも言えないものだった。

「それはもちろん、あたしらにとってはありがたい話なんだけどさー……会社として、きちんと働けるかわからない人をいきなり正規雇用にしても大丈夫なの？」

「社長さぁ……そういう経営してたらすぐ潰《つぶ》れちゃうよ？」

「え？　あ……はい……」

上げた評価をきっちり落として、俺とマーズは作業服の二人が頑張る工場を後にした。やっぱり、状況が落ち着いたら採用担当は俺じゃなくて阿武隈さんか吉川さんにお願いしよう……俺は真っ赤に燃える夕焼けにそう誓い、ポンポンと励ますように尻《しり》を叩くマーズに力なく頷いて家路についたのだった。

家に帰った俺たちを迎えてくれたのは、姫の作ったごちそうだった。阿武隈さんたちが社員になってくれたという事を知ってから、お祝いにと彼女が用意してくれたものだ。俺とマーズの好きなメニューがずらりと並ぶ食卓の前で、俺は正座をして改めて二人に人手不足が解消しそうな事を報告した。

「というわけで、色々とご迷惑をおかけしましたが……会社の人手不足の方はなんとかなりそうです、ありがとうございました」

「やるじゃん社長」

「トンボ頑張ったね」

二人から褒められ、嬉しくなってしまった俺は緩んだ顔を隠すように頭を掻《か》きながら改めて頭を下げた。

「いやいや、二人のおかげ。姫が商品を用意してくれて、マーズが色々アドバイスしてくれたからなんとかなったんだよ」

「でもさ、昼間も言ったけど考えて動いたのはトンボでしょ、それは誇っていい事なんだよ。トンボ、商売始めてからほんとに成長したよね」

「まぁ姫が凄いってのは否定しないけど、トンボも今回は責任持ってやって偉かったよ」

二人の褒め殺しに「いやぁ、それほどでも」なんて言いながらどんどん頭は下がり、俺は逆に土下座でもするような姿勢になってしまっていた。そんな俺の頭を、姫の手がポンポンと叩いた。

「それで、頑張った商品開発部にさぁ、お返しとかないの？」

「え？　あの、よければ肩でも揉《も》みましょうか？」

「姫、肩こりなんかしないもん」

あんまりに自然すぎて意識もしてなかったけど、そういや姫って義体だったな。とはいえ、二人に世話になりっぱなしなのは厳然たる事実。

ジャンクヤードに、なんかいいものでも交換されてきてないかな……？

「あれ？　なんだこれ」

「え？　何？」

「どったの」

俺がジャンクヤードに入っていた見慣れない物を取り出すと、二人ともそれを見ようと近づいてきた。

「手紙だ」

「え？　しかも書かれてるの、日本語じゃん」

「どういう事どういう事⁉」

そう、それは日本語。

宇宙のどこかに繋《つな》がっているはずのジャンクヤードに流れてきたものなのに……その真っ黒の封筒の表面には、金字で『あなた様だけに特別なご招待』と書かれていた。人に向けられてみて、ようやく自覚できた。その言葉はあまりにも……あまりにも怪しかった。

「とりあえず、これは開けない方がいいんじゃない？」

「俺もそう思う」

「姫も異議なし、しまってしまって」

全員の総意で怪しすぎる黒い封筒をジャンクヤードへと仕舞おうとしたその時、突然スマホから聞き覚えのない音楽が流れ始めた。

『宇宙の《うっちゅうっの》 どこでも《どっこでっも》 迅速配達《じっんそっくはっいたっつ》 今日の《きょっおっの》 飯から《めっしかっら》 次元穿孔兵器《ヤッバいもっの》 まで《まっで》 何でも《なっんでっも》 揃う《そっろう》 ピカピカ《ぴっかぴっか》
お船の《おっふねっの》 お店屋さん《おっみせっやさん》』

「え、なになになに……？　着信⁉」

スマホから流れ出した音楽は着信音だったようだ。こんなの設定した覚えないんだけど……電話の相手は『ティタ』と表示されているが、それももちろん聞いた事もない名前だ。

『ご存知《ごっぞんっじ》 宇宙の《うっちゅうっの》 御用聞き《ごっようっきき》 金《ゴールデン》 頭《ヘッド》 龍《ドラゴン》 商 会《しょうかっい》 です《でっす》』

「あ、やばい！　切って切って切って！」

「え？　切っていいの？」

『宇宙の《うっちゅうっの》 どこでも《どっこでっも》』

「はよはよはよ！　二周目入ってるから」

「切った！」

俺は震える指で着信を切り、バクバクする心臓を押さえながらゆっくりとスマホをテーブルの上に置いた。と同時に、また音楽が鳴り始めた。

「おわっ！」

『宇宙《うつちゆうつの》のどこでも《どっこでっも》』

「切って切って切って！」

「切った！」

『宇宙《うつちゆうつの》のどこでも《どっこでっも》』

「切ってトンボ！」

「切った！」

『宇宙《うつちゆうつの》のどこでも《どっこでっも》』

「しつこいなぁ」

「もう電源切っちゃって！」

「切る……切れない！」

電源ボタンを長押ししても、なぜか全く電源が切れない。俺はボタンを押したまま、姫とマーズの顔を見た。

「これって、出ちゃダメなの？」

「出ないで出ないで」

「絶対出ちゃダメ」

俺はごくりと生唾《なまつば》を飲み込み、一旦《いったん》落ち着こうとスマホを机の上に置き直した。

「それでいいトンボ、そのまま何もしないで」

「まーちゃん、金頭龍商会《ゴールデンヘッドドラゴン》って言ってたけど、本当かな？」

「ぶっちゃけ本当にあの商会なら、何やってきてもおかしくないね」

姫とマーズの会話を聞くともなしに聞きながらふうーっと長く息をつき、緊張でガチガチになった首を回していると……誰も触っていないはずのスマホが、なぜか強烈に振動しながら俺の方に向かって机の上をズリズリと動き始めた。

「え……？　うわっ、動いてる！　動いてる！」

「トンボ！　避《よ》けて！　避けて！」

俺が腰を浮かして後ずさろうとした瞬間、スマホはポロッと机から落ちて俺の足に当たった。瞬間、けたたましく鳴り響いていた音楽はプツリと止まり、涼し気な女性の声で日本語が聞こえてきた。

『夜分遅くに申し訳ありません。私、金頭龍《ゴールデンヘッドドラゴン》商会のティタと申します』

「あぁ……取っちゃった……」

「え？　え？　え？」

「落ち着いて」

完全に床に倒れていた俺は姫に引き起こされ、背中を優しくポンポンと叩《たた》かれた。

『こちら、川島様のお電話でよろしかったでしょうか？　本日はお客様に大変有意義なご案内をさせていただきたくお電話致しました』

「人違い人違い、川島の電話じゃありません」

マーズがスマホに向かってそう言うと、通話先の女性は「ハハーッ！」とアニメの悪役のような笑い声を上げた。

『おやおや！　これは元マージーハ輸送連隊三号艦所属の曹長ポプテ様。無事に解凍されていらしたのですね、ご壮健でなにより！』

「え、まーちゃんマージーハだったの⁉　しかも曹長⁉」

「……こんな人前で個人情報をべらべらと喋《しゃべ》るのが御社のやり方なわけ？」

『当社とマージーハには何の契約も存在しませんので……もちろん、そちらのレディのお家元《ヴァラク》と元お家元《パロット王家》とはご契約がございます。ご機嫌麗しゅう、ミズ』

「一家の団欒《だんらん》にいきなり踏み込んでこられて、全然麗しくないっつーの」

「え？　え？　結局何なの？」

『おお、これは川島様、川島翔坊《トンボ》様、チャーミングなお名前でございますね。私、金頭龍《ゴールデンヘッドドラゴン》商会のティタと申します。以後お見知りおきを』

「これどうやってこっちを探知してるのかな？　電子的な探知なら姫が気づかないわけがないんだけどなぁ……」

『ミズ、高位の異能者《ジャグラー》の魂魄《こんぱく》は、暗い宇宙で恒星よりも光り輝くもの。レベル四の異能者《ジャグラー》を宇宙の片隅に隠しておこうなどと、無理をおっしゃいますな』

「は⁉　レベル四⁉　トンボのスキルって劣化《レッサー》マーケットスキルじゃなかったの？」

姫はそう言いながらガクガク俺を揺するが、俺が知るわけないじゃん！　レベルって何なんだよ！

『お気づきになりませんでしたか？　まあ、無能者《ごしろうと》の方々にはわからないのかもしれませんが……』

「そのスキルのレベルって……あ」

思わず通話先に質問しようとした俺の口を、マーズの肉球がぽふっと塞《ふさ》いだ。

「トンボ、何も口にしないで。言質《げんち》を取られるから」

『おお、そのような事は決してありませんが、お話にならないならばそれはそれとして話を進めさせていただきます。川島様、あなた様は今こう思っていらっしゃいますね？ このセクシーな声の女性は一体どこの誰なんだい？ 彼氏はいるの？ 結婚はしてるの？ と』

セクシーとか彼氏とかはわからないけど、たしかに誰なんだとは思ってる。

『個人情報はお答えできませんが、自己紹介なら何度でも。私は金頭龍《ゴールデンヘッドドラゴン》商会のティタと申します。我々金頭龍《ゴールデンヘッドドラゴン》商会は商人です。それも、どなたにも、どんな商品でもお譲りする。銀河一のね』

「死の商人だよ。先の戦争を千年も長引かせたのはこいつらなんだ。各陣営で糧秣《りょうまつ》や武器を転がして、決着がつきそうになったらひっくり返してね」

『残念ながらポプテ様、そのような事実はございません。我々金頭龍《ゴールデンヘッドドラゴン》商会は求められた相手に、求められた物を提供するだけ、常にフェアでクリーンなセールスマンでございます』

「それで、そのフェアでクリーンなセールスマンが何でこんなド辺境の大学生に電話してきたわけ？」

『それはもちろん、商談のためでございます。ああ、おっしゃらなくとも結構。我々は常にお客様のニーズを正確に把握しております。川島様の今お求めになっていらっしゃるもの、それは宇宙船でございますね？』

「…………」

俺が無言のままマーズの方を見ると、彼は短い指を口の前に立ててコクコクと頷《うなず》いた。

『そちらの惑星では未《いま》だ宇宙船はポピュラーではないご様子。ですがご安心ください。我々金頭龍《ゴールデンヘッドドラゴン》商会には、川島様に大気圏突破能力を持った宇宙船をご用意する準備がございます』

「何が目的なの？」

『その対価に我々が求めるもの、それは以後の川島様の異能《ジャンクヤード》での変わらぬ取り引きでございます。しかし我々とて営利企業、空手形で商品をお渡ししては他のお客様から窘《たしな》められてしまいます……』

「回りくどい、要点を」

『おや失礼。以前川島様がマーケットに流された赤竜《レッドドラゴン》、大変興味深いものでした。ああいったものをもう一体ご用意くだされば、そちらと宇宙船をご交換致しましょう』

レッドドラゴンといえば、姫と交換されていった迷宮産の恐怖のやばやばモンスターだ。あんなものもう一体持ってこいって……そりゃ無理だよ！　それに俺のスキル、サイズ制限があって宇宙船なんか入らないし……そう思いながらマーズを見ると、彼は俺の目を見ながら肉球で口元を触って頷いた。

「……あんたたちならわかってるでしょ？　トンボのスキルはサイズ制限があるんだ、宇宙船なんか入らないよ」

『おおポプテ様、それこそあなた様ならおわかりの事では？　当社には、銀河中から選《よ》りすぐった異能者《ジャグラー》が多数在籍しております。小さな穴に象《ぞう》を通す程度の事、今時分では手品にもなりません』

「それで、取り引きでトンボも取り込んでそっちの力にしようってわけ？」

『おおレディ、そのような事はありませんとも。勿論《もちろん》、我々はいつでも高位異能者《ジャグラー》に対しては然《しか》るべき席をご用意しておりますが……』

その時俺が横目でちらっと見た姫は、これまでに見た事がないぐらい険しい表情でスマホを見つめていた。

『もう質問事項はございませんか？　では川島総合通商の皆様、引き続き、良き商いを。ああ、そうそうトンボ様、福島の桃、大変美味でございました。ぜひとも流通量の拡大をご検討くださいませ』

言いたい事を言いたいだけ言って、通話は切られた。へたり込んだままだった俺は床に倒れ込んで、天井を見上げた。

端がめくれかけているボロい1LDKのアイボリー色の壁紙を見つめながら、はぁ～っと大きくため息をつく。部屋の中からは同じようなため息が二つ、俺の後を追いかけて続いたのだった。

「一個一個解決していこう」

「賛成」

「俺、もう何がなんだか……」

スマホの電源を切り、俺とマーズはコタツ机へと座り直した。姫だけは皿を片付け、部屋から椅子代わりのバランスボールを持ってきてそれに座った。

「とりあえず、金頭龍《ゴールデンヘッドドラゴン》商会についてはもういい？　あそこ、宇宙最高の商人でもあり、宇宙最悪の悪党でもあるの。文字通り何でもアリなのよ」

「まぁ、だからこそ銀河中の組織がみかじめ料代わりに契約結んでて、そのせいで金さえあれば無限に戦争が続けられる状況になってるんだよね」

そんなにヤバい人たちなのか……俺は机の上に放り出された黒い封筒を見つめながら、唾をごくりと飲んだ。

「そういえば、この封筒はなんだったんだろ?」

「開けてみなよ、どうせろくでもないよ」

マーズが嫌そうな顔でそう言うので、俺は恐る恐る封を開けた。

「あれ?」

封筒を逆さにしてみたが、中には何も入っていなかった。

「入れ忘れかな?」

「入ってたんだと思うよ、多分」

「それって……」

「話がついたから消えたんだよ、中身がね」

「そんなんできたら何でもありじゃん」

「だから何でもアリなんだって。あいつらを縛れるのは契約だけ」

バランスボールの上で足を組んだ姫が、冷めた目つきで床を見つめながらそう言った。

「なんか、ほんとにヤバいのに目つけられたんだなぁ……」

「まぁ、ヤバいのはヤバいけど、海賊より全然マシだよ」

「どういう事?」

マーズはなんとも言えない顔つきのままで肉球でヒゲを撫《な》で付《つ》け、パクパクと口を開閉してからゆっくりと話し始めた。

「あー、なんていうか……彼らは書面はもちろん、口約束でも、契約だけは絶対に守るんだよね。そういう意味では銀河中で一番信用のある企業なんだ……俺の古巣なんかよりもね」

「まーちゃんの古巣のマージーハってとこも凄《すご》い信用あったんだよ、五百年以上営業してて物資輸送の未配率が二割とかだったんだから」

「へぇ～、日本で言うネコネコ運輸みたいな感じ？」

「うーん、宇宙だと配送業って対海賊の最前線だから、配送野郎Aチームって感じかな。だからまーちゃんの曹長ってのはかなり凄いんだよ」

「まあでも、マージーハと違《ちが》って金頭龍《ゴールデンヘッドドラゴン》は自社から契約を違《たが》えた事はただの一度もないけどね……」

肩をすくめてそう言うマーズの背中は、猫のように丸まっていた。

「じゃあ、あのドラゴンぐらいの魔物と引き換えに金頭龍《ゴールデンヘッドドラゴン》商会が宇宙船をくれるって言うなら、それはかなり信頼できるって事？」

「信頼とかじゃなくて、マジでくれるつもりなんだと思うよ。それに関しては」

「そういう意味では本当に、なんならどっかの星の王族なんかよりよっぽど信用できるんだよ。でも、あそこは信用はできても信頼は全くできないの、今回の件も絶対裏があるんだよな～」

姫は器用にバランスボールの上で姿勢を変えて寝転がり、腕を組んだまま天井を見上げてそう言った。俺もなんとなく姫の視線を追って天井を眺めた。あ、そうか……俺の居場所がわかってるって事は、ここが宇宙のどこかわかってるって事じゃん。

「あの、提案なんだけど。金頭龍《ゴールデンヘッドドラゴン》に普通にこの星の座標教えてもらったらどう？」

「……そんな事、あいつらが素直に教えてくれるかな?」

「絶対無理、あいつら契約外の事は普通に罠《わな》にかけてくるから。こっちから何か求めたりしたらこれ幸いとカタに嵌《は》めてくると思う」

「ま、そうだよね」

うーん……百戦錬磨の二人がこんなに警戒する相手なんだから、俺を騙《だま》す事なんかそれこそ赤子の手をひねるが如《ごと》しだろう。絶対に近づかないようにしよう。

「じゃあとりあえず、あの商会の事は無視でいいのかな?」

「いや、逆にさっさと竜とか手に入れて宇宙船貰《もら》っといた方がいいんじゃね?」

「危険性が増えるからトンボには悪いんだけど、できたらその方がいいと思う」

「いや……いいんだよ! だって帰れるかもしれない大チャンスじゃん!」

なんだか申し訳なさそうにそう言うマーズに、俺はなんだかいたたまれなくなってしまって慌ててフォローをした。あのドラゴンともう一回戦えって言っているようなものだ、俺がマーズの立場だったとしても言い難《にく》いだろう。だが俺は目の前の猫型宇宙人を、彼の望み通りに絶対に故郷に帰すと心に決めていた。

これはマーズへの同情とかではなく……俺が自分のために決めた事なのだ。俺が決意も新たに一人で頷いていると、マーズはなんだか複雑そうな顔をして「そうじゃないんだ」と答えた。

「あの商会がこんな辺境の大学生にわざわざ損のなさそうな形で売り込みしてきたって事は、絶対に何かでっかい裏がある。その時、地上に釘付《くぎづ》けだと本当にまずい事になりかねないんだ」

「あ、うん……」

「だから宇宙船は、トンボと姫のためにも今手に入れた方がいいと思うんだよ」

「たしかにそうかも……」

なんか、俺だけ気持ちが空回りしてたみたいで逆に恥ずかしくなってきたな。

「姫も同意見、絶対に何かある。あいつらの利益への嗅覚《きゆうかく》はヤバい。レベル四と持ち上げながら、トンボを獲得にかからなかったのが一番引っかかる」

姫は腕を組んだままバランスボールからずり落ちるように床に下りて、吸い込まれそうな金色の瞳《ひとみ》で俺を見た。

「トンボ。あんた、本格的にロボット作ってよし」

「えっ？　いいの？　ていうかまだ魔石集めてる途中だけど」

「姫も手伝うから、さっさと魔石集めきっちゃお。さすがにパワードスーツだけで怪獣退治は危険すぎ、レーザーキャノン装備の元主戦兵器持っとけば死亡リスクも低減できるっしょ？」

ロボット作っていいのは嬉《うれ》しいけど、前の竜退治はほぼ生身だったんですけど……。

「とにかく、金頭龍《ゴールデンヘッドドラゴン》商会が出張ってきてちょっと話が変わってきたのよね。まず今は力をつけて情報を集めなきゃ」

「トンボの能力にもあんまり頼りきりにならない方がいいかもね」

「それに関しては保留かな、正直いざって時のための製造材料としての安定化マオハ《マスターチャンク》はいくらあっても足りないから」

宇宙の金塊、安定化マオハ《マスターチャンク》は物資の製造にも使えるのか……あ、ていうかスキルの事聞いとかなきゃな。

「あのさ、俺のスキルの事なんだけど。スキルレベルって一体何なの？」

「ああ、そういえばこの星はそういう学問も全然進んでないんだっけ？」

俺がうんと頷くと、姫はジャージを引き上げながらあぐらをかいて、俺の額に指を向けてこう聞いた。

「んとね、トンボって異能《スキル》ってのはどういうものだと思ってる？」

「え？　そりゃ、便利なもの？」

自分がそれに目覚めるまでは、遠い世界の話でもあった。学校の友達と「もし自分にスキルがあるならどんなのがいい？」と話したのは俺だけじゃあないだろう。

ちなみに俺は何でも治してしまう治癒の力が欲しかった。横向きに生えた親知らずがあって、歯医者に行くのが怖かったからだ。

「じゃあ、人間がなんでそんなものを使えると思う？」

重ねてそう聞く姫に、俺はうーんと唸《うな》りながら、持っている限りの薄い知識を吐き出した。

「たしか外国とかでスキル持ちを解剖した国とかもあったけど、普通の人と何も変わらなかったって聞いた事ある。だからなんかその、魔法的な、マジカルなものなんじゃないの？」

なんとも纏《まと》まらないその言葉に、姫はウンウンと頷いた。

「それは正解でもあるし、間違いでもある。異能《スキル》は魂魄《こんぱく》に紐付《ひもづ》くものなの。だから人は生まれ変わっても必ず同じ異能《スキル》に目覚める」

「え？　そうなんだ！　じゃあ、俺は前世からこのスキルを使ってたって事？」

「そう。だから多分、金頭龍《あいつら》はトンボの前世にも目星をつけてるはず。レベル四の異能者なら、絶対に前世でも大活躍してたはずだから」

前世か、前世ね、あんま知りたいとは思わなかったんだけど、急に足を掴《つか》まれた気分だな。パッとしないぐらいならまぁいいけど、人の恨みを買いまくった大悪党とかだったらどうしよう……なんて事を考える俺の目の前に、姫は左手の中指と人差し指と親指の三本を立てて説明を続けた。

「普通、異能《スキル》上の市場《マーケット》で売買ができる市場系異能《マーケットスキル》はレベル三なの」

そう言って姫は親指を折り、手をチョキにした。

「ただレベル二でも制限はあるけどレベル三と同じような事ができる人がいて、姫はトンボもそうだと思ってた」

「俺のジャンクヤードって、レベル四なんだっけ？　レベル四のマーケットスキルってどんな感じなの？」

姫はチョキにした左手の隣に同じ形で右手を出し、ダブルピースで四を表した。

「うーん、レベル四以上の異能者《ジャグラー》は全員特別な、自分専用の異能《スキル》を持ってるの。だからトンボのジャンクヤードがどんな異能《スキル》なのかは、トンボにしかわかんない」

「えっ？　そうなんだ？」

がーんだな。ようやくこのスキルの詳しい使い方がはっきりすると思ったのにな……。

「なんか俺のスキル、イマイチ使い方がはっきりしないというか、ずっと手探り感があるんだよなぁ……」

「傍《はた》から見てたら身の回りのもの何でも入れとける箱って超便利だと思うけどね」

「そーそー、しかもそれのおかげで姫とも出会えたんだぞ」

「僕ともね」

「ま、それもそうか」

たしかにこの二人と出会えたのは、このジャンクヤードのおかげだ。それによくわかんないけど、凄くないよりは凄い方がきっといいに違いない。俺は金頭龍《ゴールデンヘッドドラゴン》商会の封筒をジャンクヤードに仕舞い、KEEPをかけた。

なんだかどっと疲れが来て、そのまま床に横になって目を閉じる。ふにふにと肉球のようなものが額を触る感覚に擽《くすぐ》ったさを覚えながら、俺は考え事をする間もなくすぐに眠りへと落ちたのだった。

第八章【ドーナッツと猫とコールセンター】

姫の全面協力を得て、俺の考えたポイント制度は大きく動き始めた。元々俺手作りの紙のポイント券ベースで動いていたポイントが、データ化されたのだ。

朝の食卓で、姫はふるさと納税の鮭で作ったお茶漬けをかっこみながら俺のスマホを震わせ、机に茶碗《ちゃわん》をトンと置いてからそれを指差した。

「ポイントを使える通販サイトをでっち上げといたから、宣伝しといて」

スマホを取って確認してみると、そこにはまるでクレジットカードのポイント交換サービスのような絵面のサイトが表示されていた。

「わっ！　凄い！　……商品も増えてる！」

「人も増えたから難色はないかもだけど。阿武隈《アクマ》さんには、ちゃんとトンボから説明しといてよ」

「それはもちろん」

魔石の買い取りやポイント交換商品の発送の仕事が増えるのは申し訳ないが、これで便利になる分ポイントの重要性も高まり、きっと従業員の集まりも良くなる事だろう。構想がいきなり形になった件については多少驚かれるかもしれないけれど……きっと今後もこうやって一瞬でＷＥＢサービスが生えてきたりする事はあるだろうから、スピード感には慣れてもらうしかないだろう。

「あ、それと今日から目を飛ばすから。聞かれたら説明しといてね」

「目？」

「こっちだとドローンって言うんだっけ？　マルチコプターかな？　とにかくカメラを飛ばしまくって、あのドラゴン級の魔物を探すから」

「え？　そんな事していいのかな？」

「ダンジョンでのドローン使用は許可されてるからいいっしょ。その他の場所も、現行法で二百グラム以下のドローンなら特定禁止区域以外は規制ないから」

まあ、姫がいいと言うならきっと大丈夫なんだろう。俺は細かい事を考えるのをやめ、通販サイトを確認しながら鮭とコーン入りの粕汁《かすじる》を飲んだ。姫の粕汁は実家の母が作ってくれたものとは全然違うが、普通に美味《おい》しい。空になった花柄のお碗を机に置くと、隣に座っていた姫がニコニコした顔で俺の肩をつついた。

「ねえねえ。この粕汁ってやつ初めて作ってみたけど、どう？」

俺が「美味しかったよ」と答えようとすると、机の向こう側からブッ！　と何かを吹き出した音が聞こえた。

「えっ⁉　そのカスって何のカス……？　僕、もしかしてゴミ食べちゃった？」

マーズは鼻から粕汁を垂らして、慌てた様子で姫にそう聞いた。

「失礼な。カスってのはお酒を造る時に出るカスで、そういう食材なの。キテコーテの今日のレシピで紹介されてたから作ってみたんだ」

「なんだ、ゴミじゃなかったのか……」

マーズは安心したようにそう言って、ティッシュで鼻をかんだ。

「キテコーテってトンボがよく食べ物買ってる駅前の激安の御殿《ごてん》の事でしょ？　姫ってあのゴチャゴチャした店好きだよね。服もあそこで買ってるし」

「姫、元がいいから何着ても似合うんだもん。地元なら好きなブランドとかあったけど……正直この星レベルの服だと、着やすければ何でもいいかも」

「でもあそこ、ジャージとかパーカーぐらいしか売ってないでしょ、今度服買いに行く？」

何でも似合うと言っても、さすがにちゃんとした服屋で買った服ぐらい持っていた方がいいだろう。俺もファストファッションの店ぐらいしか行った事ないけど、それでも激安の御殿の服とは全然違うからな。

「ふーん……トンボ、姫に服買ってくれるんだ？」

「あの、あんま高いのは無理だけど……」

「トンボが服買うとこってワークマソでしょ？　たいした値段にならないよ」

「いやいや、さすがに姫を作業服屋には連れてかないよ。俺だって普通の服屋ぐらい知ってるから」

たしかにダンジョンに潜り始めてからはワークマソによく行ってるけどさ……近いし安いし何でもあるしな。

「まあじゃあ、今度行ってみよっか。まーちゃんは？」

「俺は毛の薄い君らと違って、自前の毛皮があるからね」

マーズは得意げにそう言って、首元の毛皮を肉球で撫《な》で付《つ》けた。

「それ、夏は暑くない？」

姫にそう言われたマーズはちょっと肩をすくめ「その代わり、日焼けもしないから」と笑った。

なんとなくマーズのふさふさの毛皮に手を伸ばしかけ、ニャッとその手をはたかれた。

俺は毛の多い友人の毛皮の感触に思いを馳《は》せながら、姫とお揃《そろ》いのマグカップに入った麦茶を飲み干したのだった。

その日の昼。東四《とうよん》ダンジョンで店番をしながら通販サイトの情報を全て確認し終え、手打ちの一斉送信メールを家電量販店で買った高くて遅いパソコンで送り終えた俺のもとに、パワードスーツに乗り込んだ侍がやって来た。

「調達屋！　なんかおたくの名前が入ったドローンが飛びまくってるんだけど！」

「あ、雁木《がんぎ》さん。あれうちのです。調査用に飛ばさせてもらってるんですよ」

「いや、そうじゃなくて！　十台や二十台じゃ利かないぐらい飛んでたぞ！　あんなん誰が操縦してるんだよ！」

「いや、そりゃＡＩですよ。ＡＩ」

ほんとは姫が全部制御してるんだけど。うちが人手不足だってのは常連全員知ってる事だから、経営陣三人で相談してＡＩ運用って事にしたのだ。

千台ぐらい作って、東四だけじゃなくて東京都内にあるほとんどのダンジョンに飛ばしてるらしいからな。姫曰《いわ》く千台ぐらいなら眠ってても飛ばせるらしいけど、本来なら千人の人を雇わなきゃいけないから大変な事なんだよな。

「ＡＩがドローン？　すげーじゃん！　え？　……っていうかそれって、いいの？」

「法律に駄目なんて書いてないですから。ダンジョンでドローンは自由に飛ばしていいんですよ」

実際ダンジョンでは偵察のためにドローンを飛ばすパーティも多いしな。当然、こんなに台数を飛ばすパーティはどこにもいないけど。

「え？　マジ？」

「一応この国の法律じゃそうなってるね」

「知らなかったなぁ……」

もちろん法律にＡＩに関する規定はないんだけど……まぁ姫が大丈夫だと言うならばきっと大丈夫なんだろう。今のところは、だけど。

「ところで雁木さん、パワードスーツの使い心地はどうですか？」

「あ、これ？　もう最高だよ！　やっぱスピードとパワーは正義だね！」

雁木さんはうちから購入したパワードスーツのフレームをコンコンと叩《たた》き、白い歯を見せて笑った。うちのパワードスーツは、自衛隊への本格納品を始める前に民間の冒険者たちの手に渡っていた。自衛隊はお国の組織だから、購入前に色々手続きがあってなかなか話が進まないのだ。

「ただ、こんだけパワーがあると、今度は刀の強度が追いつかなくてさ……」

そう言って彼が叩いた腰の刀は、なるほどいつも差している金色の拵《こしら》えのものではなかった。なんだか無骨な作りで、よく見ると柄《つか》も布巻きではなくそういう形に成形されたゴムか何かのようだ。

「兄さん、刀駄目にしちゃったの？」

「実は調子乗ってたら思いっきり刃こぼれしちゃってさ。今差してるのは予備の海外製のやつだね」

雁木さんは苦笑いしながらそう言って、腰の刀の柄頭を力なく叩いた。まぁ、日本刀って魔物を斬るようには作られてないもんな。

あ、そういえばポイント交換商品の中に、魔物をぶった切れるような日本刀があったような……。

「雁木さん、さっきお知らせでメールさせてもらったんですけど。うちのポイントサービスが電子化しまして。その中の景品に刀もありますので、ぜひぜひ……」

「え？　マジ？」

雁木さんはすぐにスマホを取り出して「マジじゃん」とカタログを確認し始めた。

ポイント交換商品の武器は、めちゃくちゃ硬くて強靭《きょうじん》な宇宙船の外装と同じ素材で作られたものだ。この刀も今の地球じゃ他では絶対に手に入らない魔刀と言ってもいいだろう。雁木さんはその魔刀の写真を見ながらうんうん唸って、ちらりと俺の方を見た。

「ちなみにその刀って、見せてもらう事とかって……」

「すいません、ポイント商品もうちの発送センターからの発送になるんで今持ってないんですよ。今度持ってきますね」

なんせ今日の朝にいきなり生えた商品だからな。もしかしたら姫もまだ実物は生産してないかもしれない。

「マジかぁ……いやまぁどっちにしろ、ポイントも足りてないんだけどね……」

「兄さんのパーティのポイント、姉さんたちが全部化粧品に変えちゃうもんね」

「そうなんだよなぁ……」

雁木さんのパーティは女性比率が高いパーティだから、圧力と多数決でいつもポイントの使用権は女性陣に取られてしまうらしい。まぁ、その代わりというわけではないんだろうけど、雁木さんには高価なパワードスーツが回されてるわけで……ちゃんとパーティ内でのバランスは取られているんだろうと思いたい。

「まぁとにかく、俄然《がぜん》ポイントが重要になってきたのは違いないから、もうちょっと頑張るわ……」

「どうもありがとうございます！　助かります」

「……ところで、調達屋的には魔石以外にも欲しい物ってないの？」

「いやそれは……今のとこ……」

東京壊滅級《ドラゴン》のモンスターの死体とかなら買いたいけど、さすがにそんなもん買ったら会社に自衛隊がおっとり刀で乗り込んでくるだろう。買取品目が増えれば仕事も増える、とりあえず戦闘ロボットができるまでは今の魔石買い取り専門体制がベストだと思う。

「スキルオーブは？　オークションにも出さずに置いてあるのがあるんだけど……」

「スキルオーブも今んとこいらないね～」

「あ、そう……」

ため息をついて肩を落とした雁木さんはギッチョンギッチョンと音を立てながら去っていこうとして、途中で振り返ってまた戻ってきた。

「コーヒー買いに来たの忘れてたわ、カフェオレね」

「毎度どうも」

雁木さんは三百円とコーヒーを交換して今度こそ去っていった。パワードスーツに覆われたその背中を見送りながら、俺は小声でマーズに話しかけた。

「ねえ、やっぱスキルオーブって買うの駄目なの？　便利そうだけど」

「絶対駄目。前にも言ったけどさ、あんなのジャンクヤードにも絶対に入れないでよ」

マーズはニュッと爪を出しながら怖い顔でそう言った。

「正直どこの誰があんなヤバいものを量産してるのか知らないけど、使ったら絶対にろくな事にならないよ。何のリスクもなく新しい力に目覚めようなんて虫のいい話、あるわけがない」

「宇宙にもスキルオーブと同じようなものがあるんだっけ？」

「神化剤《ソウルスープ》とか言われてるけど。要するに、人の魂魄《こんぱく》を物質化して取り込む類《たぐい》のものだね」

「えっ⁉　そんな事して平気なの？」

マーズは遠くを見つめながら、うんざりしたような声音で「平気なわけないよ」と答えた。

「苦しみ死んで、二度とこの世に生まれてこなくなるって言われてる。でも、それでも試す奴《やつ》が後を絶たないんだ。あんなのを宇宙に拡散したら、ただでさえ人が少ない銀河がますます寂しくなる」

「じゃあ雁木さんは……」

「幸い二本差しの兄さんはまだ大丈夫みたいだけど、それでも安全なものとはとても思えない。トンボもあれには絶対に触らないでね」

「触らないよ……」

俺は夏なのになんとなく薄ら寒いような感じになって、上着のファスナーをギュッと上げた。それと同時に、上着のポケットからピコン！　と音がした。

「うおっ！」

「うわっ！　何⁉」

「あ、スマホの通知か……」

突然叫んで飛び上がった俺を睨《にら》むマーズに片手チョップで詫《わ》びながら、スマホのロックを解いた。

「え？　あ、マジかぁ……」

「何？　どうしたの？」

迷惑そうにこっちを見るマーズにも見える場所にスマホを持っていく。その画面には『東四の奥でドローンにポイント券向けた客が救援呼んでるけど、どうする？』という、姫からのメッセージが表示されていた。

「これ誰だろ？　フェイスガード取ってくれないとわかんないな」

「あー、でっかい段差下りたら設置してた縄梯子《なわばしご》が落ちて戻れなくなったんだね」

姫からスマホに飛ばされてきたドローンの映像を見ながら、俺たちは要救助者の状況を確認していた。

「さすがに放置できないし、通話して話聞いたりできないかな？」

『その前にどう対応すんのかを決めとかなきゃでしょ』

「でも助ける以外ある？　さすがにここで見捨てたら外聞が悪すぎるよ」

「トンボさぁ、姫が言ってるのは多分、会社としてどこまでやるのかって事だと思うよ」

どこまでやるのか……あ、なるほど。助けるのはいいけど、この一回目の対応が今後の対応にも関わってくるからよく考えろよって事か。たしかにこのパーティにした対応を、同じ状況になった他のパーティにはしないとなると、きっと文句が出るだろう。もちろんそんな契約などないのだから、本当ならば無理筋のクレームとして処理する事もできる。

だけどここは地の底、バトルフロント。そんな娑婆《しゃば》の理屈は通用しない。ダンジョンではどんな事でも命懸け、故に冒険者ができる範囲で助け合う事は契約以前の不文律だ。そしてそれをしなかった事で買う恨みも、恨みを買ってしまう相手の強面度《こわもて》も……ハンパじゃないのだ。

だが、企業として全ての冒険者を助けられるかどうかというのはまた別問題だ。俺は今、バランスの必要な決断を求められていた。

「……通報。管理組合《ギルド》に要救助者ありとして通報しよう」

「それぐらいもう自分たちでやってるんじゃない？」

「ダンジョンの奥なら電波が届いてない可能性もあるし、してたならそれでいい。元々そういう契約してたならまだしも、今回はたまたま見かけただけなんだから、詳しい場所と状況だけ伝えればこっちの義理は果たした事になる……よね？」

「……僕は、トンボがいいならそれでいいよ」

『通話はどうする？』

「……しない。助けに来いって言われて拒否したら、それはそれで揉《も》めそうだから」

俺がそう言い切ると、マーズは何も言わずに口の端をにっと上げた。

『……んじゃ、場所言うからね』

「あ、待って、メモ取るから」

こうして俺は、自分以外の誰も責任を取ってはくれない決断を下したのだった。そしてその繰り返しで会社を経営している、世の社長さんたちの大変さをひしひしと感じながら……自分の背骨と同じようなふにゃふにゃの字で、しっかりとメモを書き付けたのだった。

俺の決断は正解だった部分もあり、やはり少々軽率だった部分もあったようだ。結局あのパーティが立ち往生していた場所はＷｉ－Ｆｉの圏外だったようで、うちの通報のおかげで数時間後にはきちんと組合の救助隊に救助されていた。

組合からも冒険者からも感謝され、これで丸く収まったと言いたいところだが、そうは問屋が卸さなかった。俺たちがダンジョンで店を出していると、これまでの常連さんだけではなくご新規のお客さんたちからも、緊急時の救援要請についての問い合わせをされるようになったのだ。どこが発信源かは全くわからないが、どうもどこかでねじ曲がった話が拡散されているようだった。

「ここの会員になると、いざって時に組合に連絡してくれるんだって？」

「いや、その件につきましてはまだ検討中でして……」

今日もこれまで話しかけられた事もないようなワーウルフの冒険者にそう尋ねられ、俺はここ数日で何度も何度も使った断り文句を返した。

「え？　ほんと？　それあるんならポイント会員になろうと思ってたのに……」

ワーウルフは失意に尻尾《しっぽ》をだらんと垂らし、なぜかホットドッグを買って帰っていった。

しかし、ポイント会員って……うちはガソリンスタンドじゃないんだけどな。まあでも、これを機に魔石を売ってくれる人が増えれば美味《おい》しいという事は確か。それに正式にサービスとして提供していなくとも、どうせきっとドローン探索中に要救援者を見つけたらうちが救援要請をする事になるのだ。

よし……やるか！　俺は救援要請を正式にサービスにする方向で姫とマーズにお伺いを立て……纏《まと》まった話と大量のお土産《みやげ》のドーナツを持って、うちの発送場のボスである阿武隈《あぶくま》部長を直撃したのだった。

「救援要請業務？　つまりコールセンターみたいなもの？」

従業員をやってくれている冒険者の奥様方の手で花瓶やテーブルクロスなんかが置かれ、そこそこ華やかな内装になった元工場の事務所。その一角に対面型に置かれた革張りソファに座った彼女は、壁の木目調エアコンが吹き出す冷風に髪を靡《なび》かせながら、チョコがけのオールドファッションドーナツを片手にそう尋ねた。

「そうですね……それで、一応こういうものを作りまして……」

俺はソファの間にあるローテーブルの上に、バックパックから取り出した防犯ブザーのような装置を置いた。紐《ひも》を引っ張るとピンが抜けてデカい音がなるアレだ。

「これって普通の防犯ブザーとは何か違うの？」

阿武隈さんはそう言いながら不思議そうに装置を手にとって、ピンの先についている紐をちょいちょいと動かした。

「それは防犯ブザーじゃなくて、特殊な信号を出す発信機です」

「特殊って？」

「まぁざっくり言うと、超遠くまでSOS信号を出してくれる無線機って事。しかもMGRS式で今の居場所も送信してくれんの」

ピンク色のチョコでコーティングされ、更にその上に色とりどりのチョコスプレーのかかったドーナツを持ったマーズが、俺の隣からそう補足する。駅前にドーナツ屋があるからうちの家でもよく買って食べるのだが、彼はこういうキラキラとしたドーナツがことのほか好きなようだった。

「MGRSって、軍隊とかが使う座標の指定法でしょ？　まだざっくりした地図しかないダンジョンの中でそんな事しても……」

「いやいやそれが、地図はもう出来上がってるんですよ」

「えっ⁉」

俺の言葉に目を見開いて驚いた阿武隈さんは、机の上にぽとりとドーナツを取り落とした。まあそりゃそうだろう。ドローンを飛ばし始めてからまだ二週間ほどなのだ、仕事が早すぎて普通は面食らうだろう。

「まぁそれを作ってる途中で今回の救援要請の業務が生えたんだけど。地図自体はAI使ってドローン飛ばしまくって作ったんだよね」

「なんか社内チャットでダンジョンにドローンを飛ばすって話は聞いてたけど、あっという間にできちゃったんだねぇ。やっぱりAIって凄《すご》いね」

まあ、本当は姫の仕事なんだけど、こういう話はAIのしわざって事にした方が通りがいいだろう。だいたいドローンを寝ながら千台飛ばせる脳を持ってる人がいるなんて、誰も信じてくれないからな。

「とりあえずその地図を管理組合《ギルド》と共有しまして、こちらから救援を要請させてもらうという形にさせて頂こうかと思っています」

阿武隈さんはそう言った俺の顔をまじまじと見つめて、なんだか安心したような顔を見せてため息をついた。

「姉さん、どうかした?」

「え? いや、救援チームを組織しろなんて話じゃなくて良かったかな〜と思って……」

「や、やだなぁ……そんな現場に負担のかかるような事、相談もなしにやるわけないじゃないですか……はは……」

　隣のマーズからジト目で見られている気がするが、俺だって日々反省はしているのだ。

「じゃあそのコールセンターの所長に、うちの元リーダーなんかどうかな？」

　うちのというのは多分、解散した阿武隈さんの冒険者パーティ『恵比寿針鼠《えびすはりねずみ》』の事だろう。そしてそのメンツは全員、今この発送場で働いてくれていた。

「飯田《いいだ》さんですか？　いいですけど」

「最近は心の方もだいぶ落ち着いて、ここの仕事にもやる気出してるみたいだからさ。社員登用の話をしてもいいかなって思って」

「いいんですか？　ありがたいです」

「飯田は元バレー部主将だし、元々一部上場のシステム開発会社で働いてたぐらいだから、下に人つけても全然大丈夫だからさ」

　えっ？　そんな凄い人材がなぜ冒険者に……？　前から思ってたけど、なんか世の中世知辛すぎるような……。

「前の会社も飯田に問題があって辞めたわけじゃないらしいから、そこは心配ないよ」

「いえいえ、そこは全然心配してませんから」

「それよりさ、もう一人の姉さんはどうなの？」

「あ、高井《たかい》の事？　ＯＫ出るかわかんないけど、一応一緒に社員登用の話してみようか？」

「ぜひぜひ！」

　俺たちは涼しい事務所で色々と話をして、ドーナツを食べてから帰路についた。汗だくで電車に乗っている時に入った『姫の分は？』という連絡で、また駅前のドーナツ屋に寄る事になり……マーズの選んだキラキラしたドーナツと、激安の御殿《キテコーテ》で買ったかき氷を持ち、俺たちは蒸し暑い夕焼けの中を歩いて今度こそ家に帰ったのだった。

間章【眠れない女と大学生】

山に囲まれた町に、私は生まれた。閑静と言うにはあまりに寂しすぎる、世界から取り残されたような町だった。その土地に代々続く農家である、阿武隈《あぶくま》家の一人娘が私だ。天に愛され、希望に満ちた人生になるよう、名前は祐希《ゆうき》と付けられた。

私が生まれてからすぐ、そんな町の中にダンジョンが生まれた。突然水田の中に突き出してきたその入り口へと何人もの大人が入っていき、そのまま帰ってこなかったそうだ。当然その一帯は急遽《きゆう》遽《きょ》立ち入り禁止になり、代々守ってきた我が阿武隈家の美田は、そのまま二度と戻ってくる事はなかった。物心がつく頃には父も母も普通に勤め人になっていたから、実感はないけどね。

そんな生まれ故郷の町での暮らしは、私が小学校に入学した年、唐突に終わった。ダンジョンの入り口から魔物が溢《あふ》れてきて、人が住めなくなったからだ。ダンジョンの氾濫《はんらん》と言われるその現象は、ダンジョン内に魔物が増えすぎた事によって起こる。つまり私の町は魔物を間引きし切れず、ダンジョンの管理に失敗したというわけだ。

「お婆《ばあ》ちゃんのとこに行くの？　学校は？」

「お婆ちゃんの家から通うの」

町にサイレンが鳴り響く中、のんきに母とそんな話をした事を今でも覚えている。父の運転する軽トラックの窓から、通学路を駆け回る小さな恐竜のような魔物を見た事もだ。

「なんかいるー」

「もうこんなとこまで来たか……祐希、母さんの膝《ひざ》にいれば大丈夫だからな」

「うんっ！」

そのまま母の膝の上で強く抱きしめられて向かった祖母の住む町は、これまた寂しい町だった。山に囲まれ田んぼの間で暮らすような、建築物以外は百年前から同じ見た目なんじゃないかというような土地だ。ただ、元いた場所と違うのは……町の中にダンジョンがなく、居住地の周囲をぐるっと囲むように鉄筋コンクリートの壁がある事だった。

ダンジョン事変以来、町の総力を挙げて作られたというその壁はきっちりと役割を果たし、我が物顔で野山を闊歩《かっぽ》する魔物たちを、一切中へと通さなかった。もちろん、毎晩見張りに立ってくれていた大人たちの尽力もあっての事だが、壁の有無というのはやはり大きかったようだ。私たちがやって来る前後から、よそで魔物に住処《すみか》を追われた人間たちが、この町にどんどん逃げ込んでくるようになっていた。

そうして人が集まれば、拠点としての重要度も変わるもの。いつの間にやら自衛隊の駐屯が始まり、壁の維持に国から予算がつくようになると、正式に自警団が組織化され……そうやって安全が強化されると、その噂《うわさ》を聞きつけて更に人がやって来た。引っ越してきた時には二十人しかいなかったクラスメイトは、私が二年生になる頃には五十人に届こうとしていた。

「隈《くま》っち知ってる？　ケイちゃんちのお父さん、自警団に入ってお外で戦ってるんだって」

「戦う？」

「うん、外で恐竜とかイノシシと戦うんだって、工事してる人を守ってるの」

「工事って先生が言ってた、電柱を土の中に埋めるっていうやつ？」

「そーそー、埋めるぐらいなら最初から土の中に作れば良かったのにね」

そんな事を話しながら、あの頃この町にやって来たばかりの子供たちは、なんとなく魔物と戦う大人というものに格好の良さを感じていたような気がする。クラスの男子たちが棒を振り回して自警団ごっこをしていたり、大人になったらスキルというものを手に入れて、敵を全部やっつけてやるんだと意気込んだり。

でもそんな浮ついた空気も、親たちが二度三度とクラスメイトの家の葬式に出るうちに、自然となくなっていった。まるで魔物と戦う人間という存在がタブーになったかのように、家でも学校でも話題に上らなくなった。みんな、否応《いやおう》なく気づかされてしまったのだ……外で戦う大人とはヒーローでもなんでもなく、ただコミュニティの生存のため、消費されるだけの存在であるという事にだ。

首都圏のダンジョンをようやく把握しきった国が、その管理のためにダンジョン管理組合《ギルド》を作り。『君も冒険者になろう』なんてのんきな広告を打ち出してからも、状況は変わらなかった。いや、むしろ悪くなっていたと言ってもいいかもしれない。キャパシティを超えた人を受け入れて、もはや難民キャンプとなっていたうちの町。その中で職にあぶれていたような人たちがこぞって冒険者になり……その何割かは、二度と町へ帰ってこなかったからだ。

今では当たり前となっている武器も防具も必須《ひっす》装備も、ダンジョンの中の電気電灯設備もインターネットも、ほとんど何もなかったような時代だ。包丁や廃材を片手に持った素人《しろうと》たちが普段着のままダンジョンへと入り、当然のように怪我《けが》をし、当たり前のように死んでいった。ダンジョン管理組合《ギルド》はこの冒険者の死亡率の高さを問題視し、是正を図ったがどうにもならなかったようだ。

当たり前と言えば、その状況は当たり前だった。元気のある若者やスポーツ経験があるような見込みのある人間は、全て町の防衛のための自警団に雇われていたからだ。あの頃うちの地方で冒険者にならざるを得なかったのは、老人や病人、そして集団行動に馴染《なじ》めないはみ出し者たちだったのだ。

「祐希のクラスには、冒険者になりたいなんて子はいないよな?」

「いなーい」

「男の子が冒険者になりたいなんて言い出したら、先生にこっそり教えてあげるんだぞ」

「はーい」

なんて会話を、小学校高学年の頃に父とした覚えがある。その頃にはもう自警団の方はノウハウの蓄積が終わっていたのか、団員が死んだという話を聞く事はほとんどなくなっていた。だがやはり、冒険者の方には相応に死者が出ていたのだろう。学校の保護者会全体で、子供たちを絶対に冒険者にしてはならないという方針ができていたようだった。ちょっとでも冒険者になりたいなんて事を言う子供がいれば、すぐに親が呼ばれ三者面談が行われた。

子供の視点から見ていても、大人たちに国の方針に協力するという気は最初からなかったように思えた。だいたいうちの地方で軽く十個はダンジョンが確認されていたという時期に、国がダンジョン管理組合《ギルド》を置いたのはその内のたった二箇所だけ。二箇所で魔物を間引いても、他から溢れ出てくるのではどうしようもない。これでは管理する気がないと言われても仕方がないだろう。今思えばあの頃から、大都市の維持で手一杯な国と、自助努力で生き残らなければならない地方の軋轢《あつれき》は、もう始まっていたような気がする。

私が中学生になる頃には、町はすっかり様変わりしていた。呼び方は町から市へと出世し、壁の外には更に壁が作られ、巨大な商業施設を持った居住区と、それに見合った規模の田んぼと畑が増えた。毎年毎年越してくる人の数は増え続け、元の町の外に作られた新区画には、国が建てた味も素っ気もない団地が立ち並び、多くの人がそこで生活を送っていた。

うちの地方にもかつては百を超える市町村があったという話だけど、その頃にはもう五つの市といくつかの町が残るだけになっていた。東京近郊ではダンジョンの完全管理に成功した、なんて話をニュースでやっていたりしたけれど……地方はもう県内に何個ダンジョンがあるのかも定かでない状態で、二度と迷暦前の平和な日常が戻ってくる事はないのだと、大人たちはようやく完全に諦《あきら》めがついたようだった。

そして緊急事態が新たな日常となった世界で、冒険者というのは以前までのような胡乱《うろん》な存在ではなくなっていた。冒険者たちはスキルを持つ者を中心とした徒党を組むようになり、ダンジョン探索だけでなく、市と市の間の物資輸送や資源調達の役割を果たすようになった。スキルなどと大げさに言ってはいても実際は玉石混淆《ぎょくせきこんこう》だ。中には戦闘に生かせるスキルもあるが、何の役にも立たないスキルも多い。それでも、彼らは迷暦という新しい時代に適合した者として珍重され、次第に重要な役割を任されていくようになっていたのだった。

それは冒険者たちだけではなく、市を守る自警団の中でも同じ事だった。スキル持ちの人間は、最初は「ちょっと変わった事ができる人」程度の扱いだったのが、いつの間にか自然と人々の中心に置かれるようになり。やはり自警団の中でも冒険者たちと同じように、彼らはその力の強弱を問わず、スキル持ちというだけで一目置かれるような空気ができていた。

その空気に拍車をかけたのは、男女ともにスキル持ちの若夫婦の間にできた子供が、身体強化のスキルを持って生まれた事だった。あっという間に「スキル持ち同士の夫婦にはスキル持ちの子が生まれる」という認識が出来上がり、本人たちの意思は半ば無視したままに婚姻が進められた。

思えば、きっとみんな不安だったのだろう。いつか戻ってくると思っていた日常が二度と戻ってこないとわかった時、守れなかった伝統の代わりに、助けてくれない神仏の代わりに、何か縋《すが》るものが欲しかったのだろう。そしてその受け皿となったスキル持ちへの仄《ほの》かな信仰と、それに伴う人権侵害を、中学生の私は何とも思っていなかった。むしろ街のみんなのためになるのならば、それぐらいは当然の事だとでも、無神経にも思っていたかもしれない。

そんな傲慢《ごうまん》さのしっぺ返しが私のもとへやってくるのは、それからしばらく経《た》ってからの事だった。

「高速思考……?」

阿武隈祐希にとって記念すべき二十回目の誕生日、その朝の事だった。私の頭の中に「高速思考」と書かれたボタンができた。高卒でようやく潜り込んだ地銀での仕事中も、そのボタンはずっと消えないままだった。好奇心に抗《あらが》えず頭の中のボタンを押し込むと、急に頭がパッとクリアになったように仕事が捗《はかど》った。

「阿武隈ちゃん、今日はなんかご機嫌だね」

「そうですか？　誕生日だからじゃないですかねー」

「そうか今日から二十歳《はたち》か、お酒飲み放題じゃない」

「飲みませんよー、苦手なんで」

「おいおい」

そんな話を上司とした後、夜遅くにケーキを持って帰ってきた両親に、私は天から授かった誕生日プレゼントの事を発表した。言ってしまったのだ。ケーキを頬張りながら「このスキルがあれば資格取るのも楽になるかも」と話す私に、父は優しく笑って「誇らしい」と言った。母はいつものように控えめに笑って、自分のケーキを半分私にくれた。

このスキルがあれば諦めていた東京の大学にだって通えるかもしれない。大学さえ出れば、東京から時々送られてくるような、ファッション雑誌のモデルのような生活を送れるのかもしれない。なんて浮かれながら、私は希望に溢れた一ヶ月を過ごした。そして、そんな夢見心地の暮らしの中でも、辛《つら》い現実は当たり前のように私のドアの前へとやって来ていたのだった。

ある日突然、仕事場に父がやって来たかと思うと、美容室へと連れていかれた。なんだかいつもより機嫌の良さそうな美容師のおばさんに髪を切られ、念入りに化粧までされ、次に連れていかれたのはレストラン。

「田端《たばた》です」

「あ、阿武隈……です」

そしてそこで一回り以上年上のおじさんとぎこちなくお喋《しゃべ》りをし、父と私は家へと帰った。訳がわからないまま何日かが経ち、父から「祐希、田端さんとの婚約が決まったよ」と言われてようやく事態を呑《の》み込む事ができたのだった。そういえば田端さんは『武器強化』のスキルを持っていると言っていた。

自分にはまだ関係ないと思っていた……いや、正直に言えば自分は一生関わらないだろうと思っていた、この市を守り支える大人としての仕事。遠い世界の話だと思っていたその現実が、大人になった自分の背にも、当たり前のように降り掛かってきたのだった。

翌日、会社に行くと朝礼の場で支店長に名前を呼ばれた。

「阿武隈さんは結婚を機に本日で退社されます。これからは強い子を守り育てる、良き母としての活躍を願います」

みんなの祝福の拍手に晒《さら》されながら、私は背筋がゾッとするような寒気を感じていた。フル回転の高速思考が、ここが私の人生の分水嶺《ぶんすいれい》である事を告げていた。

「すみません支店長、私今日ちょっと手続きがありまして……できたらご挨拶《あいさつ》の後に抜けてくるようにと、父に言われてまして」

「ああ、もちろんだとも。急な慶事で忙しいだろうから、制服や備品の返却は後日でもいいよ。お父様によろしくね」

支店長に嘘《うそ》をついて出社後即早退した私は、制服や備品を全てロッカーに詰め込み、すぐに銀行を出た。そしてコンビニで限度額までお金を下ろし、そのまま隣の市行きのバスへと飛び乗ったのだった。

きっと家に帰れば、そのまま式まで逃げられなかっただろう。式を拒んでも、別のスキル持ちの男の妻にされるだけだ。そもそも、私に否やを言う資格などないのだ。私を大人にしてくれたのは、今の私のような理不尽を味わってきた、かつての私のような大人たちなのだから……。

だが、それでも私はその流れに乗る事ができなかった。わがままだと、裏切りだと、筋が通らないとわかっていても、あのままあの街の中で一生を終えるのは嫌だったのだ。


急に実家を飛び出しての何のプランもない逃避行は、二週間後に東京の雑踏に辿《たど》り着《つ》いた事でようやく終わった。憧《あこが》れだった東京の煌《きら》びやかな街の裏側に、ほとんど寝るためだけの狭くて安い部屋を借り、とりあえずの職を得るため職安に通う。

遠くから見ればあんなに煌めいて見えた東京の街も、やって来てみれば私のようなお上りさんと失業者で溢《あふ》れていた。そんな中で行う就活はにっちもさっちも行かず、前職が銀行員である事も、スキル持ちである事も一切強みにならず、バイトの口にすらありつけない有様だった。

結局私は預金をはたいて装備を整え、地元の高校で自衛のための訓練を受けた事のあるクロスボウを担いで、ダンジョン管理組合《ギルド》の門を叩《たた》く事になった。こんな人生になるとは想像した事もなかったが、食べていくためには仕方のない事だ。誰かがやる必要のある仕事だ、自分の番が来ただけだ。自分にそう言い聞かせながらダンジョンに潜り、魔物を殺した。

射撃の才能があったのか、高速思考とクロスボウの相性が良かったのか……何の算段もなく飛び込んだダンジョンの中の世界でも、私は思っていたよりも上手《じょうず》にやっていく事ができた。高速思考で行動を予測しながら引き金を引けば、矢は獲物を外す事はなく。周りからは評価され、相場も解体も覚え、この仕事を始めてから三ヶ月も経たないうちに『恵比寿《えびす》針鼠《はりねずみ》』というパーティを組む事だってできた。順風満帆だ、そのはずだ。

だが……気がつけば私は、いつの間にか上手《うま》く眠れないようになっていた。

自警団員の妻となり、未来の自警団員の親となる事から逃げ出してきた自分が、逃げ延びたその先で冒険者になる事以外を選べなかった。同じ場所で堂々巡りしているような、そんな閉塞感《へいそくかん》がつきまとい……目を閉じるたび、自分の選んだ道は本当に正しかったのだろうかという、そんな思いがちらついた。

別に冒険者としての仕事が嫌だったわけではない、のだと思う。むしろ向いていたのかもしれない。もしかしたら、地元でこの道を選ぶ未来もあったのではないか。そうすれば父や母にも迷惑をかけず、故郷に砂をかけて出ていくような事をしなくても良かったのではないか。

たられればばかりが頭に浮かび、まるで雪にスタックした車のように、いつしか私は前にも後ろにも進めなくなっていたのだった。

「祐希、隈凄《くますご》いけど大丈夫？」

「大丈夫大丈夫、最近海外ドラマにハマっててさー、仕事には支障ないから……」

調子が悪かろうが、病気をしようが、全て自己責任の冒険者を助けてくれるものなどない。私は毎晩薬を飲んでどうにか眠るようになり……それでも、目の下には隈が目立つようになっていた。

阿武隈の目の下に隈だ。笑えないけど、笑うしかなかった。

「あんたまた新しい色のクロスボウ買ったの？」

「まーねー、やっぱり服と合わせるにはカラバリあった方がいいからねー」

「まぁ、あんたの場合腕はしっかりしてるからいいけどさ……」

「あーちゃんもさぁ、ダンジョンでももうちょっと色んな服着てもいいんじゃない？　魔物相手だと迷彩柄もあんまり意味ないらしいしさー」

「そんなに服にお金かけてらんないって、あんたもほどほどにしてちょっとは貯金しなよ」

「そーなんだよねー……」

ダンジョンと家を往復する暮らしの中で、私はどんどん着道楽に走った。思えば東京に来てみたかった理由も、おしゃれな服を色々着てみたいというものだった。全く先の見えない冒険者としての暮らしの中で、私は何かから逃げるように服を買いまくり、そしてそれを纏《まと》ってダンジョンへと潜った。

常に命懸けの冒険者にとって、服というものは重要な装備であると同時に死に装束でもある。私はきっと、地味な服のまま死にたくなかったのだ。武運拙く地の底で死ぬとしても、自分はたしかに戦ってここで死んだのだと、せめて胸を張って綺麗《きれい》な死に花を咲かせたかったのだ。

しかし、結局私もパーティメンバーも死に花を咲かせるような事はなく……破綻《はたん》しそうで破綻しない、綱渡りの冒険者生活は細く長く続いた。他の冒険者のように大怪我をするでもなく、かといって、大きく稼いで名を売るでもなく。東京第三ダンジョンにいつもいる冒険者として、半ば埋没しながらも楽しく過ごしていた。そんなある日の事だった。

東三《とうさん》のAベースの地べたに座って、ブーツの紐《ひも》を締め直していた私に声がかかった。

「そこのおしゃれな姉さん」

「ん？　あたしー？」

顔を上げると、そこにいたのはダンジョンの中にいるというのに何の武器も防具も身に纏っていない、なんとも場違いなケット《ね》・シー《こ》だった。

「そうそう、お姉さんだよ。実は僕ら物持ちでさぁ、何か欲しい物あったりしないかい？」

「え？　ない……けど」

「あ、じゃあまた何かあったらお願いします……」

猫の後ろからそう声をかけてきたのは、これまたダンジョンには場違いな黄色い布を体に巻いた、怪しすぎる青年だった。

「あ、はい……」

「じゃーねー」

「………」

東京第三ダンジョンに、そんな猫を連れた怪しい大学生がやって来たのは、私が東京に出てきてからちょうど三年が経った頃の事だった。

この時の私は、自分が将来この大学生の会社に勤めて部長と呼ばれる事になるなんて、欠片《かけら》も予想していなかったのだった。

第九章【実家と姫とロボの足首】

「うぉーっ！　かっけぇーっ！」

「まだ足首ができただけじゃん」

川島《かわしま》総合通商の発送担当者たちが頑張っている作業スペースの隣、過去には加工機械などが置かれていた工場部分で、俺はマーズと戦闘ロボットを作っていた。

「こんなもん本来二人でやる事じゃないんだから、こっからもっと大変なんだよ？」

「いやそれは、たしかにそうなんだけど……」

戦闘ロボット作りは魔石から物を造る製造機械を何台も並べて、まるで工場系のシミュレーションゲームみたいに魔石からパーツを作っていくところから始まった。もちろん機械は姫の遠隔操作だが、そこからの組み立ては全部俺とマーズの人力だ。でも部品の精度が完璧《かんぺき》で手直しも必要ないし、反重力装置《ハンディクレーン》とかいう物を軽くする銃みたいな装置を使って気軽に部品を動かせるから、多分普通の組み立て工場と比べるとめちゃくちゃ楽なんだよね。

「いやでも、やっぱかっこいいわマジで。これ俺のかぁ……俺専用機かぁ……何色に塗ろうかなぁ」

「えーっ!?　色塗るの？　あれってエースパイロットがやるからかっこいいんだよ」

「地球には俺しかパイロットいないんだから、いいんだよ。やっぱ色は金色かな……」

「なんで？」

それはもう、浪漫《ロマン》としか言いようがないな。俺は軽自動車よりも小さいぐらいのサイズのロボットの足首をじっと見つめ……深い満足感と共に、一人頷《うなず》いたのだった。


八月半ば、お盆シーズンがやって来た。川島総合通商もこの時期はお盆休みで、あらかじめ取引先には通達して社員の阿武隈《あぶくま》さんたちやバイトの人たちもお休みだ。もちろん社長の俺だって実家に帰る。

特に今年は「ぜひともマーズと一緒の帰省を」という、川島本家からの熱い希望もあり、俺たちは三人揃《そろ》って俺の地元へとやって来ていた。姫は未《いま》だに夜は俺と手を繋《つな》いでないと眠れない状態だし、何なら帰省自体取りやめようかとも思ったのだが……「いちおー挨拶しとく」という姫の言葉もあり、こうして全員で日帰りの帰省となった。

「トンボの実家、こういう感じなんだ」

街のファッションセンターで買ったサングラスを外した姫が、俺の引き戸の実家を見てそう呟《つぶや》く。前々から「ちゃんとした服を買おう」という話をしていた事もあり、今回の帰省に合わせて色々服を買い揃えたんだが、淡い色のワンピースを清楚《せいそ》に着こなした姫はまるでお姫様のようだった。

ん？　まるで……？　いや、地元では普通にお姫様なんだったたっけか。

「電車は電車で疲れるけど、タクシーもタクシーでしんどいね」

宇宙ではああいう狭い座席に何時間も詰め込まれる事はないんだろうか、マーズはうんざりした様子で首をポキポキと鳴らした。

「でもここ、車で一時間半ぐらいだし全然近いよ。ここらへんから東京に通ってる人もいっぱいいいるんだから」

「毎日通うの？　往復三時間だよ？」

「車じゃ通えないから、通うなら往復四時間だね」

げーっと嫌そうな顔をするマーズを横目で見ながら、俺は引き戸の鍵《かぎ》を開けて「ただいまー」と中に入る。正月とほとんど変わらない玄関には、マーズ用のゼブラ柄のスリッパと見た事のないピンク色のスリッパが並べて置かれていた。

「あれーっ？　お兄ちゃん帰ってくるの今日だっけ？」

台所の方からテレビの音と共に妹の千恵理《チエリー》の声が聞こえてきた。

「先週から言ってたじゃん。マーズ、姫、上がってよ」

「おじゃましまーす」

「おじゃまします」

「お昼どうする？　お母さんがスーパー行くって……え？」

そう話しながらガラッと台所の扉を開けて出てきた妹は、姫の顔を見て固まった。

「お……」

「お？」

「お兄ちゃんが女の子連れてきたーっ！」

妹はそう叫びながらリビングに繋がる廊下を走り去り、すぐに父と母と一緒に戻ってきた。

「ほんまや！」

「え？　ていうかお兄ちゃんの彼女⁉」

「トンボあんた、一緒に住んでる人連れてくるって言わなかった？」

大混乱に陥った三人の視線を一身に受けた姫は曖昧《あいまい》に微笑《ほほえ》み、俺とマーズは「まぁまぁまぁ」と川島家の面々をリビングへと押し戻す。ごまかしたカバーストーリーにしたって長くなる話なのださすがに蒸し暑い玄関で説明するのはごめんだった。

「なるほど、お国元にいられんようなって縁のあったマーズさんを頼って……そらぁ……そらぁ大変でしたねぇ」

浪花節《なにわ》の男である親父《おやじ》は、休日で酒も入っている事もあってか……実家が巻き込まれたトラブルを避けるため単身地球に避難してきた、という姫のカバーストーリーを聞いて速攻で瞳《ひとみ》ウルウルの状態だった。この人は元がもうそうなのに泣き上戸なところまであって、子供のお使いの特番とかでもめちゃくちゃ泣くのだ。

「せせこましい家ですけど、良かったら実家やと思ってゆっくりしていってくださいね」

親父、マーズの時にも同じような事を言ってたな。

「あ、ユーちゃんユーちゃん、お昼お寿司取るけど食べられる？」

「ありがとうございます友子《ともこ》さん。お寿司大好きです」

「ねえねえ、一緒に会社始めたってのは聞いてたけどさ、ユーリさん個人はお兄ちゃんとどういう関係なの？　あ、てかイソスタやってる？　ユーリさんめっちゃオシャレだし絶対フォロワー数多いよね？」

「それやった事ない、千恵理《チエリー》はやってるの？」

しかしなんか姫、馴染《なじ》むのが早い、早くない？　銀河系アイドルの如才のなさに恐れ慄《おのの》きながら、俺は地元名産の二十世紀梨を齧《かじ》っていた。そんな俺のTシャツを、隣で座椅子に座った銀河系の猫がちょいちょいと引く。

「ねえトンボ、お盆ってお寿司食べるものなの？」

「え？　いや、そんな事ないけど」

「じゃあ、何か特別な物は食べたりしないの？」

「お盆は何にもないいんじゃない？　何で？」

「だって日本人って、イベントに絡めて何かと物を食べたがるじゃん。大晦日《おおみそか》はそば、正月はおせちでしょ、節分は太巻きを食べてたよね。ひな祭りとか言ってちらし寿司も食べてたし。だからお盆も何かあるのかと思ってさ」

マーズが不思議そうにそう言うと、うちの親父が缶ビール片手に話に割って入ってきた。

「マーズさん、お盆は精進料理っちゅうて、お肉を使わん料理を食べますねん」

「精進？」

「まあ仏教の行事ですから。この時ぐらいはお坊さんと同じもん食べましょかって、そういう事ですわ」

「へぇ、仏教の宗教家って肉を食べないんだ。あ、だから今日も寿司なんだね」

感心したような顔でそう言うマーズには悪いけど……必ずしもそういう事ではないと思うな。俺がなんとも言いあぐねていると、親父が訂正してくれた。

「いや〜、多分ですけど、お寺さんもお肉は食べてはると思いますわ」

「え？　なんで？」

「なんて言うたらええんやろなぁ……食べはらへん人も、おるにはおるんやと思いますけど……」

外国人にそこらへんの感覚を説明するのは結構難しいのだ。親父はしどろもどろに話すがどうにも纏まらず……なんとも言えない顔で、麦でできた般若湯《はんにゃとう》を飲み干したのだった。

「友子さん、お夕飯手伝いますよ」

「え？　いいのいいの、ユーちゃんはゆっくりしててくれたら」

「私日本に来たばっかりなんで、良かったら日本風の味付け教えてください。トンボがお母さんの料理は美味《おい》しいって言ってたんで気になってたんです」

「あらやだあの子、そんな事言ってたの？　普通の家庭料理なのに恥ずかしいわ～」

「私も手伝おっか～？」

「あら、あんたいっつも手伝いなさいって言ったら逃げるじゃないの」

「いいじゃん、千恵理《チエリー》もいっしょにやろ」

昼から夕方までの僅《わず》かな間で、姫はすっかりこの家に馴染んでしまった。母と妹とノンストップで喋《しゃべ》り続け、今ではとても今日初めて会った関係とは思えないぐらいに仲良くなっていた。

それにひきかえ我々男三人組は寿司を食ってリビングに寝そべって酒を飲み、しょーもない話をしながら競馬の中継を見ていただけ。やはり女性のパワフルさは凄《すご》い、勝てる気がしない。俺は少しだけ残っていた缶ビールを最後まで飲み干し、台所で楽しそうに話している女性陣の背中をちらりと見て……そこに割って入って冷蔵庫に行く事を、さっさと諦《あきら》めたのだった。

うちの女手三人が作ってくれたオムライスと味噌汁《みそしる》はいつも通りの母の味で、それを食べた後、俺たちはうちの親戚《しんせき》が作っている梨と落花生を山ほど持たされて家路についた。

タクシーの後部座席に三人並んで何も喋らないでいると、ほどなく真ん中に座っているマーズの鼻から静かな寝息が聞こえてくる。時々高音の混じるそれをなんとなく聞いていると、俺の右手の親指を姫の小さな手がギュッと握った。俺はその手を両手で包み、なんとなく遠くに見える気のする地元の風景を、車の窓からじっと見つめていたのだった。

◆

打ち水が一瞬で消えてなくなる灼熱《しやくねつ》のお盆明け、俺とマーズは防衛装備庁の佐原《さはら》さんからの呼び出しで、東京都ダンジョン管理組合《ギルド》本部へとやって来ていた。

太陽から親の仇《かたき》のように照らされてヘトヘトになった体を、ガンガンにかかった応接室のクーラーで急速冷却し、世間話をしながら大ぶりの氷が入ったアイスコーヒーを飲んで、ようやく一息ついたところで佐原さんがおもむろに話を切り出した。

「ところで、風の噂《うわさ》で聞いた話なのですが……何でも川島総合通商の方ではダンジョンの詳細な地図を入手なさったとか？」

「まぁね」

基本的に、この人と話す時はマーズが主体で俺は置物だ。俺では知識も経験も足りず、率直に言って話にならないのだ。相手もそれがわかっているから、いつも話は専務を相手にしてくれていた。

「さすがの技術力ですね、うちもあやかりたいですなぁ。ああそうそう、物は相談なのですが……そちらの地図、自衛隊でも参考にさせて頂く事などできませんかな？」

「地図は高いよ～？」

「それは勿論《もちろん》、重々承知の上でのご相談なのですが……どうでしょう？　御社の技術を疑うわけではありませんが、地図の正確性を確認する必要もある事でしょうし、今回のところは善意でのご提供というわけには？」

マーズはそんな佐原さんの言葉に大げさに肩をすくめた。ぶっちゃけあの地図、救援要請業務のために管理組合《ギルド》に提出してる時点でもう自衛隊にも提出してるようなもんなんだけど……自衛隊としては大手を振って使えるように、ちゃんと仁義を切って許可を取りたいって話なのかな？

「どうもこの国の人って回りくどいよね。ここには三人しかいないんだからズバッと言ってよ」

「いや、こりゃあ失礼。私普段は国内企業担当なもので、外国の方と話す時はどうしても緊張してしまいまして」

「川島《うち》も国内企業だけど？」

「こりゃまた失礼。他意はありませんとも」

全く緊張してない様子の佐原さんはアイスコーヒーを一口飲んでにこりと笑った。

「いかがでしょう。御社のあのドローンの運用について、わが国はひとまず干渉しないという事ではどうですかな？」

「別にうちは遵法でやってるけど」

「法というものは時節に合わせて変わっていくものでありますからなぁ。ダンジョン内でのドローンへの制限緩和はＡＩを用いた大量運用に対応したものではない、とだけ……」

「ふぅん、お墨付きをくれるってわけじゃないんだ？」

「いやはや、わが国の国民はそういう特定企業に対する特別扱いというものに大変に敏感でして……ご理解頂きたいところですなぁ」

まあ、それはわかる。うちだけ特例貰《もら》って得してるなんて事がバレたら、ワイドショーで二ヶ月ぐらい叩《たた》かれると思うもん。マーズはチラッと俺の顔を見て、訝《いぶか》しげに右の目尻《めじり》を下げた。

「……ま、いいか。ひとまず地図のデータを回せば、当面ドローンの使用への掣肘《せいちゅう》はないって事ね。いいよ、ＯＫ」

「ご協力に心よりの感謝を。それと、あのドローンや他の製品についても、また時期を見て導入のご相談をさせて頂きたいのですが……」

「特殊な製品が多いから、軍隊で使うほど数が揃うかなぁ？　ま、どちらにせよ強化外骨格《レイバーユニット》の後でしょ？」

「ええ、そういう形になると思います」

佐原さんの腹の底の読めない笑顔をぼんやりと見つめながら、俺は汗をかいたグラスを持ち上げてストローでコーヒーを吸い込んだ。腹の探り合いみたいな会話をずっと聞いていて、一言も喋っていないのに喉《のど》がカラカラだ。

来る途中でかいた汗はすっかり引っ込んでいたはずだが、俺はなんとなくポロシャツの背中の裾《すそ》を引っ張った。暑さでかくのとは別の種類の汗で、ポロシャツの背中がじとっと濡《ぬ》れているような気がしたのだった。

計ったようなタイミングというのは、世の中に案外あるものだ。夏休みが終わり高校生冒険者たちがいなくなって多少静かになった東四《とうよん》で、俺たちに真面目《まじめ》な顔をした気無《きなし》さんが持ってきた相談事は、まさにそういうものだった。

「パッケージの投下を頼めねぇか？」

「え？　何ですかそれ？」

「物資輸送だよ。奥までついてこいなんて言わねぇ。お前んとこのドローンあるだろ？　あれでなんとかなんねぇか？」

俺とマーズは、思わず上と下から目を合わせた。盆明けにちょうどダンジョンでのドローン使用の話を政府側としたばかりで、正直言ってちょっとタイムリーすぎる頼み事だったからだ。

「それって何キロぐらいのもの？」

「逆に何キロぐらい運べるのかで物が決まってくる。しばらく東一《とういち》で籠《こ》もる事になりそうでな」

バラクラバを半分めくった気無さんは、タバコの煙を吐き出しながらそう答える。

「東一で？　なんかあったんですか？」

「いや、学者先生からの定点観測の依頼でよ。かなり険《けわ》しいとこに入るから最低限の荷物しか持っていけなくてなぁ」

なるほど、学者さんからの依頼ね……なんとなく姫も聞いてるかなと思ってスマホを取り出してみると、案の定聞いていたようで、勝手にメッセージアプリが立ち上がって姫とのトーク画面が開いた。

『ダンジョン内だからあんまりデカいのは飛ばせないし、今使ってるのよりちょっと大きいので一台につき三キロぐらいかな』

今調査用に使っているドローンは二百グラムのものだからな、運送用に使うならやっぱりサイズアップは必要か。

「あー……運送用のドローンを飛ばせば一度に三キロぐらいは運べると思いますけど……」

「そんぐらいあればいいなぁ」

気無さんは襟にクリップで留めた個人用エアコンの風向きを調整しながら、ウンウンと頷《うなず》いた。

「そんじゃあ詳しい話はメールで送って頂いて……」

「おお、送る送る。……あ、そうそう、お前ら知ってる？　草加《そうか》のダンジョンの奥の方で死人が出たって」

「え？　そうなんですか？　草加って言ったら埼玉の四番目でしたっけ」

「そうそう玉四《たまよん》だよ玉四、なんでも真夏なのに凍死してたってよ」

「え⁉　凍死⁉」

「あそこはスライム系が多いから、もしかしたらアイススライムにやられたのかもな」

スライム系の魔物は金にならないのに倒すのが大変で、しかも毒を使ってくるようなものもいて冒険者からはかなり嫌われていた。地球では見られない生態のため熱心に研究する人が多数いたり、どうにかして飼育しようとしているチャレンジャーもいたが、研究も飼育も未《いま》だ上手《うま》くいっていない。煮ても焼いても食えない魔物、それがスライムだった。

「お前らも玉四行く時はよ、用心してカイロぐらい持ってった方がいいぜ」

「いや～、僕ら東京専門なんで」

ニタニタと笑う気無さんにそうは言いつつも、俺たちはその晩すぐに玉四へと調査ドローンを送る事を決めた。不審な死体があるという事は、ダンジョン内に異変があるのかもしれない。そして異変がある所には、ヤバい魔物がいるかもしれないのだ。宇宙船と交換するためにヤバい魔物を探している俺たちに、それをスルーするという選択肢はなかったのだった。

そんな自衛隊関係もダンジョン関係も色々と動きがあった迷暦二十二年の夏、もちろん川島総合通商の方にも動きがあった。ただそれは動きというか何というか……とにかく、俺が全く予想していなかった方向からの一撃なのだった。

「ねえ社長、副社長ってどういう人？」

街中に陽炎《かげろう》が立ち上る、ひときわ暑い日の事だ。ロボットの組み立てのため、川島総合通商の荷物発送場でもある元工場にやって来た俺に、阿武隈《あぶくま》部長がそう尋ねた。

「え、何でですか？」

「なんか最近さぁ、イソスタで見たんですけどって人から化粧品についての問い合わせがいっぱい来てて……これってほんとにうちの副社長でいーの？」

彼女がそう言いながら見せてくれたスマホの画面には『姫』という名前のアカウントが表示されていた。イソスタというのは写真を主体としたSNSで、キラキラした男女がキラキラ写真を投稿するものだ。そういや姫、うちの妹から勧められたとか言って始めて色々写真に撮ってたな。

「プロフィールに川島総合通商副社長って書いてあるし、めちゃくちゃ商品の宣伝してくれてるから本当にそうなのかなーって」

「ほ、本人です……」

阿武隈さんが何件か投稿を見せてくれたが、なるほど姫は会社の宣伝としてイソスタを使ってくれていて、うちが出している調味料で作った料理の写真やスキンケア用品、便利グッズの使い方なんかを主体に投稿しているようだ。

だが問題は、その写真が全部が全部めちゃくちゃ映《ば》えすぎてるって事だろう。ふりかけをかけただけの卵かけご飯も、姫の白く細い指に塗り込まれた化粧水も、姫が時々作る銀河のヘンテコ料理も、とてもうちの1LDKで撮ったとは思えないぐらい、完璧《かんぺき》に映《ば》える写真となっていた。完全にオーバークオリティだ。スタジオで撮ったってこうはいかないだろう。

「凄いよねー、副社長ってプロの写真家かなにか？　顔出しもしてないのにもうフォロワー五万人超えてるよ」

「プロっていうか……まぁ専門家になるのかな……」

姫の写真に本当に感心しているらしい阿武隈さんに、マーズは言葉を濁してそう答えた。まぁ、元超銀河級のインフルエンサーとは言えないもんな……。

「とにかく、副社長のイソスタからうちを知ったっぽい人からどんどん発注が来てるから～、それを共有しときたかったの」

「あ、こりゃご迷惑を……」

「ご迷惑って何言ってんの？　商品が売れてんだから万々歳じゃん」

あ、そっか……普通はそうか。川島家にとってこの会社は宇宙っていう目標までの布石でしかなくても、川島総合通商からすれば商品を売りまくって金を儲《もう》ける事こそが本義だもんな。

「いやいや、もちろん、イソスタの運用を共有してなかった事についてですよ……」

「あー、それはね～。ご多忙かもしれないけどさぁ、副社長にも今後こーゆー事あるなら社内チャットで共有願いますって言っといてね」

「了解です」

俺はそう答えてから、以前よりもいくぶん隈《くま》の薄くなった阿武隈さんの顔を見た。この会社に関わってるのはうちの三人だけじゃないんだもんな、俺ももっとしっかりしなきゃな。

どうせならこの会社も姫に作ってもらった物を売るばかりじゃなくて、いつかは自社の力で商品を用意できるようにしたい。そんなある意味泥縄な決意に拳《こぶし》を握る俺をよそに、阿武隈部長はちょこんとしゃがんで専務のマーズに話しかけていた。

「専務専務」

「え？　何？」

「なんか専務と同郷のケット・シーの人たちにバイトしたいって言われてるんだけどどうする？今のとこ日本に国籍がない人は一律お断りしてるんだけど」

「えー、うちでバイト？　なんでだろ、ポイント目当てなら魔石持ってくるよね？」

「多分だけどさー、ケット・シーが役職についてる会社ってのが珍しかったんじゃないかな」

そう言われればそうかもしれない。異世界の人ってそもそも絶対数が少ないから、サラリーマンになる人はいても、役職についてる人ってなかなかいないよな。たしかに同じ国の出身……に見える人が出世した会社ってのは十分働く選択肢に入るのかな。

「そういう会社ならチャンスがあるって思ったのかな？　まあ多分同郷じゃないだろうし、普段通りの採用でいいよ。条件合って面接でオッケーなら採用で」

「ん、わかった」

まあ、実際のところ、うちはわざわざ帰化手続きしてまで働きに来たいと思うような会社じゃないだろうし、それならうちの会社にケット・シーの社員が入る事はないかもな。なーんて事を考えていた俺だったが……この数日後にバッチリ日本に帰化したケット・シーと、ポイント交換でだけ手に入る化粧品の噂《うわさ》を聞きつけたイソスタ女子がアルバイトに応募してきてひっくり返る事になるのだった。

◆

涼しい秋風が東京を優しく撫《な》でる中、俺は至上の幸福を味わっていた。

「やっぱクソかっこいいって！　マジで！」

「まぁ好きな人は好きなんだろうね」

クリスマスの子供かってぐらいに盛り上がる俺に対して、猫型宇宙人のマーズはあんまり興味なさそうに頷いた。

「いやいや！　男なら誰でも好きでしょ！　戦闘ロボだよ戦闘ロボ！　かっこよすぎるでしょ！」

「これの十倍ぐらいのサイズを見慣れてるとなぁ……」

「それはそれで見てみたいけど、ないものねだりしてもしょうがないじゃん。とりあえず！　俺にとっては！　今あるこのロボットが！　一番最高なんだよ！」

俺は膝《ひざ》立ちをした全高八メートルの巨大ロボットの前で、拳を握ってそう言った。そう、川島総合通商の発送センター横の元工場部分でコツコツ組み立てていた戦闘ロボットが、ついに完成したのだ！

全体を白く塗装された角張ったクールなボディには、俺が小遣いで買ってきた缶スプレーで入れた金のラインのワンポイントが光り、かっこいい。トラディッショナルなヘルメット型の頭部には凸型のバイザーが嵌《は》められていて、その深緑色のバイザーの奥には薄《う》っすらと三つのカメラが見えてかっこいい。額部分には渋るマーズに頼み込んで特別に付けてもらった一本角《ブレードアンテナ》がそそり立ち、機能性はともかくかっこいい。三メートルぐらいあるビームライフルも、俺の太ももぐらい太いビームソードの発生装置も、超重厚でめちゃくちゃかっこいい。

かっこいい……いや、かっこよすぎる！　これが俺の専用機か！

「……ッ……チョエ〜！」

「もう『かっこいい』とも言えてないじゃん……それでトンボ、名前は何にするの？」

「え⁉　名前？　これって機体名とかないの？」

「機体名っていうか型番はあるけど、それじゃ味気ないんじゃない？　こういうのって導入先でペットネームつけたりするもんだからさ」

「うーん……そういうもんか」

そうとわかっていれば、しっかりと名前を考えておいたんだけどな。川島総合通商のロボだからカワシマン……は、ちょっと違うか……凸型のバイザーがあるからジ◯……いやいや、さすがに既存のロボットの名前はまずいよな。金のラインが入ってるから、ゴルダイン……それにしては予算不足で金色の割合が少なすぎだしな……額にも目があるし、三つ目……いや三つ目はダサいか……

うーん……三つ目を英語で……。

「そうだ、サードアイ！　このロボットの名前はサードアイにしよう！」

「サードアイね、いいんじゃない？」

うん、しっくり来た！　そうと決まれば肩に三つ目のパーソナルマークをステンシル塗装しないとな。いや、まあでもそれは別の日にじっくりやるとして……。

「それじゃあ名前も決まったところで、早速試運転を！」

「あーダメダメ、歩かせたりしたら天井突き破るよ。今高さギリギリなんだから」

「え⁉　なんで⁉　ここって天井十メートルぐらいなかったっけ？　基本訓練はここでやるって言ってなかった？」

「そりゃアンテナが付いたからでしょ。だからアンテナはいらないって何回も言ったじゃん、あれがなきゃあ歩行訓練ぐらいならギリできたのにさ」

そういえば、マーズ言ってたな……「後で付ければ？」って。そこをかっこよさ重視で「いいから付けてくれ」とお願いしたのは俺だった。俺は自分の浅はかさに打ちのめされ、工場の緑色の床に両膝をついた。

「くぅ～っ……それでも……それでも俺のロボにアンテナは欲しかった……」

「まあ今は仕舞っといてさ、姫にどっかダンジョンの中の広いとこ探してもらって動かそうよ」

マーズにそう言われ、俺は床に正座で座ったまま、うなだれるように頷いた。

「あ……でもちょっと待って」

そう言いながら立ち上がった俺に、首を斜めに傾けたマーズは訝《いぶか》しげに「何？」と尋ねた。

「言っとくけど、アンテナはすぐには取れないよ。あれは飾りじゃなくて専用のハーネス引いてメインコンピューターに接続してあるんだから」

「違う違う、ちょっと何枚か写真撮ってほしくて」

「まあ、それぐらいなら……」

ちょっとだけ頭を冷やした俺は色々な角度から記念写真を撮ってもらってから、全ての機材をジャンクヤードに収納した。これからも何か大きい物を作る時にお世話になるであろうこの工場には、今はどこからか吹き込んできた砂と枯れ葉が残るだけ。俺とマーズは箒《ほうき》でそれらを掃き清め、改めて工場を後にしたのだった。

間章【船乗り猫と毛皮のない男】

川島翔坊《かわしまトンボ》という男を知って、最初に思った事は「もったいない」だった。

強力な力を持った、自分の事を何も知らない異能者《ジャグラー》。それも見るからに善性で、自分に自信をなくしているようだった。縋《すが》るような目をして「マーズ」と、かつて家族だったという猫の名で自分を呼ぶ彼を見ていると、受けた恩以上に「なんとかしてやらなければ」という気持ちになった。

男は謙虚な方がいい。だが、力を持った男が謙虚でいる事が幸せに繋《つな》がるとは限らない。人の身に余る力というものは、それが必要な者にこそ与えられるものだ。この地の底のような未開の土地からでも、銀河通商機構圏《ギルド》の市場へと直接アクセスできるという強力な力を持つ彼は、いつかきっとその力を試される事になるだろう。

そしてその通過儀礼《イニシエーション》に今のトンボが耐えられるのかというと、とてもそうは見えなかった。だから「一緒に商売をしよう」と持ちかけたのは、実利半分、心配半分というのが正直なところだった。

「ほんとにこの帳簿毎日書かなきゃいけないの？」

「帳簿の付け方は全ての基本だよ。自分の大きさを把握できない組織はすぐ頭打ちになるからね」

「大きくする気もないんだけどなぁ……人を使うなんて大変な事できそうにないし」

調査、計画、把握、開拓、そんな商売のいろはをぼちぼちと教えながら、地上で安く買った商品を地下で高値で売る商売をダラダラとやっていたある時、突然トンボに転機が訪れた。どこかの誰かからジャンクヤードへと、彼に所縁《ゆかり》のありそうな謎のゲーム機が交換されてきたのだ。やはり、強い力には引力がある。彼自身も知らない因縁が、ジャンクヤードという力には絡みついているようだった。

そしてゲーム機を手に入れた翌日から、彼は少し変わった。夢の中で強い自分の人生を追体験したとかよくわからない事を言っていたけど、とにかく目指すべき目標というものができたようなのだ。商売にもぐっと前向きになり、主体性ができ、肝も据わった。

地下に取り残された顧客を助けに行ってドラゴンと戦った時は肝が冷えたけど、まぁ商売というものは損得勘定だけではやっていけない部分もある。命を懸けて経験と風評を買ったと思えば、トンボの今後にも、商売の今後にも無駄にはならない。

とまぁ、そこまでがギリギリ自分の導いていける範疇《はんちゅう》だったと思う。

問題はそこからだ。トンボのうっかりでどこかの誰かの脳殻を手に入れてしまってから、事態は急変した。自分にとっては故郷へと繋がる手がかりが増え、ある種喜ばしい事だったのかもしれないが……トンボにとってはいい事だったのかはわからない。

特に覚悟もなく何でも背負《しょ》い込んでしまう彼にとっては、脳殻の中身である姫というウェドソン人は間違いなく劇物だったに違いない。若い男にとっては同種族の女というだけでも十分に劇物だというのに、彼女は魂から光り輝き、高貴で有能で脆《もろ》く、しかも強烈にトンボに依存していた。

自分が去った後はきっと人生の墓場……この国で結婚の事を指した言葉らしい、よく言ったものだと思う。そう、きっとそこへ直行間違いなしだろう。今のルームシェアのような関係は、奥手で男女関係の機微がわからないトンボと、強すぎるプライドを持つ姫と、おじゃま虫の自分がいるからこそ続いているだけなのだ。

　まあ、トンボがどう思っているのかは知らないが、あの二人はさっさとくっついた方がいいだろう。きっと姫ぐらいの女でなければ、金頭龍《ゴールデンヘッドドラゴン》商会をはじめとした弩《ど》級の厄介事が纏《まと》わりついているらしいトンボという異能者《ジャグラー》にはついていけないだろうからだ。

「トンボ、なに読んでんの？」

「これ、川島総合通商のお客さんからのフィードバックがいくつか来てるって阿武隈《あぶくま》さんから貰《もら》ったんだ」

「メールじゃなくて紙で？」

「いや、昼間行った時に印刷して見せてくれたから……」

「持って帰ってきてくれたんだ」

　そんな事を言いながらトンボの背中にのしかかるようにして、姫は彼の手元のコピー用紙を覗《のぞ》き込んでいる。姫ならそんな事しなくても直接元のデータファイルにアクセスできるんじゃないかな……そう考えながら、種無しブドウを皮ごと頬張った。

　口の中に甘酸っぱい味の果汁が広がる。これまで訪れたどんな田舎《いなか》よりも非文明的なこの星だけど、甘い食べ物の味だけは本当に素晴らしい。地元に戻ったら船でも買って、この星に果物を輸入しに来る仕事でも始めようかと思うぐらいだ。特にミカンはきっとうちの地元でもバカ売れするだろう。

「それで、なんて書いてあんの？」

「えーっとね、救援サービスに命を救われました。崖《がけ》から落ちて真っ暗闇の谷底に取り残された時はもう駄目かもと思いましたが、救難信号を出したらすぐにドローンが見に来てくれて本当に安心できました、だって」

「こっちの家族写真は助かった人が送ってくれたもの？」

「多分ね」

少し気になってちらりとトンボの方を見ると、彼はこちらに写真を向けて見せてくれた。なるほど、病院の個室らしきところで足を吊《つ》った男性が、小さな娘と女性と一緒に笑っている。やっぱり冒険者っていう仕事は船乗りに似ている。儲《もう》かるけれど、一寸先はいつでも闇だ。

そんな冒険者たちの心配事を川島《うち》の仕事で一つでも減らせたのならば、色々考えて救援サービスを形にした甲斐《かい》があったというものだ。

「他にもさ、家族でふりかけをヘビロテしてますとか、充電のいらないヘッドライトを電気屋の親《しん》戚《せき》が愛用してますとか色々書いてある」

「良かったじゃん」

「なんか照れくさいけどさ……こういうの見ると会社やってよかったなぁって思うよ。だいたいの事はマーズや姫のおかげだけどさ」

「トンボがいなきゃ僕も姫もここにいないわけだから、そういうわけでもないんじゃない？」

自分がそう言うと、トンボははにかんで笑った。

……やはり、彼はまだまだもったいない。強い力に振り回されるだけで、その振るい方も、それに伴う自信も自覚も何もかも足りない。

もし今のまま自分や姫から独り立ちしたって、金頭龍《ゴールデンヘッドドラゴン》みたいな奴《やつ》らにいいように使われるだけだ。姫には彼を手放す気持ちなんか毛頭ないかもしれないが、それでもこの国では「女心と秋の空」という言葉があるぐらい、女性の心というのは移ろいやすいもの。

自分も、宇宙船か伝手《つて》を手に入れて早く地元に帰りたいという気持ちはもちろんある。だが、今はこの毛皮のない友人の成長を見守りたいという気持ちも、同じぐらいにあるような気もしていた。

第十章【カラオケと蛇とサードアイ】

朝夕がめっきり涼しくなり、コタツ布団が戻ってきた1LDKのリビングで、俺たちは手巻き寿司を巻いていた。姫の用意してくれた具材はイクラや刺身なんかの定番品から、メキシコのチップスやコーンマヨ、アボカドや人参《にんじん》のスティックなんかの変わり種まで、バラエティ豊かに揃《そろ》っていた。

「秋はさぁ、このサーモンっていうのが旬なんだってさ」

「たしかに脂が乗ってて美味《うま》いね。この手巻き寿司？　って言うやつはちょっと難しいけど」

マーズは手と口の周りを手巻き寿司からはみ出た具材でベタベタにしながら、俺が綺麗《きれい》に巻いた末広巻きの手巻き寿司をじっと見た。

「食べる？」

「食べる食べる」

俺からイクラとサーモンの親子手巻きを受け取った彼は、小さい猫の口を精一杯大きく開けてそれを頬張った。しかしやはり末広巻きではマーズの口には大きいようで、端から具材がポロリしてしまっている。もうちょっと細く巻いた方が良さそうだな。

「この手巻き寿司っていうやつさぁ、日本の伝統的な家庭料理なんだって。イソスタでバズってるとこ見たから今日はこれにしてみた」

「伝統的……まあたしかに言われてみりゃあそうだけど……」

「食べにくいけどさ、結構いけるよこの料理」

マーズはそう言いながら、俺が作ったまぐろと玉子ときゅうりの細巻きを頰張った。うんうん、細巻きなら普通に食べられそうだな。次はツナマヨでも巻いてあげようかなと海苔《のり》を取ったところで、姫の人差し指が俺の右手の甲をトンと突いた。

「え、何？」

「おいトンボ、姫ちゃんにも巻いて差し上げろ」

姫はそう言いながら、俺の手を突いた人差し指でマーズの頰張っている寿司を指差した。

「あ、はい……」

もちろん、姫様のためならいくらでも。俺が玉子とサーモンとツナマヨの手巻き寿司を作って姫の皿へと献上すると、代わりに姫も俺の分を巻いてくれていたようで、あちらからも寿司が来た。けっこうデカい姫の末広巻きの先からは、何やら緑色のものがチラチラと見えている。

「姫、これって何巻きなの？」

「それはね、えーっと、エビとアボカドと、ウインナーのジェノベーゼソース巻き」

「ボ、ボリューム満点だね……」

まあ、別に食えない具材じゃないしな。俺はずっしりと重いそれを口に入れながら、なんとなしにつけっぱなしのテレビを見る。

『埼玉第四ダンジョンでは本日も四名の行方《ゆくえ》不明者が出ており、今朝より大宮《おおみや》駐屯地の探索部隊による調査が……』

テレビの画面の中では、草加《そうか》にある埼玉第四ダンジョンの入り口が自衛隊の部隊でごった返しているところが映されていた。

「あー、やっぱ玉四《たまよん》は大事《おおごと》になってんだ」

「うちで調べた時は何にもなかったのになぁ」

「気無《きな》の兄さんが言ってた通りアイススライムが原因なら、ドローンが来た時は岩の間とかに隠れてたんじゃない？」

玉四で凍死者が出たという情報を掴《つか》んでからすぐ、俺たちは大量のドローンを送り込んで玉四の中をくまなく探索していた。だがその時はそれらしき大型モンスターも発見できず、ただ玉四の地図が埋まっただけ。

その後も玉四の死亡者と行方不明者は増え続け、今回ついに自衛隊の部隊の出動に至ったらしい。こりゃあ玉四も閉鎖になって、冒険者がいくらか東京に流れてくるかもしれないな。この時の俺は、なんとも不思議な味の寿司を食べながら、のんきにそんな事を考えていた。

そして玉四から文字通りの火柱が天高く吹き上がったのはこの一週間後。行楽シーズン真っ盛りの日曜日の事だった。

『本日未明に爆発事故のあった埼玉第四ダンジョンから突如巨大な双頭の蛇が現れ、周りの建物をなぎ倒し、口から火や氷を放ち始めました！　現場では自衛隊がダンジョンの周りを取り囲み……ああっ！　今自衛隊の車両が爆発！　爆発しました！』

街を秋風が吹き抜ける、行楽日和《びより》の休日の午後。夏の残りのそうめんを食べながらつけたテレビの中では、大変な事が起こっていた。

『蛇の吐き出す炎の熱波がここまで届いております！　とてつもない熱量です！』

画面の中では玉四の入り口を吹き飛ばして現れた蛇の化け物が、両方の口から炎や氷の塊を四方八方に向けて吹きまくっていた。その周囲で炎に巻かれた自衛隊員が凍った地面をゴロゴロ転がり、服に燃え移った火を必死に消そうとしている様子が映っていた。

『シホちゃん！　やばいやばい！　避難避難避難！』

『それでは我々も一旦《いったん》避難させて頂きます！　皆様も決して外には出ず……あーっ！　発砲です！　今自衛隊が発砲を始めました！　ご覧ください！　特機の巨大な銃が火を吹いています！』

歩兵部隊の持つ小銃や、戦闘ロボである特機の持つ銃の発砲音、そして戦車の主砲の砲撃音が数秒続いたかと思うと、その直後に一瞬画面が真っ白になるぐらいの大閃光《せんこう》が蛇の口から放たれた。大閃光は一瞬でダンジョン周辺を火の海にし、何かが爆発する音が連続して聞こえてくる。

『戦闘が始まりました！　戦闘です！　街が燃えております！　街が燃えております！　一体あの蛇はどういう魔物なのでしょうか！　どうぞ皆様……あーっ‼　御覧ください！　自衛隊の特機がメラメラと燃えています‼』

『いいから逃げなきゃ！　ここいたら死んじゃうってぇ！』

カメラが揺れて天を向き、何かがガチャガチャ鳴る音と共に画面はスタジオへと戻り、昼の帯番組のコメンテーターたちはすぐさま政府の不手際を批判し始めた。俺は画面を指差しながら、一緒にテレビを見ていた姫とマーズの方へ顔を向ける。

「やばくない⁉　あれってうちの実家のすぐ近くじゃん」

「あれって異世界の蛇かな？」

「玉四の中に置いてたドローンは全滅してたから調べられてないけど、多分そうじゃね？」

落ち着き払った二人とは違い、俺はもう、気が気ではなかった。なんせあの蛇が焼いている場所は、俺の地元からちょこっと離れただけの場所だったからだ。あれが都市破壊級の魔物だったならば、うちの地元ごと焼き払われる可能性は十分にある。落ち着いていられる場合ではなかった。

「それどころじゃないって！　俺、行ってくる！」

「どこに？」

「玉四だよ！　公私混同で悪いけど地元の危機なんだ！　二人がどう言おうと俺はサードアイで行くからね！」

「まあ落ち着きなよ」

今すぐにでも部屋から出ようとする俺にマーズはそう言って、手の先からニュッと出た爪でコタツ机の天板をチャッチャッと叩《たた》いた。

「誰にとっても故郷ってのは一つきりなんだ。僕も川島《かわしま》家のみんなには世話になってるし、うちのロボットならあの蛇には負けない。別に駄目だなんて言わないよ」

「じゃあ、すぐに行こう！」

「あのさぁ、行くったってどっから出発するつもり？」

未《いま》だコタツに入ったままの姫は、立ち上がったままの俺のズボンを掴んでそう聞いた。

「……え？　そりゃ、前の道路から……」

彼女はそんな俺の答えを聞いて頬を膨らませ、口の端からふぅーっと息を吐いた。

「あのさぁ、このアパートって常に見張られてんだからさ。家の前で道路塞《ふさ》いでロボットなんか出したらソッコー取り押さえられるっつーの」

「そりゃ俺たち色々疑われてんだから、見張りぐらいついてるよ。日本人は礼儀正しいから令状なしでは屋内には踏み込んでこないけど、さすがに武装付きのロボットなんか出したらそのまま御用だと思う」

「え⁉　そうなの？」

渋い表情でそう言ったマーズの横から、ちょっと怒った表情の姫が俺の顔を指差しながら続ける。

「言っとくけどさ、バレたらトンボ一人が捕まるだけじゃないんだよ？　あたしらも捕まるし、阿武隈《アブクマ》さんとか、それこそ実家のお母さんとかにも迷惑かかるんだよ？」

「じゃ、じゃあどうしたら……」

勢いよく立ち上がったまま結局どこへも行けない俺は、姫にズボンを引っ張られてまたコタツの中へと収まった。

「あのロボットにはステルス機能も飛行能力もあるからさ、出発場所さえ確保できればバレずに行って帰ってくる事もできると思う」

「怪しまれはするだろうけど……ま、それはいつも通りだしね」

「じゃあ、一旦工場《かいしゃ》に移動してから……」

「あの工場の中で出しても、多分搬出口のサイズ的に外に出せないよ」

そういえばそうだ、工場の搬出口は幅二メートルぐらいしかない……肩幅三メートルぐらいあるロボットは床を這《は》っても外には出せないだろう。どうしよう……と両手で抱えた俺の頭を、ちょっとひんやりした姫の手がポンポンと叩いた。

「大丈夫大丈夫、場所さえ選べば行って帰ってくるだけなら近場でもなんとかなるって。でもどうせなら、ついでにアリバイも確保できるとこにしよ」

「え？　それ……どうやって……？」

俺が尋ねると、彼女はにっこりと笑って「カラオケ行こっ！」と答えた。


三十分後、俺とマーズは駅前のアミューズメントビルの屋上に不法侵入していた。

「これ、ほんとによそからは見えてないのかな？」

「大丈夫大丈夫、見えてないって。ちゃんとアンカー打って光学迷彩フィールド張ってんだから、外からは誰もいない屋上に見えてるはずだよ」

俺とマーズは姫が用意した光学迷彩用の3Dホログラフィ発生装置のアンカーを屋上の四隅に設置し、その結界の中で堂々とサードアイの最終調整を行っていた。ビルの屋上に立つ三つ目の巨人のコックピットの中は、姫が走らせているシステムの診断プログラムでピカピカと光っている。

姫の本体はビルの中のカラオケ店でヒトカラ中だが、防犯カメラの映像では俺たちも一緒にカラオケをやっている事になっているらしい。これならばこっそり発進もできてアリバイも作れる、なるほどいい場所だ。

『トンボ、まーちゃん、オッケーだよ』

コックピットから姫の声でＯＫが出たので、膝《ひざ》立ちの機体の前面装甲に設けられたくぼみ型のステップを使って操縦席へと登っていく。

「五メートルぐらいの高さでもさ、登る時はおっかないんだよな」

「もうちょっと新しいのなら操縦席の前面装甲がリフトになってんだけどねぇ」

肩にしがみついたマーズの毛皮がふわふわと首元に当たる。しかし俺、銀河警察《ギャラクシーポリス》の生体維持装置は付けてるけど、普段着で戦闘ロボに乗っていいんだろうか……？

なんとなく不安なままコックピットに入ると、自動で前面装甲が閉まった。クッション素材の内装に囲まれた操縦席に座ると、背中から尻《しり》がガチッと椅子に吸い付いたように固定され、俺の顔の前にタブレットサイズの薄緑色のホログラフィが表示された。

『ＯＳは弄《いじ》って日本語にしてあるけど、最初の起動だけはボイスコントロールだから』

「何て言えば？」

『エンザーキー！』

「どういう意味？」

「銀河連邦万歳って事」

宇宙の事はよくわからないけど、言えば動くならそうしよう。

「エンザーキー！」

『認証完了。起動シークエンス開始。母艦との接続が確認できません』

「はいはいパスパス」

『スタンドアロンモードで起動します』

俺の顔の前のホログラフィをマーズが肉球で操作していくと、コックピット内のクッション素材が魔法のように消え失せて外の景色が映った。視界の真ん中には、でっかく『ＳＴＡＮＤ ＡＬＯＮＥ』という薄緑色の文字が表示され、数秒でフッと消えた。

『複合迷彩《ステルス》起動してるよ。だいたいの事は大丈夫だけど、飛行機と正面衝突したりしたらさすがにバレちゃうから気つけてね』

「じゃ、行こうかトンボ」

「よし、よし、よし！　……で、どうやって動かすの？　今更だけど、よく考えたら俺って訓練とかしてないけど大丈夫かな？」

「できたら訓練もしたかったんだけどね……まぁ、視線コントロールと思考コントロールのハイブリッドだから、ずぶの素人《しろうと》でもでっかい蛇の駆除作業ぐらいなら大丈夫だと思う。肘掛《ひじか》けの前にある握り棒握って、させたい動作を頭で念じて」

「よし……よし！　飛べっ！」

その瞬間、ぐわっと屋上の地面が遠くなったかと思うと、急に視界がグルグルと回り始めた。

「おわーっ！　どうなってんだ！」

「膝立ちのまま飛び立ったりするから……静止するように念じて」

「止まれ止まれ止まれ！」

口に出しながらそう念じると、視界はビタッと静止した。さっきまでいたビルの屋上と一緒に、沢山の人が行き交う駅前がくっきりと見える。ゴクンと、自分が唾《つば》を飲む音が大きく聞こえた。俺とサードアイは、まるで神様のように無音のまま東京の空に静止していた。

「そんで姫、どっちに向かったらいいの？」

『ナビゲートを出すからそっちに向かって』

姫がそう言うと、全周囲ディスプレイの俺の目の前に３Ｄの矢印が浮かび上がった。なるほど、これを辿《たど》ればいいのか。ゲームみたいでわかりやすいな。

「はい出して～、ゆっくりね～、ビルにぶつからないように」

「教習所みたいだな」

俺が頭で行きたい方向を念じると、サードアイはチキチキと高く小さい音を立てながらゆっくりと移動を始めた。『もっと早く』と意識をするだけで速度はスルスルと上がり、遠くにあるビルがぐんぐん近づいてきて凄《すご》いスピードで後ろに吹っ飛んでいく。だというのに、俺の体には何の負担もかかっていない。まるで部屋のテレビでドローンの映像か何かを見ているような感覚だった。

「これってさ、Gとか感じないんだけどほんとに飛んでるの？」

俺がそう聞くと、膝の上のマーズは不思議そうな顔で俺を見て、手の先から爪を出してちょいちょいと進行方向を指差した。

「重力制御で飛んでんだからさぁ、コックピット内にGが生じてたら問題だよ。ま、ハッチでも開けてたらコックピット内の制御が切れてさ、Gも感じられるようになると思うんだけど……」

『絶対開けちゃ駄目だからね！　ステルス切れちゃうんだから！』

「あ、うん……」

三人で話している間にも、サードアイは街の上空を音もなくかっ飛んでいく。暖かい陽《ひ》の光が差す東京の街をぼんやりと眺めていると、遥《はる》か遠くに真っ黒な煙が立ち上っている場所が見えた。

「あの煙のとこ？」

『蛇は草加から東に移動中。自衛隊は市街地に向けてミサイルを撃つかどうかで揉《も》めてるみたい』

「そんなとこに突っ込んでって大丈夫かな？」

「直撃は避けたいね、飛んでくる前に済ませよう」

「よし……よし！」

俺はパン！　と音を立てて両手で挟むように自分の頬を叩き、そのまま両手の人差し指をピンと立て、その先を左右のこめかみに押し当てた。

「それ何？」

「集中してるの！」

『トンボ、首の根元にちゃんと当てればレーザーキャノン一発で終わると思うから、落ち着いてやって』

「この銃の事は……ビームライフルと呼んでくれ！」

俺はサードアイが右手に構えたライフルをぐっと引き付け、いつの間にか肉眼でも見えそうな位置に迫っていた巨大な双頭の蛇を睨《にら》みつける。双頭の蛇は幹線道路をゆっくりと移動しているようだが、どこにも尻尾《しっぽ》が見えなかった。

「……なんかあの蛇、体長くない？」

『長いよ、まだ草加ダンジョンから体が出切ってないんだから』

「え⁉　何で⁉」

『わかんない』

「この蛇といい、あのドラゴンといい、この星の生き物って変なのばっかりだよね」

「いや、あれもこれもうちの星の生き物じゃないでしょ……」

まあ、どれだけ長い蛇だろうと、頭を潰《つぶ》してしまえばさすがに倒せるだろう。俺は集中のポーズのまま、もう一度二つある蛇の頭を見た。

「上から撃つと人が避難してるかもしれない地下街に貫通するかもしれないから、下に潜り込んで空に向けて首を撃つんだよね？」

「それでＯＫ！　炎も冷気もまるで問題ないから気にせず近寄って」

「よし……いぐぞっ‼」

口の端から泡を飛ばしながら、気合いを込めてそう叫び、俺はサードアイを双頭の蛇に向けて発進させた。一呼吸前までは点景に見えていた街が一気に大きくなったかと思うと、一瞬で道路が視界いっぱいに広がり、サードアイは足から火花を散らしながらアスファルトの上を滑走していた。

ガアアアアアアアアッ！　と無人の街中に響き渡る爆音と火花を上げ、サードアイは足の裏で幹線道路のアスファルトを削りながら双頭の蛇の首元へと接近していく。

「トンボ！　浮かせて浮かせて！」

「浮け！　浮け！　浮けーっ！」

押し当てた指でこめかみを突き刺すようにしながら念じると、サードアイは地面から少しだけ浮き上がり……そのままの勢いで、道路の真ん中に乗り捨てられていたワゴン車に激突した。バッゴン！とでっかい音が鳴り、ワゴン車は横回転しながら二メートルほど跳ね上がって吹っ飛んでいった。

「うわっ！　やっちゃった！」

『大丈夫、人は乗ってないよ』

「あんなとこに置いとくのが悪いんだよ」

「後で保険会社から連絡来たりしないかなぁ……って、来た来た来たっ！」

俺が頭を抱えている間にもサードアイは地面スレスレを飛び続け、俺たちはあっという間に双頭の蛇に接敵していた。八メートルの高さのサードアイに乗り込んでなお見上げる高さの蛇は、鎌首をもたげたままこちらへと向かって進んできていた。

「これ、マジであっちからは見えてないんだよね?」

「そうだよ」

「なんかさ、蛇には赤外線を見るピット器官ってのがあるんじゃなかった?」

『だから、その機体のステルスは目視でも赤外線でも超音波でも捕捉《ほそく》できないっつってんじゃん。大丈夫大丈夫』

「でもなんかこっち見てるような気がするけど……?」

気のせいだって、と笑う姫の言葉を信じたいが、俺にはどうしても蛇の二つの頭がじっとこちらを見ているようにしか思えなかった。シュルシュルと舌を出し入れしながら、双頭の蛇は明らかにサードアイを目掛けて近づいてくる。

「これマジで大丈夫!? 見つかってない!?」

『おかしいなぁ、ステルスはちゃんと動いてんだけど』

「トンボ、角度的にもう撃って大丈夫だよ」

ビームライフルを構えるために心を落ち着け、蛇の事をよく見ていると……片側の蛇の喉元《のどもと》が、カエルのようにぷっくりと膨らんでいるのがなんとなく気になった。そして次の瞬間、その口がパッと開いた。

「あっ……」

目の前が一瞬真っ白に染まり、画面の中央がゆらゆらと揺れたように見えた。それが近づいてきた蛇の口から放たれた紅蓮《ぐれん》の炎だと気づいたのは、サードアイの周りのものが一気に燃え上がり始めた時だった。

「のわーっ‼　火ぃ吹かれてるーっ！」

『ええっ⁉　何でだよーっ⁉　ステルスは動いてるのに！』

「大丈夫だから！　大丈夫！　大丈夫！」

「撃っていいの⁉　これ撃っていいの⁉」

「撃っていいけど落ち着いて！」

どうしようもなくうろたえる俺の顔を、膝に座ったマーズの手がぴしゃんと叩《たた》いた。

「このぐらいの温度じゃ塗装も溶けないから、落ち着いて狙って」

「落ち着いて……落ち着いて……」

俺は息を整えながらビームライフルを構え、蛇の体が二股《ふたまた》の首に分かれる前の根元の部分にゆっくりと狙いをつけた。そのまま深く息を吸って止め、頭の中でことりと引き金を引いた。瞬間、グワッシャアン‼　と爆音が響き、画面全体が土煙で覆われて何も見えなくなった。

「当たった⁉」

『……当たってない！　寸前で蛇が避《よ》けて左のビルに突っ込んだ！』

「左ぃ⁉」

姫の言葉に視線を巡らせると、サードアイの左側からは土煙を割るようにして巨大な蛇の頭が突っ込んできていた。

「おわあああああああっ‼」

ガゴッ‼　と鈍く響いた音と共にサードアイは吹っ飛ばされ、視界がグルグルと回る。そのまま耳をつんざくような破壊音が響き、飲食店のキッチンらしき場所や蛍光灯の沢山並んだ天井などが一瞬見えた気がした。

「……あれ？　止まった？　どうなった？」

「思いっきり吹っ飛ばされちゃったなぁ……」

どこかのビルに突っ込んでしまったのだろうか、サードアイの動きが完全に止まった時には、視界が瓦礫《がれき》で一杯になっていた。今俺たちが大穴を空けて破壊してきた先からはごうごうと響く風が吹き込んできており、風を受けた周りの瓦礫に霜が降りていくのが見える。

「霜……？　これ、テレビで言ってた氷のブレスってやつ⁉」

「落ち着いて、大丈夫。宇宙で使うロボットをいくら冷やしたって何のダメージにもなんないよ」

マーズがのんきな感じでそう言うが、絶対見えないステルスを見破り、虎の子のビームライフルも避けた相手なのだ。俺はなんだかあんまり安心できる気がしなかった。

「それよりさっき、あいつビームライフル避けたって言った？」

『あー……仮説だけどさぁ。あの蛇、もしかしたら荷電粒子そのものを感知できてるのかも』

「ああ、たしかにそれならステルスを看破できてもおかしくないね」

「荷電粒子って何？」

「トンボがビームって言ってるやつの中身かな。ステルス系の根幹技術にも使われてるんだけど」

「え？　じゃあビーム効かないって事？」

サードアイ、ビーム兵器しかついてないんですけど。

『まあでも、もしかしたらさっきのはまぐれかもしれないから、もう一回撃ってみて！　モニターしてる限りでは機体は全然大丈夫、ステルスもあっちの体当たりぐらいじゃ解けてないよ』

「あ……うん……」

俺はなんとなく不安な気持ちのまま、カラカラの喉《のど》を潤すためにごくりと唾を飲んだ。

「トンボさぁ。どっちにしろ、やらないいはないんでしょ？　荷電粒子兵装が駄目なら、殴ってでもやっつけなきゃいけないいんじゃないの？」

「……当たり前じゃん！」

マーズの言う通りだ。俺は誰のためでもなく、自分のために、自分の手で自分の地元を守るために来たんだ。やらないいはない。なら、ビームライフルを見てから避けるような化け物相手でも、やるしかないのだ。

「行くぞ！」

俺の言葉と共に、サードアイは前傾姿勢で飛び出した。破壊しながら飛ばされて来た道をもう一度かき混ぜながらかっ飛んで、三つ目のロボットは元いた幹線道路へと土煙と共に躍り出た。

さっきまで俺たちがいた場所へと冷気のブレスを吐いている蛇の首に向けて、腰だめのままライフルの引き金を引く。奇襲をかけたにもかかわらず、蛇は凄《すさ》まじい素早さで巨体をくねらせ、軽々とビームをかわした。

『やっぱり避けた!?』

「なんでこの星って変な生き物ばっかりいるんだよ！」

「うちの星のせいじゃないって！」

また蛇に体当たりされないように、牽制《けんせい》の意味も込めてライフルを撃ちまくる。撃ちまくると言ってもほとんど撃っている感覚はない、音もなければピンクの光線も出ないからだ。

「これほんとにビーム出てるの⁉」

『出てるよ！　当たってないだけ！』

「あんま適当に引き金引いてるとビルに当たるよ！」

「んな事言ったって……マジで拳《こぶし》で行くしかないのか……うおおおおおおっ‼」

俺は気合いの声と共に飛《と》び蹴《げ》りの姿勢で蛇の頭へと突っ込み……そのまま大きく開けられた口でバクンと足に噛《か》みつかれた。視界全体におっかない蛇の顔がドアップになったかと思うと、物凄《ものすご》い速さで振り回されて周りの建物や地面へと無茶苦茶に叩きつけられる。

「のわあああああっ！」

『トンボ今！　今！　サードアイの足に食いついてる頭狙って撃って！』

「う、撃つ？　撃つぞっ！」

無我夢中で引き金を引いた瞬間、ドッパァン！　と破裂音がした。視界が真っ赤に染まる中、俺は一瞬その音の正体が何なのかわからなかった。大量の血を撒《ま》き散《ち》らしながらのたうち回る蛇に振り回されながら、サードアイの足を咥《くわ》えた口だけが残った、千切れかけた蛇の頭の残骸《ざんがい》を見てようやくわかった。あの音は、蛇の頭がビームに吹き飛ばされた音だったのだ。

「トンボ！　まだ頭は片方残ってるよ！」

「わかってるよ！」

俺は双頭の蛇のもう片方の頭に止《とど》めを刺そうとしたが、暴れ回る蛇になかなか空に抜ける照準を合わせる事ができずにいた。

「やばい、どっかに引きずられてる」

『草加ダンジョンに戻ろうとしてるみたい！』

「まずレーザーブレードで足に噛みついてる蛇の首を外して！」

「オッケー！」

しかし、俺が腰にあるビームソードの発生装置を取って足を咥えた口を斬りつけたその瞬間、振り回されていたサードアイは幹線道路沿いにあった商業施設のビルに力いっぱい叩きつけられ……そのまま地面ごと下に落ちた。

視界の端に、蛍光灯に照らされた無人の飲食店街が映る。どうやらサードアイはデパートの床をぶち抜き、地下街へと落ちてしまったようだった。

「やばい！　地下街に抜けちゃった！」

「でも足も抜けたよ」

「よし！　後はもう片方の頭を……」

そう言いながら、ビームソードの発生装置を腰に仕舞った瞬間、ウサギのような耳のついたピンク色の帽子が視界に入った気がした。サードアイの体を持ち上げ、俺は恐る恐るもう一度同じ場所を見た。見間違いじゃなかった。小さい小さい子供が、通路の真ん中にうずくまっていた。

「マーズ！　あれ！」

「えっ⁉　子供⁉　避難し遅れ⁉」

「ヤバいって！　なんかないの⁉　バリア的なの！」

『そんな都合のいいものないよ！　巻き込まないように早く離れて！』

すぐに外に飛び出て引き離せばこの子は助かるか……？　そう考えた瞬間、デパートの外からこちらを眺めている蛇が首元を膨らませるのが、視界の端にはっきりと見えた。

「ヤバい！　火が来る！　……コックピットの中に！」

「トンボ！　開けたらヤバい！　バレたら大学も通えなくなるよ！」

一瞬、頭の中を親の顔がよぎった。自分の会社に入ってくれた人たちの顔も、冒険者の人たちの顔も……そして子供の頃の、自分の後ろをずっとついて回っていた、泣き虫だった、小さな妹の顔もだ。

「大学ぅ……辞めた！」

その時の俺は無我夢中で、自分自身が何をしているのかもわかっていなかった。人への迷惑だとか、今後の人生だとか、全部纏《まと》めて吹き飛んでいた。ただ、蛇の吹き出した炎がデパート中を焼き尽くしていく中……俺の膝《ひざ》の上には、これまで見た事のないような顔で天を仰ぐ猫と、泣きじゃくる子供がいたのだった。

『ハッチ開けたからステルス切れたー！』

「かけなおして！　かけなおして！　ト……」

『ダメダメダメーッ‼　社……いや、首領！　ステルス再構築に二分かかる！　その間に外出て蛇やっつけて安全なとこで子供降ろして！』

「なんで二分なのさ⁉」

『最初起動する時もそんぐらいかかったでしょ！』

俺はとにかく頭が混乱していて、とても二人に何も言う事ができなかった。でも、あの蛇を倒さないと膝の上のこの子を降ろせないのはわかる。

燃え盛るデパートから飛び出したサードアイは、蛇の周りを滑るように移動しながら空に抜けるようにビームライフルを撃った。頭を片方失った蛇はさっきまでのようには避けきれなかったようで、一部を吹き飛ばされた首から血を撒き散らしながら引いていく。

俺はホバー移動するように地面スレスレを飛びながら腰のビームソード発生装置を引き抜き、逃げ腰の蛇に斬撃を放つ。その斬撃で身をくねらせる蛇の首を切り落とす事はできなかったが、浅く斬る事はできたようで蛇はボタボタと血を流しながらもどこからか引っ張られているようにバックで引き続け……何度目かの斬撃で、ついに首を切り落とされて絶命した。

「よし、これで一安心だ！　ステルスは？」

『あと二十秒！　監視カメラ類の死角にナビするから従って！』

俺は全周囲ディスプレイの真ん中に出てきた矢印に従ってサードアイを動かし、雑居ビルの前の道路で膝立ちにした。

『首領は外に出ちゃ駄目だよ、入れた時みたいにロボットのマニピュレーターで出して』

「…………」

俺は涙と鼻水で俺の服をべちゃべちゃにしながら泣き続ける子供の背中を撫《な》でながら引き剥《は》がし、サードアイの掌《てのひら》に乗せてどうにか外へと出した。

『ステルス再起動！』

姫のその言葉に、ふぅーっと深く息を吐いて、俺は一言「ごめん」とだけ言った。

「トンボさぁ……」

『……ボーイズ！　まだ終わってないよ！　蛇の体がどんどん草加ダンジョンに吸い込まれていってる！』

「えっ⁉　あれまだ死んでないの⁉」

俺が蛇の方を向くとそこに胴体はなく、血の海の中に切り離された首の残骸だけが残されていた。

『どうする？　トンボ』

「追いかける！」

「あれ追っかけて戦闘ロボでダンジョンの中に突っ込むって事？」

「東三《とうさん》のドラゴンみたいに再生してまた出てこられたらまずい！」

「まぁ、たしかにそうかも」

俺はサードアイの高度を上げ、埼玉第四ダンジョンへと進路を向けた。どういう速さで引いていったのか蛇の体は上空からでもすでに見えず、めちゃくちゃに破壊され、所々に原型を留《とど》めていない車や擱座《かくざ》した特機が残る幹線道路には、べったりと蛇の血の跡が引かれていた。

「そういや姫さぁ、さっきトンボの事を首領とか言ってたけど……」

『しょうがないじゃん。あの子に話を聞かれてるかもしれなかったでしょ？　できるだけ情報は渡したくなかったの』

「泣きじゃくってたから大丈夫だとは思うけど、たしかに子供って意外と周りの大人の話を聞いてるからなぁ……」

首領か……なんだか悪の秘密結社の長《おさ》のような呼ばれ方だけど……俺が我を通した結果だ、この件に関して俺が文句を言う権利はない。むしろ、とっさに気を回してくれた事に感謝しなければいけないだろう。

「姫、ありがとうね」

『やっちゃった事はもうしゃーないけど、後で説教！』

「うん」

俺はそう答えながらサードアイの高度を下げ、未《いま》だ消火活動の続く街へと飛び降り玉四へと突入した。入り口を吹き飛ばされて大穴と化したダンジョンの中には、蛇が通ってきたトンネルのような道がしっかり残されていた。これを追っていけば迷う事はなさそうだ。

ビームライフルをダンジョンの奥へと向け、サードアイは所々に崩落して積もった瓦礫を避けるようにスーパーマン飛びで蛇を追いかけた。

「全然いないね」

「結構飛んできたよね？」

暗視モードのまま真っ暗闇のダンジョンの中をひたすら飛び続けるが、蛇はおろか他の魔物も一切出てこない。俺はなんだか不安になって膝の上のマーズを見る。ちょうど彼の方もこちらを見ていたようで、暗闇に浮かぶ瞳《ひとみ》とぱっちり目が合った。

「トンボこれさ、このまま行ったら異世界に抜けちゃうんじゃない……？」

「まさか、さすがにそれはないいんじゃ……」

『……って……くが……』

「あれ？　姫……？　姫⁉」

「……もう遅かったみたいだね。多分これ、異世界に入っちゃってる」

暗視モードで青みがかっていた全周囲ディスプレイの色が徐々に変わっていく。真っ暗だった洞《どう》窟《くつ》の向こうに、ゆっくりと光が射してきていた。

「なんか来る！」

「えっ⁉　水……⁉」

風の音だけが聞こえていたダンジョンに、突然地鳴りと轟音《ごうおん》が響く。俺たちの進む光の射している方向から、こちらに向けて大量の水が流れ込んできていた。サードアイは宇宙用の戦闘ロボットだから水に浸《つ》かってもどうなるという事もないけど、生身の人間なら普通に流されて溺《おぼ》れ死《じ》ぬ水量だ。

「どういう事？」

「とにかく光ってる方向に行ってみてよ」

推進力を上げて水流に逆らって進み始めると、全周囲モニターの一部にパッとお知らせが浮かんだ。なになに？　感電注意……？

「え？　電気を流されてるって事⁉」

「水で濡《ぬ》らして電気を流す、なるほど理に適《かな》ってるね」

「パワードスーツで来てたら完璧《かんぺき》に死んでたなぁ……」

そんな事をマーズと話している間にもどんどん光は近くなり、ついにダンジョンの終わりが見えてきた。

「このまま出るよ！」

「気ぃつけてよトンボ！」

サードアイは水しぶきを散らしながら巨大な横穴になっているダンジョンの入り口から飛び出した。まず目に入ったのは、口から水流を放つ巨大な蛇の頭、そしてその両脇で口を開けている同じサイズの蛇の頭だった。

双頭の蛇の胴体を追ってきた先で待ち構えていたのは、三つ首の蛇だったのだ。

「三つ首⁉」

「これ、もしかしてあの二股《ふたまた》蛇の尻尾《しっぽ》側かな？」

サードアイが三つの頭の根元に向けてライフルを発射すると、三つ首の蛇は双頭の蛇と同じように身をくねらせてそれをかわした。

「こいつも避《よ》けるのかよ！」

サードアイの倍ほども高さがある木々が立ち並び、その隙間からはまるで壁のように空にそびえる山々だけが見える鬱蒼《うっそう》とした森の中、巨大な蛇は木をなぎ倒すようにしながらこちらへと迫っていた。

「とりあえず探知打ったけどでっかい熱源も見当たらないし人里はないと思う！　バーストモードにするから撃ちまくって！」

そう言いながらマーズがタブレットサイズのホログラフィをちょいちょいと操作すると、全周囲ディスプレイの視線の先に『ＢＵＲＳＴ－ＦＩＲＥ』と緑の文字で表示された。引き金を引くと、銃口の先から光の渦のようなものが明滅しているのが見え……そのまま振り回すとその先にある木々や地面が次々に大爆発を起こして吹き飛んでいった。

「これがバーストモード⁉」

「いいから蛇に当ててよ！」

「やってんだけど……！」

俺はライフルを振り回しながら何度も何度も蛇の体を射線に入れたはずだ……だというのに蛇は今や避ける事もせず、悠々と鎌首をもたげてこちらを睨《にら》んでいた。

「なんかおかしくない？　当たってるよねこれ？」

「待った待った待った、姫がいないからアナライズも手動でやらなきゃ……」

そう言ってマーズがタブレットにかかりきりになった瞬間、蛇は動いた。何のブレスも吐く事なく、直接噛《か》みつきにかかってきたのだ。

「ビームソード！」

サードアイは地面を滑るように退《ひ》きながら、ビームソードを抜き放って蛇の鼻先へと斬り掛けた。

だが、その薄青色の刀身は蛇に当たる直前にぐにゃりと歪《ゆが》んで霧散し……サードアイはそのまま腕を蛇に咥《くわ》えられて、癇癪《かんしゃく》を起こした子供が持ったおもちゃのように滅茶苦茶に振り回された。

「うわああああああああ‼」

「トンボわかった！　力場だ！　多分電気を吐いてた首が強力な力場を出してて、荷電粒子に干渉されてる！」

「つまり！　どういう事⁉」

「バリアが張られてるって事！」

「どうしたらいいの⁉」

「物理的なもので攻撃して！」

「よし！　ぶん殴る‼」

俺はサードアイの腕に噛みついた首に全身で抱きつくようにして取り付き、ビームライフルの銃床を鼻先めがけて思い切り叩《たた》きつけた。鼻先を抉《えぐ》られた蛇は、顔を地面や木々に叩きつけようと大暴れを続けている。ぐわんぐわん動きまくる画面を見ながら二度三度と同じ場所を殴りつけていると、不意に目の前に真っ赤な文字が表示された。

『C2　FATAL ERROR』

「え！　これ何⁉」

「C2……噛まれてる左腕が壊れた！」

「やばいじゃん！」

「トンボ！　あれ出して！　密造銃！」

「え⁉」

「ドラゴンの時使ったやつ！」

「なんでさ！」

聞きながらもジャンクヤードから缶ジュース型の密造銃を取り出すと、マーズはカシュッと音を立てて変形させたそれを持ったまま俺の肩へと登った。俺の首に思いっきりマーズの足が絡みついて少し苦しい。

「トンボ、ハッチ開けるから全力でしがみついててよ！」

「マジ⁉」

是非も音もなく、ハッチは静かに開き……蛇に振り回されている猛烈なGが俺に襲いかかってきた。

「堪《こら》えて！」

その言葉と共にマーズが俺の頭の上から突き出した銃の引き金を引き、ハッチの目の前に見える蛇の眉間《みけん》に小さな穴が空く。俺が全身全霊でシートにしがみついている数秒の間に、その穴は血を吹き出しながらどんどん大きくなり……ついには突き抜けて向こう側へと貫通した。

その瞬間、体に強烈な浮遊感が襲う。蛇の頭が死んだ事によって噛まれていた腕が外れ、サードアイは空へと打ち上げられたのだ。

「やっ！　あっ！　死ぬううううううう‼」

「死なないよ」

その言葉と共にハッチが閉まって重力制御が働き出し、俺はトスンとシートへ落ち、サードアイは半ば体をめり込ませるようにして地面に激突した。

「しっ……しっ……死ぬかと思ったぞ‼」

「あのまま噛まれてたら他の首からも噛みつかれて死んでたよ」

「ひっ……一言ぐらい！」

「ほら来るよ！」

「あっ！　蛇やだっ！　蛇怖いっ！」

俺は慌ててサードアイを立ち上げ、蛇から距離を取った。

「これ……左腕どうなってんの……？　石になってる……？」

「石ぃ⁉」

動かなくなっている左腕を見ると、たしかにところどころがコンクリートを打ったように灰色になっていた。特に関節部には灰色のものがびっしりと絡みつき、カチコチになっているようだった。

「石化ブレスって事⁉」

「なんか、ほんとにトンボがいつもやってるゲームの敵みたいだね……どうする？　逃げる？」

振り回され、投げ飛ばされているうちに、いつの間にか蛇は俺たちが出てきたダンジョンを背負う位置に立っていた。逃げるにしても、蛇を越えなければ埼玉へは帰れなそうだ……俺は思いっきり息を吸って、ゆっくりと時間をかけて吐いた。

「いや、やろう……」

「武器は？　倒れてる木で殴る？　一発ぐらいなら保《も》つかもよ」

「サードアイを組み立てる時……コア部には緊急パージ機能があるって言ってたよね？」

「ああ、左腕は邪魔だね」

マーズが操作をすると、画面に『C2 PURGE』と文字が出て、ごとりと左腕が落ちた。俺はビームライフルを投げ捨て、石化ブレスでガチガチに固められた左腕を拾い上げた。

「トンボ……どうすんの？」

「これが一番硬い……いける、俺はいける……俺なら、こんな時でも絶対になんとかするはずだ……！」

俺はいつか夢に見た凄《すご》い自分の、あの自信満々に不敵に笑う、あの顔を思い出していた。右手を見つめて、ギュッと握る。今はまだまだ弱くて頼りないかもしれないけれど、もし今の自分が本当にあの自分に繋《つな》がっているのだとすれば……こんな蛇ぐらいに、負けるはずがない！

「いくぞっ！」

石化した左腕を槍《やり》のように構えて、俺は三頭の蛇の首元へと飛び込んだ。重力制御の荷重方向を小刻みに変えて、体をくねらせて避けようとする蛇へと縋《すが》りつき……槍となった左腕の、握られたままの拳《こぶし》を巨大な鱗《うろこ》を砕きながらねじ込んだ。

「やった！」

「まだだっ！」

滝のように流れ出る血を全身に浴びながら、サードアイはのたうち回る蛇の首へと取り付いた。そして突き立ったままの左腕を右腕の肘《ひじ》で抱えるようにして、首の傷口を開いていく。流れる血の量はどんどん増え、モニターに映る周囲の地面はまるで血の池地獄のようになっていた。

「トンボ！　もういいよ！　一回引こう！」

「わかった！」

俺はサードアイで首を蹴《け》って空へと飛び立ち、蛇がのたうち回るのをじっと見ていた。あれは埼玉を滅茶苦茶に破壊した大怪獣だ、殺す以外の選択肢はなかった。そうは思っていても、生き物が苦しみながら死んでいくのを見るのは、不思議と辛《つら》かった。

それでも、俺は彼が死んでいくのをじっと見守った。なんとなく、そうする事が殺した相手への礼儀のような気がしたからだ。

「死んだかな？」

「完全に体から熱が消えるまで待とう。今のうちにビームライフルを」

「わかった」

俺はさっき捨てたビームライフルを拾い、半ば放心状態でシートに体を預けた。

「トンボ、なんか飲みな」

「いや、そういう気分じゃ……」

「いいから、飲んで」

未《いま》だ頭の上にいるマーズにそう言われて、俺はジャンクヤードから取り出したスポーツドリンクを一口飲む。そして体がカラカラに乾いていた事に気づいて、そのまま全部飲み干した。

「マーズは？」

「甘いのがいいな」

「頭の上でこぼさないでよ」

そう言って笑いかけ、ようやく自分の顔がガチガチに強張《こわば》っていた事に気づいた。ドラゴンの時もそうだったけど、今回も無我夢中で、ともすればこちらがやられていてもおかしくなかったのだ。

そう思うと、一気に体へ疲労感が押し寄せてきた。

「気が抜けた？」

「そうかも」

「もうちょっとだけ頑張ってよ」

「まあ、帰るまでが遠足だもんな……」

そう言って一人で笑うと、頭の上からこちらを覗《のぞ》き込んできたマーズは不思議そうな顔をした。

「帰り道で気を抜かないのも大事だけど、蛇の死体を収納しなきゃ丸損でしょ。もう収納していいよ、完全に死んだみたいだから」

「あ、そう……」

たしかにこの蛇との戦闘はイレギュラーだったが、元々俺たちの目標はこういう大物を手に入れて宇宙船と交換する事だった。俺は冒険者でも、宇宙の戦士でもない、営利団体の長、中小企業の社長なのだ。かっこいいロボットで戦って、守って、倒す、それだけじゃあ駄目なんだよな……。

改めてドッと疲労を感じた俺は……マーズに膝《ひざ》へ下りてもらってから、サードアイの腕が墓標のように突き立ったままの蛇の方へと足を進めた。

「でもさすがにジャンクヤードのサイズ的に、あの頭丸ごとは入らないな……」

「三つに裂いちゃえばどう？」

「そうしよっか」

俺はビームソードで無事な頭二つと、半壊した頭一つをバラバラに裂き、縦の長さも調節してからサードアイの手の上に乗ってそれを回収した。もちろん、石化した左腕も回収だ。落ちないように恐る恐るコックピットへ戻り、ハッチがプシュッと閉まった瞬間、ふぅーっと長いため息が漏れた。

「この蛇の胴体、先まで追いかける？」

俺はマーズにそう尋ねる。だがこの蛇の胴は無茶苦茶に長く、ダンジョンの前から森の奥深くへとずうっと続いていて、捜索は難しそうだった。

「いや……やめとこ。元々異世界にまで追っかけてくるつもりはなかったし、サードアイももうボロボロだしね」

このまま深追いするには、サードアイの装備も、俺の心も、あまりに準備不足だった。

「まあ二股《ふたまた》の頭を落とした時みたいに胴体がどこかに引きずられていく様子もないし、完全に体温もなくなってるし、これで倒したという事にしておこう。姫も心配してるだろうしね」

「そうしよそうしよ、マジで疲れたわ……」

俺はマーズの言葉にコクコクと頷《うなず》き、飛び出てきたダンジョンへとサードアイを向けた。

「ただ、また同じようなのが来ないようにこの入り口は塞《ふさ》いでおきたいね」

「ビームライフル撃ちまくって崩落させる？」

「天井撃ってこんなとこで生き埋めになるのは御免だから、ライフルを暴走させて爆破しよう」

そう言うが早いか、マーズはジェスチャーで呼び出したタブレットサイズのホログラフィを操作し始めた。

「トリガー引いたら一分後に爆発するように設定したから、ちょっと行ったとこに設置していこう」

「くぅ……大活躍してくれたこのビームライフルともここでお別れか……」

「ジャンクヤードに同じのがあるでしょ」

俺は入り口から百メートルほど奥でトリガーを引いたビームライフルを投棄し、そのまま未だ水の引いていないダンジョンの中を戻っていく。

『……ボ……繋がった！　どうなったの⁉』

「あ！　姫！」

姫との通信が繋がった瞬間、ズン！　と響いた音と振動に続いて重低音が鳴り続け、天井から岩がボロボロと落ちてくる。投棄してきたビームライフルが爆発し、崩落が起きたようだ。

『何⁉　何が起きたの⁉』

「いやー、異世界まで行っちゃってさぁ。入り口崩落させて帰ってきたんだよ」

「蛇も倒したよ」

行きと同じようにサードアイで暗闇の中をかっ飛びながら、交信の途絶えていた姫に状況を報告していく。

『それで、二人とも無事なわけ？』

「元気元気！　ダンジョンの向こう側にも蛇がいてさ、そいつが三本頭で……」

『三本頭⁉　なんで一本増えてんの⁉』

「それは後で話すよ。これから戻るけど、玉四の入り口はどうなってる？」

『自衛隊が囲んでるけど、まだ中には踏み込んでないからそのまま出て大丈夫だよ』

「じゃあもっと速度上げてオッケーだね」

「了解」

俺はマーズの指示に従ってスピードを上げ、両手を上げてぐっと伸びをした。背中がバキバキと鳴り、喉《のど》から「ううっ」と声が漏れる。マーズも俺の膝の上でお尻《しり》を突き上げてぐっと伸びをしながら、口を大きく開けてあくびをした。

「疲れたね」

「ほんとだよ。トンボの膝って座り心地悪くてさ、早く帰って寝たいね」

そんな勝手な事を言いながら猫のマーズは香箱座りになって、尻尾《しっぽ》をゆらゆらと揺らす。俺は疲れた頭でぼんやりと見つめていた彼の背中になんとなく手を伸ばしかけ……その手をニャッ！　と猫パンチで叩《たた》き落《お》とされたのだった。

最終章　【姫と猫と宇宙海賊】

翌日、俺は結局大学にいた。辞めたっていいと思った大学だったが「まだバレるとは限らないから」と姫に言われ、卒業に必要な必修の授業を受けに来たのだ。

今のところうちの家にも会社にも警察は踏み込んでおらず、自衛隊からも問い合わせは来ていない。姫曰《いわ》く、俺たちが撤収した後にカラオケ店には調査が入ったらしいのだが、三人でカラオケを歌っている防犯カメラの捏造《ねつぞう》映像を見て引き下がったそうだ。アリバイ様々だ。

俺が大学卒業を諦《あきら》めてまで助けた子供も、あの後無事に保護されて親元へと引き渡されたようで一安心だった。あの子が「しゅりょーありがとー」とカメラに向かって言ってしまった事でワイドショーでは物議を醸しているらしいが、まぁ恐らく大丈夫だろう。

俺は大学の中庭のベンチにだらんと座り込み、パックのジュースを飲む。俺はもう、ヘトヘトだった。体はそうでもないが、心の方が疲れていた。俺が一人で背負うには、故郷も会社も重すぎる荷物だった。社長でも、戦闘ロボのパイロットでもなく……行き交う学生の中の一人、誰でもない一人になりたかったのだ。

「見た？　昨日のアレ」

「ガン〇ムだろ？　マジで凄《すげ》ぇよな」

「あれやっぱ自衛隊じゃないよな？　異世界の兵器かもってマジかな？」

「掲示板とかでは川島《かわしま》総合通商じゃね？　って言われてるけど、ネットで調べてもふりかけの画像しか出てこないんだよな」

ブッ！　と、パックのジュースを吹き出した。近くを歩いていた学生たちが一瞬チラッとこちらを見て、すぐに視線を戻して歩き去っていった。

どういう事だよ！　なんでうちの会社が疑われてんだ⁉　俺はカフェオレ塗《まみ》れになった服を拭《ぬぐ》うのもほどほどに、スマホでそれっぽいまとめサイトを検索した。たしかに、それっぽい書き込みがいくつかあるようだ。

『あのロボ、パワードスーツの川島のじゃね？』

『川島総合通商ならリアルガ〇ダム持っててもおかしくないかも』

『川島は異世界の紐《ひも》付《つ》きだから』

……ひとまずホッとした。好き勝手に書かれているようだが、核心に迫るような書き込みはないようだ。うちのパワードスーツの動画なんかも貼られているみたいだが、同時に「こんなのとガン〇ムを一緒にするな」という否定意見も出ている。それを見て少し気が楽になった俺は、駅前でケーキを買ってうちへと帰った。昨日、危険な事に付き合わせてしまった二人への、せめてものお詫《わ》びの印だった。


その夜、夕食を終えた川島家の食卓で、俺たちはスマホをじっと見つめていた。

「じゃあ、かけるよ？」

「トンボ、練習した通り、余計な事言わないようにね」

「わからなくなったらこっち見てよ、ちゃんと指示出すから」

そう言いながら、姫は小さな顔の隣に掲げた宇宙製のタブレット端末を指でトントンと叩く。俺はそれに頷きを返し、スマホの画面に表示された『金頭龍《ゴールデンヘッドドラゴン》商会 ティタ』という連絡先のコールボタンを押す。ワンコールも待たせる事なく、相手は電話に出た。

『これは川島様、川島翔坊《トンボ》様、貴方《あなた》様からのご連絡を一日千秋の思いでお待ちしておりました』

「あのー……」

『皆までおっしゃらなくともわかっておりますとも。蛇の頭と、宇宙船との交換のお話でございましょう』

「あ、そうです」

『我々の技術部門からも、早く解析させてくれ、早く解析させてくれと矢のような催促が届いております。どうです？　あの蛇の頭三本と、大気圏突破機能を持つ宇宙船との交換という事でいかがでしょうか？』

「あ……」

「待った、その宇宙船はすぐにぶっ壊れるボロ船じゃないだろうね」

『おやこれは、曹長ポプテ様。いえ、死亡認定が出ておりますので、元曹長ポプテ様。どうも我々を誤解していらっしゃるようで、悲しい限りでございます……後ろ暗いところがない証拠としてスペックシートをお送り致しましょう。どうぞ、十分に納得されてからご契約くださいませ』

電話の向こうのティタがそう言うと……机の上に置いていたスマホに、俺には読めない文字のデータがビーッと送られてきた。同時に姫が顔の横のタブレットをちょんちょんと指差す。

『確認するから、何も言わずに離れてて』

俺は姫に頷きを返して、そろそろとコタツから離れた。

「出力、推進力、ステルス機能、居住区、いいね。船のサイズは小さいけど」

「なんでこんな武装とかステルス機能が充実してんの？」

『現在川島様御一家は孤立無援の状態。でしたらば必要になるのは、外敵から身を守る機能……そう愚考し、この船を選別した次第でございます。ミズ』

「うん、機能は問題ない。建造年も新しいから、汎用《はんよう》品や消耗品も今の世代のものがそのまま使えると思う」

姫とマーズが、こちらに向かって頷いた。

「ティナさん……蛇の頭と宇宙船、交換します」

『グッド、商談成立ですね』

十秒ほど無言が続き、俺たち三人はその間もじっとスマホを見つめ続けた。

『お待たせ致しました。異能《ジャンクヤード》をご確認ください』

俺がジャンクヤードを確認すると、そこには見慣れない矢印のような形のものが増えていた。交換されないようにKEEP設定を行い、説明文を見ると『圧縮済み』とだけ書かれている。

『その宇宙船は圧縮されております。異能から取り出して百秒後に元の大きさに戻りますので……今取り出すのはお勧め致しかねます』

「わかりました」

『それでは川島様、川島翔坊《トンボ》様、今後も良き取り引きを。ご連絡をくだされば、あなたのティタが誠心誠意ご対応致します』

　プッと電話が切れた。同時に緊張の糸も切れ、俺は床にゴロンと転がった。寝転がったままぐっと両手を上にあげ、ゆっくりと息を吐いた俺の顔に、バサリと布のような何かがかけられた。

「え、何?」

　上体を起こして見てみると、それは俺の外出用のズボンだった。

「トンボ、行くよ」

「え?　どこに?」

「会社。あそこの駐車場ならギリギリ宇宙船が取り出せるから」

「今から行くの?」

「昼間に出したら即バレるっしょ?　大丈夫、あそこは借りた当初から迷彩アンカー仕込んであるから、すぐ使えるよ」

「最悪蛇退治がバレたら宇宙船で逃げるんだから、使えるかどうかはさっさと確かめとかなきゃまずいんだよ」

　マーズにそう言われ、俺はバッと立ち上がった。たしかにそりゃそうだ、すぐにやらなきゃな。

　俺たち三人はすぐにタクシーに飛び乗り、川島総合通商の本社兼工場へと向かったのだった。

「トンボ～!　迷彩オッケー、吸音装置も動いてるから、出して大丈夫だよ～!」

　川島総合通商の工場、その軒先につけられた照明で薄暗く照らされた駐車場。その工場側の端っこに立った姫が両手で丸を作るのに、俺は駐車場の真ん中から手を振って答えた。

「じゃあ、取り出すよー!」

「出したらすぐこっち来てよー！」

姫の隣にいるマーズにも手を振り返し、俺は宇宙船を取り出した。まるでプラモデルのような掌《てのひら》サイズのそれを砂利の地面の上に設置し、走ってマーズたちのもとへと向かう。

「方向は大丈夫？　横向いてたらお隣さんのボロい車にトドメ刺しちゃうよ」

「ちゃんとこっち側に舳先《へさき》が向くように置いたよ」

「あと三十秒だよ」

「どんな船かな……」

そこからはなんとなく三人とも黙ったままで、じっと宇宙船の方を見つめ続けた。この宇宙船は、これまでやってきた事の総決算。宇宙の果てへと流されてきたマーズが、やっと故郷に帰れるのだ。

俺はなんとなく、ちらっとマーズの方を見た。俺の視線に気づいたマーズもこちらを見て、牙《きば》を見せてにっと笑った。

ドン、と駐車場の真ん中から空のポリタンクでも落としたような軽い音がした。そちらを見ると、グレーに白のラインが入った紙飛行機のような形の宇宙船が地面から少しだけ浮いた状態で佇《たたず》んでいた。

「うおっ……すっげぇぇぇ！」

「……これ、まさか……」

「まーちゃん、これって……」

「凄ぇ！　すっ……あれ……？　凄《すご》い……凄くないの……？」

興奮する俺とは相反するように、姫とマーズはなんとも言えない顔で船を見つめていた。もしか

してあんまり人気ない種類の船だったのかな？

「あの……どうしたの？」

「してやられたね……船は船でも、これは海賊船だよ……」

「海賊船⁉」

「宇宙には海賊専門の造船所ってのがあるの……これはそこの作った単独強襲艦。そりゃ武装も豊富でステルス機能もしっかりしてるわけだわ……しかし、ここまでやるかあの女……」

猛禽類《もうきんるい》の嘴《くちばし》のように尖《とが》った宇宙船の舳先の両脇には、まるで竜の瞳《ひとみ》のように鋭いビーム砲の銃口がある。たしかに海賊船と言われればそんな感じにも見えるかも。でもなんかかっこいいし、結構強そうだし、別にこれでも問題ないんじゃないだろうか？

「あの……それで、海賊船って何か駄目なの？　普通に動くんでしょ？」

そう尋ねた俺に、両手の肉球で頭を押さえたままのマーズが答える。

「銀河一般法で海賊船は警告なしで撃墜していい事になってるんだ。だからこの船に乗ってる限り、俺たちは海賊扱いでどこにも近づけないんだよ」

「え⁉」

「つまり、うちはあの女にどこにも行けないどうしようもない船を押し付けられたって事」

シャ……シャークトレードじゃん！　なんだか改めて、あの金頭龍《ゴールデンヘッツドドラゴン》商会が嫌われている理由がよく理解できた気がした。

「えーっと……ま、まあまあ！　とにかくさ、一回乗ってみない？　最悪遭難信号だけでも出して、海賊船はどっかの海に沈めといてもいいんだからさ」

「ま……そうだね。さすがにここらへんで宇宙に上がって即撃墜って事はないだろうし、一回宇宙に上がってみようか」

「ちょっと待って、飛ばすにしてもウイルスが仕込まれてないかスキャンしてからにしよ」

その分野に詳しい姫に船のスキャンをお願いし、俺はスマホのライトをつけて、マーズと一緒に船の周りを色々見て回る。

「なんかほんとに紙飛行機っていうか、まんま矢印みたいな形の船だね」

「ステルス性能が高くてね、輸送やってた頃はこの艦に散々煮え湯を飲まされたよ。まさか自分がこれに乗る事になるとはなぁ……」

「表面が紙やすりみたいにザラザラしてる」

「耐ビームコーティングだよ。しっかり力場で減衰できてればそれで結構散らせるんだ」

やたらと詳しいマーズの解説を聞きながら歩いていると、腹のハッチがパカッと開いた。

「ボーイズ、準備できたから乗って」

「はーい」

「やれやれ、さすがに中に入るのは初めてだな」

階段になっているハッチを登り、人がギリギリすれ違えるぐらいの廊下を姫の後ろについて進んでいくと、壁に向けて椅子が四つ据え付けられた部屋に出た。

「ここが艦橋《メインブリッジ》、特に変なソフトも仕込まれてなかったから起動するね」

ヴン……と小さく音が鳴ったかと思うと、さっきまで壁だった所が全周囲ディスプレイに変わり、駐車場と工場が映し出された。俺の顔の前三十センチほどに透明なタブレットのようなものが出現し、そこには読めない文字で何かが書かれていた。

「トンボ、それを手で触れて」

「あ、うん」

俺が触れると、タブレットの文字がまた切り替わった。

「副船長は姫とまーちゃんでいい？　いいならもっかい触れて」

「うん……って、え⁉　じゃあ船長は誰？」

「そらトンボでしょ」

「トンボ以外いる？」

不思議そうな顔で二人はそう言うが、普通にマーズか姫の方がいいと思うんだけど。

「俺、宇宙の事なんか何にも知らないんだよ？　マーズか姫の方がよくない？」

「僕は国に帰っちゃうし……」

「姫、こんなダサい船いらなーい」

しょ、消去法なわけね……俺はタブレットにもう一度触れ、一番後方の席へドスンと音を立てて座った。成り行き任せで宇宙海賊か……俺はなんとなく、自分の左腕をじっと見つめた。

「そういや、この船の名前ってあるの？」

「あるよ。んーっとね、ここらの言葉に訳すと……サイコドラゴンかな」

「サ、サイコドラゴン……」

あんまりにもあんまりな名前に、俺は椅子からずり落ちそうになった。見た目はかっこいい船だと思ってたのに、サイコドラゴンはないよなぁ……まあでも、俺程度の海賊にはお似合いか。

「ステルス展開完了だよ」

「機関良好、不具合なし。そんじゃあ、ちょっと宇宙に行こうか。船長、いい？」

俺はきちんと椅子に座り直して、生身の左腕の袖《そで》をぐっと捲《まく》った。宇宙船で颯爽《さっそう》と現れ、左腕に仕込んだマシンガンで敵をなぎ倒し、美女の危機を救う。漫画に出てくるそんな宇宙海賊になるのが、俺の子供の頃の夢だった。

でもきっと今の俺と彼との間には、それこそ大気圏よりも分厚い隔たりがあるだろう。それでも、俺は今、成り行きだが、消去法だが、たしかに宇宙海賊なのだ。絶対になれなかったはずのものになっちゃっ、ちゃっ、たんだから、細かい事は一旦《いったん》置いておくか。

俺は前の席に座っている姫とマーズを見て、大胆不敵なつもりで笑みを作った。

「大負けに負けて、夢ひとつ叶ったって事にしとこう」

俺は人差し指を立てた左腕を、天高く掲げた。

「サイコドラゴン、発進！」

漫画のような加速も、激しいGもなかった。機首が持ち上がって空が見えたと思ったら、数秒後にはもう俺は宇宙空間にいた。

「すんげぇ……」

俺が暗闇の中に煌《きら》めく地球の夜景に見惚《みと》れていると、サイコドラゴンからビービーとエラーっぽい音が響いた。

「あれ？　マップからエラーが出てる」

「え？　なんで？　現在位置特定不能？」

「測位システムは？」

「レーダー打ってみる？」

前の席からマーズがこちらを覗《のぞ》き込んだ。

「トンボ、ここらへんに他の船はまずいないと思うけど、レーダー打っていい？」

「何でも好きなようにやっちゃって」

「了解」

姫が何かを操作すると、全周囲ディスプレイに小さく矢印型の船体が表示された。

「レーダー打ったよ」

姫がそう言うと、その矢印の周りにどんどん星が表示されていく。感心しながら見つめているうちに、目の前にはあっという間に銀河地図が出来上がってしまった。

「えーっ⁉　これ……マジ？」

「汎用地図脳内転写《インプリント》に全く記載のない星系ばっかりだ……ここ……どこ？　姫はわかるの？」

「あのね、まーちゃん落ち着いて聞いてね……」

姫はマーズの方を向いて、物凄《ものすご》く嫌そうな顔でこう続けた。

「ここ、修羅人《しゅらびと》の庭……」

「…………えっ⁉　嘘《うそ》でしょ姫⁉」

「マジなんだわ……」

俺は立ち上がって、なんだか深刻な顔をした二人のところに向かって歩く。重力制御で飛んでいる船だからだろうか、宇宙でも無重力にならずに普通に重力があるようだ。しかし、二人が話している修羅人の庭ってのは一体何なんだろうか？

「あの……その修羅人の庭って何？」

俺がそう尋ねると、マーズは口をパクパクさせながら「ヤバいとこ……」とだけ答える。姫は俺の右手の袖をクイクイと引いて、耳元に口を近づけてきた。

「あのね、修羅人の庭っていうのはね……」

「うん、うん」

「姫たちがいた銀河の、隣の、そのまた隣の銀河なの」

「え？　じゃあめちゃくちゃ遠いじゃん」

姫は俺の右耳をちょんと引っ張って、更に小声で話す。

「それだけじゃないの」

「え？　まだあるの？」

「これまで姫たちの銀河から修羅人の庭に行って、帰ってきた船ってほとんどいないの」

「え!?　じゃあサイコドラゴンでは……？」

「帰れない……帰れないんだよ」

絞り出すように答えたマーズの言葉が、艦橋《メインブリッジ》に静かに響いた。

帰れると思っていたのに、どうやっても帰れない場所にいたのだ。彼の無念は俺には計り知れないものだった。無力な俺は悲しむマーズに、なんと声をかけていいのかもわからなかった。

だが、姫は違った。銀河一の元アイドルの辞書に『できない』という文字はなかったのだ。

「ま、今はしょうがないよね。もっとでっかい船造ろっか」

あっけらかんとそう口にした姫を、俺とマーズは半ば呆然《ぼうぜん》とした顔で見つめていた。

「なに？　他にもっといい方法ある？」

「いや姫、でっかい船って……どれぐらい？」

「たしか修羅人の庭まで行って帰ってきた船は惑星級だったらしいけど、うちらはとりあえず隣の銀河に出られればいいわけだから……今の主力艦ぐらいの推進力と戦力があればいいんじゃない？」

あっけに取られていたマーズが、姫に尋ねる。

「それってまた金頭龍《ゴールデンヘッドドラゴン》商会に頼むのかい？」

「頼まないよ。あっちから持ちかけてくるならともかく、こっちから取り引きを持ちかけるのは絶対駄目。この船の取り引きでよくわかったでしょ、金に魂を売った悪魔みたいな連中なんだから」

「じゃ、じゃあどーすんの……？」

「作んの」

「どこで？」

姫がなんでもないような顔で「んっ」と指を差した先には……大地の端から頭を出した太陽にゆっくりと照らされ始めた、青く輝く惑星があったのだった。

あとがき

はじめまして。『わらしべ長者と猫と姫～宇宙と地球の交易スキルで成り上がり⁉　社長！　英雄？　……宇宙海賊⁉～』の著者、岸若《きしわか》まみずと申します。

この本を手に取って頂いた皆様、本当にありがとうございます。


この本はＷＥＢ上で『わらしべ長者で宇宙海賊』というタイトルで公開されていたものを、大変光栄な事に第８回カクヨムＷｅｂ小説コンテスト特別賞受賞を受けて書籍用に加筆修正し、タイトルを変更したものになります。

めちゃくちゃ書き直したので読み味はかなり変わっていますし、ＷＥＢ版にはない話も載っておりますので、ＷＥＢで一度読んだという方にも楽しんで頂けましたら幸いです。


前作の双葉社様のＭノベルスで出させて頂きました『異世界で　上前はねて　生きていく～再生魔法使いのゆるふわ人材派遣生活～』は異世界ファンタジー物でしたので、現代ファンタジー×ＳＦの今作は新鮮な気持ちで書く事ができました。

大宇宙というマクロな舞台をチラ見せしながらの１ＬＤＫでのミクロな生活、なぜか書いていていて強烈なノスタルジーに襲われる時もあり、正直楽しかったです。

楽しかった上にこうして本として形になるのは、ひとえにカクヨム、ハーメルン、小説家になろうでこの小説を読んでくださった読者の方々のお陰でございます。

もう一度申し上げます。

本当にありがとうございます。


そして本作を刊行するに当たってお力添え頂いた編集部の方々、担当編集のK様、キレッキレなイラストを描いて頂いたＴＥＤＤＹ《テディ》様、本当にありがとうございました。

それでは皆様、またどこかでお会いできましたら幸いです！

岸若まみず

カドカワBOOKS

わらしべ長者《ちようじや》と猫《ねこ》と姫《ひめ》
~宇宙《うちゆう》と地球《ちきゆう》の交易《こうえき》スキルで成《な》り上《あ》がり⁉　社長《しやちよう》！　英雄《えいゆう》？　……宇宙海賊《うちゆうかいぞく》⁉~

2024年２月10日　初版発行

著者／岸若《きしわか》まみず

発行者／山下直久

発行／株式会社KADOKAWA

〒102-8177
東京都千代田区富士見2-13-3
電話／0570-002-301（ナビダイヤル）

編集／カドカワBOOKS編集部

印刷所／暁印刷

製本所／本間製本

Printed in Japan
ISBN 978-4-04-075328-7 C0093

新文芸宣言

かつて「知」と「美」は特権階級の所有物でした。

15世紀、グーテンベルクが発明した活版印刷技術は、特権階級から「知」と「美」を解放し、ルネサンスや宗教改革を導きました。市民革命や産業革命も、大衆に「知」と「美」が広まらなければ起こりえませんでした。人間は、本を読むことにより、自由と平等を獲得していったのです。

21世紀、インターネット技術により、第二の「知」と「美」の解放が起こりました。一部の選ばれた才能を持つ者だけが文章や絵、映像を発表できる時代は終わり、誰もがネット上で自己表現を出来る時代がやってきました。

UGC（ユーザージェネレイテッドコンテンツ）の波は、今世界を席巻しています。UGCから生まれた小説は、一般大衆からの批評を取り込みながら内容を充実させて行きます。受け手と送り手の情報の交換によって、UGCは量的な評価を獲得し、爆発的にその数を増やしているのです。

こうしたUGCから生まれた小説群を、私たちは「新文芸」と名付けました。

新文芸は、インターネットによる新しい「知」と「美」の形です。

2015年10月10日

井上伸一郎

最強の眷属たち──
その経験値を一人に集めたら、
史上最速で魔王が爆誕!?
第7回カクヨム
Web小説コンテスト
キャラクター文芸部門
特別賞